SUDAMERICANA
JOVEN
NOVELA

Isabel Allende

La Ciudad de las Bestias

SUDAMERICANA
JOVEN
NOVELA

Allende, Isabel
    La ciudad de las bestias - 8ª ed. - Buenos Aires : Sudamericana, 2005.
    320 p. ; 21x14 cm. (Sudamericana joven)

    ISBN 950-07-2359-X

    1. Narrativa Chilena I. Título
    CDD Ch863.

Primera edición en esta colección: marzo de 2003
Octava edición en esta colección: septiembre de 2005

Impreso en la Argentina.

Queda hecho el depósito
que previene la ley 11.723.
Publicado por Editorial Sudamericana S.A.®
bajo licencia de Random House Mondadori, S.A.
Travessera de Gràcia, 47-49. 08021 Barcelona.
© 2002 Random House Mondadori, S.A.
© 2002 Isabel Allende

Fotocomposición: Lozano Faisano, S.L.

www.edsudamericana.com.ar

ISBN 950-07-2359-X

Para Alejandro, Andrea y Nicole,
que me pidieron esta historia

1
La pesadilla

Alexander Cold despertó al amanecer sobresaltado por una pesadilla. Soñaba que un enorme pájaro negro se estrellaba contra la ventana con un fragor de vidrios destrozados, se introducía a la casa y se llevaba a su madre. En el sueño él observaba impotente cómo el gigantesco buitre cogía a Lisa Cold por la ropa con sus garras amarillas, salía por la misma ventana rota y se perdía en un cielo cargado de densos nubarrones. Lo despertó el ruido de la tormenta, el viento azotando los árboles, la lluvia sobre el techo, los relámpagos y truenos. Encendió la luz con la sensación de ir en un barco a la deriva y se apretó contra el bulto del gran perro que dormía a su lado. Calculó que a pocas cuadras de su casa el océano Pacífico rugía, desbordándose en olas furiosas contra la cornisa. Se quedó escuchando la tormenta y pensando en el pájaro negro y en su madre, esperando que se calmaran los golpes de tambor que sentía en el pecho. Todavía estaba enredado en las imágenes del mal sueño.

El muchacho miró el reloj: seis y media, hora de levantarse. Afuera apenas empezaba a aclarar. Decidió que ése sería un día fatal, uno de esos días en que más valía quedarse en cama porque todo salía mal. Había muchos días así desde que su madre se enfermó; a veces el aire de la casa era pesado, como estar en el fondo del mar. En esos días el único alivio era escapar, salir a correr por la playa con Poncho hasta quedar sin aliento. Pero llovía y llovía desde hacía una semana, un verdadero diluvio, y además a Poncho lo había mordido un venado y no quería moverse. Alex estaba convencido de que tenía el perro más bobalicón de la historia, el único labrador de cuarenta kilos mordido por un venado. En sus cuatro años de vida, a Poncho lo habían atacado mapaches, el gato del vecino y ahora un venado, sin contar las ocasiones en que lo rociaron los zorrillos y hubo que bañarlo en salsa de tomate para amortiguar el olor. Alex salió de la cama sin perturbar a Poncho y se vistió tiritando; la calefacción se encendía a las seis, pero todavía no alcanzaba a entibiar su pieza, la última del pasillo.

A la hora del desayuno Alex estaba de mal humor y no tuvo ánimo para celebrar el esfuerzo de su padre por hacer panqueques. John Cold no era exactamente buen cocinero: sólo sabía hacer panqueques y le quedaban como tortillas mexicanas de caucho. Para no ofenderlo, sus hijos se los echaban a la boca, pero aprovechaban cualquier descuido para escupirlos en la basura. Habían tratado en vano de entrenar a Poncho para que se los comiera: el perro era tonto, pero no tanto.

—¿Cuándo se va a mejorar la mamá? —preguntó Nicole, procurando pinchar el gomoso panqueque con su tenedor.

—¡Cállate, tonta! —replicó Alex, harto de oír la misma pregunta de su hermana menor varias veces por semana.

—La mamá se va a morir —comentó Andrea.

—¡Mentirosa! ¡No se va a morir! —chilló Nicole.

—¡Ustedes son unas mocosas, no saben lo que dicen! —exclamó Alex.

—Vamos, niños, cálmense. La mamá se pondrá bien...
—interrumpió John Cold, sin convicción.

Alex sintió ira contra su padre, sus hermanas, Poncho, la vida en general y hasta contra su madre por haberse enfermado. Salió de la cocina a grandes trancos, dispuesto a partir sin desayuno, pero tropezó con el perro en el pasillo y se cayó de bruces.

—¡Quítate de mi camino, tarado! —le gritó y Poncho, alegre, le dio un sonoro lengüetazo en la cara, que le dejó los lentes llenos de saliva.

Sí, definitivamente era uno de esos días nefastos. Minutos después su padre descubrió que tenía una rueda de la camioneta pinchada y debió ayudar a cambiarla, pero de todos modos perdieron minutos preciosos y los tres niños llegaron tarde a clase. En la precipitación de la salida a Alex se le quedó la tarea de matemáticas, lo cual terminó por deteriorar su relación con el profesor. Lo consideraba un hombrecito patético que se había propuesto arruinarle la existencia. Para colmo también se le quedó la flauta y esa tarde tenía ensayo con la orquesta de la escuela; él era el solista y no podía faltar.

La flauta fue la razón por la cual Alex debió salir durante el recreo del mediodía para ir a su casa. La tormenta había pasado, pero el mar todavía estaba agitado y no pudo acortar camino por la playa, porque las olas reventaban por encima de la cornisa, inundando la calle. Tomó la ruta larga corriendo, porque sólo disponía de cuarenta minutos.

En las últimas semanas, desde que su madre se enfermó, venía una mujer a limpiar, pero ese día había avisado que no llegaría a causa de la tormenta. De todos modos, no servía de mucho, porque la casa estaba sucia. Aun desde afuera se notaba el deterioro, como si la propiedad estuviera triste. El aire de abandono empezaba en el jardín y se extendía por las habitaciones hasta el último rincón.

Alex presentía que su familia se estaba desintegrando. Su hermana Andrea, quien siempre fue algo diferente a las otras niñas, ahora andaba disfrazada y se perdía durante horas en su mundo de fantasía, donde había brujas acechando en los espejos y extraterrestres nadando en la sopa. Ya no tenía edad para eso, a los doce años debiera estar interesada en los chicos o en perforarse las orejas, suponía él. Por su parte Nicole, la menor de la familia, estaba juntando un zoológico, como si quisiera compensar la atención que su madre no podía darle. Alimentaba varios mapaches y zorrillos que rondaban la casa; había adoptado seis gatitos huérfanos y los mantenía escondidos en el garaje; le salvó la vida a un pajarraco con un ala rota y guardaba una culebra de un metro de largo dentro de una caja. Si su madre encontraba la culebra se moría allí mismo del susto, aunque no era probable que eso sucediera, porque, cuando no estaba en el hospital, Lisa Cold pasaba el día en la cama.

Salvo los panqueques de su padre y unos emparedados de atún con mayonesa, especialidad de Andrea, nadie cocinaba en la familia desde hacía meses. En la nevera sólo había jugo de naranja, leche y helados; en la tarde pedían por teléfono pizza o comida china. Al principio fue casi una fiesta, porque cada cual comía a cualquier hora lo que le daba la gana, más que nada azúcar, pero ya todos echaban de menos la dieta sana de los tiempos normales. Alex pudo medir en esos meses cuán enorme había sido la presencia de su madre y cuánto pesaba ahora su ausencia. Echaba de menos su risa fácil y su cariño, tanto como su severidad. Ella era más estricta que su padre y más astuta: resultaba imposible engañarla porque tenía un tercer ojo para ver lo invisible. Ya no se oía su voz canturreando en italiano, no había música, ni flores, ni ese olor característico de galletas recién horneadas y pintura. Antes su madre se las arreglaba para trabajar varias horas en su taller, mantener la casa impecable y esperar a sus hijos con galletas; ahora apenas se levantaba por un rato y daba vueltas por las habitaciones con un aire desconcertado, como si no reconociera su entorno, demacrada, con los ojos hundidos y rodeados de sombras. Sus telas, que antes parecían verdaderas explosiones de color, ahora permanecían olvidadas en los atriles y el óleo se secaba en los tubos. Lisa Cold parecía haberse achicado, era apenas un fantasma silencioso.

Alex ya no tenía a quien pedirle que le rascara la espalda o le levantara el ánimo cuando amanecía sintiéndose como un bicho. Su padre no era hombre de mimos. Salían juntos a escalar montañas, pero hablaban poco; además John Cold había cambiado, como todos en la familia. Ya no era la persona serena de antes, se irritaba con frecuencia, no sólo con los hijos, sino también con su mujer. A veces le reprochaba a gritos a Lisa que no comía suficiente o no se tomaba sus medicamentos, pero enseguida se arrepentía de su arrebato y le pedía perdón, angustiado. Esas escenas dejaban a Alex temblando: no soportaba ver a su madre sin fuerzas y a su padre con los ojos llenos de lágrimas.

Al llegar ese mediodía a su casa le extrañó ver la camioneta de su padre, quien a esa hora siempre estaba trabajando en la clínica. Entró por la puerta de la cocina, siempre sin llave, con la intención de comer algo, recoger su flauta y salir disparado de vuelta a la escuela. Echó una mirada a su alrededor y sólo vio los restos fosilizados de la pizza de la noche anterior. Resignado a pasar hambre, se dirigió a la nevera en busca de un vaso de leche. En ese instante escuchó el llanto. Al principio pensó que eran los gatitos de Nicole en el garaje, pero enseguida se dio cuenta que el ruido provenía de la habitación de sus padres. Sin ánimo de espiar, en forma casi automática, se aproximó y empujó suavemente la puerta entreabierta. Lo que vio lo dejó paralizado.

Al centro de la pieza estaba su madre en camisa de dormir y descalza, sentada en un taburete, con la cara entre las manos, llorando. Su padre, de pie detrás de ella, empuñaba una antigua navaja de afeitar, que había pertenecido al abuelo. Largos mechones de cabello negro cubrían el suelo y los hombros frágiles de su madre, mientras su cráneo pelado brillaba como mármol en la luz pálida que se filtraba por la ventana.

Por unos segundos el muchacho permaneció helado de estupor, sin comprender la escena, sin saber qué significaba el cabello por el suelo, la cabeza afeitada o esa navaja en la mano de su padre brillando a milímetros del cuello inclinado de su madre. Cuando logró volver a sus sentidos, un grito terrible le subió desde los pies y una oleada de locura lo sacudió por completo. Se abalanzó contra John Cold, lanzándolo al suelo de un empujón. La navaja hizo un arco en el aire, pasó rozando su frente y se clavó de punta en el suelo. Su madre comenzó a llamarlo, tironeándolo de la ropa para separarlo, mientras él repartía golpes a ciegas, sin ver dónde caían.

—Está bien, hijo, cálmate, no pasa nada —suplicaba Lisa Cold sujetándolo con sus escasas fuerzas, mientras su padre se protegía la cabeza con los brazos.

Por fin la voz de su madre penetró en su mente y se desinfló su ira en un instante, dando paso al desconcierto y el horror por lo que había hecho. Se puso de pie y retrocedió tambaleándose; luego echó a correr y se encerró en su pieza. Arrastró su escritorio y trancó la puerta, tapándose los oídos para no escuchar a sus

14

padres llamándolo. Por largo rato permaneció apoyado contra la pared, con los ojos cerrados, tratando de controlar el huracán de sentimientos que lo sacudía hasta los huesos. Enseguida procedió a destrozar sistemáticamente todo lo que había en la habitación. Sacó los afiches de los muros y los desgarró uno por uno; cogió su bate de béisbol y arremetió contra los cuadros y videos; molió su colección de autos antiguos y aviones de la Primera Guerra Mundial; arrancó las páginas de sus libros; destripó con su navaja del ejército suizo el colchón y las almohadas; cortó a tijeretazos su ropa y las cobijas y por último pateó la lámpara hasta hacerla añicos. Llevó a cabo la destrucción sin prisa, con método, en silencio, como quien realiza una tarea fundamental, y sólo se detuvo cuando se le acabaron las fuerzas y no había nada más por romper. El suelo quedó cubierto de plumas y relleno de colchón, de vidrios, papeles, trapos y pedazos de juguetes. Aniquilado por las emociones y el esfuerzo, se echó en medio de aquel naufragio encogido como un caracol, con la cabeza en las rodillas, y lloró hasta quedarse dormido.

Alexander Cold despertó horas más tarde con las voces de sus hermanas y tardó unos minutos en acordarse de lo sucedido. Quiso encender la luz, pero la lámpara estaba destrozada. Se aproximó a tientas a la puerta, tropezó y lanzó una maldición al sentir que su mano caía sobre un trozo de vidrio. No recordaba haber movido el escritorio y tuvo que empujarlo con todo el cuerpo para abrir la puerta. La luz del pasillo alumbró el campo de batalla en que estaba convertida su habitación y las caras asombradas de sus hermanas en el umbral.

—¿Estás redecorando tu pieza, Alex? —se burló Andrea, mientras Nicole se tapaba la cara para ahogar la risa.

Alex les cerró la puerta en las narices y se sentó en el suelo a pensar, apretándose el corte de la mano con los dedos. La idea de morir desangrado le pareció tentadora, al menos se libraría de enfrentar a sus padres después de lo que había hecho, pero enseguida cambió de parecer. Debía lavarse la herida antes que se le infectara, decidió. Además ya empezaba a dolerle, debía ser un corte profundo, podía darle tétano… Salió con paso vacilante, a tientas porque apenas veía; sus lentes se perdieron en el desastre y tenía los ojos hinchados de llorar. Se asomó en la cocina, donde estaba el resto de la familia, incluso su madre, con un pañuelo de algodón atado en la cabeza, que le daba el aspecto de una refugiada.

—Lo lamento… —balbuceó Alex con la vista clavada en el suelo.

Lisa ahogó una exclamación al ver la camiseta manchada con sangre de su hijo, pero cuando su marido le hizo una seña cogió a las dos niñas por los brazos y se las llevó sin decir palabra. John Cold se aproximó a Alex para atender la mano herida.

—No sé lo que me pasó, papá… —murmuró el chico, sin atreverse a levantar la vista.

—Yo también tengo miedo, hijo.

—¿Se va a morir la mamá? —preguntó Alex con un hilo de voz.

—No lo sé, Alexander. Pon la mano bajo el chorro de agua fría —le ordenó su padre.

John Cold lavó la sangre, examinó el corte y decidió inyectar un anestésico para quitar los vidrios y ponerle unos puntos. Alex, a quien la vista de sangre solía dar fatiga, esta vez soportó la curación sin un solo gesto, agradecido de tener un médico en la familia. Su padre le aplicó una crema desinfectante y le vendó la mano.

—De todos modos se le iba a caer el pelo a la mamá, ¿verdad? —preguntó el muchacho.

—Sí, por la quimioterapia. Es preferible cortarlo de una vez que verlo caerse a puñados. Es lo de menos, hijo, volverá a crecerle. Siéntate, debemos hablar.

—Perdóname, papá… Voy a trabajar para reponer todo lo que rompí.

—Está bien, supongo que necesitabas desahogarte. No hablemos más de eso, hay otras cosas más importantes que debo decirte. Tendré que llevar a Lisa a un hospital en Texas, donde le harán un tratamiento largo y complicado. Es el único sitio donde pueden hacerlo.

—¿Y con eso sanará? —preguntó ansioso el muchacho.

—Así lo espero, Alexander. Iré con ella, por supuesto. Habrá que cerrar esta casa por un tiempo.

—¿Qué pasará con mis hermanas y conmigo?

—Andrea y Nicole irán a vivir con la abuela Carla. Tú irás donde mi madre —le explicó su padre.

—¿Kate? ¡No quiero ir donde ella, papá! ¿Por qué no puedo ir con mis hermanas? Al menos la abuela Carla sabe cocinar…

—Tres niños son mucho trabajo para mi suegra.

—Tengo quince años, papá, edad de sobra para que al menos me preguntes mi opinión. No es justo que me mandes donde Kate como si yo fuera un paquete. Siempre es lo mismo, tú tomas las decisiones y yo tengo que aceptarlas. ¡Ya no soy un niño! —alegó Alex, furioso.

—A veces actúas como uno —replicó John Cold señalando el corte de la mano.

—Fue un accidente, a cualquiera le puede pasar. Me portaré bien donde Carla, te lo prometo.

—Sé que tus intenciones son buenas, hijo, pero a veces pierdes la cabeza.

—¡Te dije que iba a pagar lo que rompí! —gritó Alexander, dando un puñetazo sobre la mesa.

—¿Ves como pierdes el control? En todo caso, Alexander, esto nada tiene que ver con el destrozo de tu pieza. Estaba arreglado desde antes con mi suegra y mi madre. Ustedes tres tendrán que ir donde las abuelas, no hay otra solución. Tú viajarás a Nueva York dentro de un par de días —dijo su padre.

—¿Solo?

—Solo. Me temo que de ahora en adelante deberás hacer muchas cosas solo. Llevarás tu pasaporte, porque creo que vas a iniciar una aventura con mi madre.

—¿Dónde?

—Al Amazonas…

—¡El Amazonas! —exclamó Alex, espantado—. Vi un documental sobre el Amazonas, ese lugar está lleno de mosquitos, caimanes y bandidos. ¡Hay toda clase de enfermedades, hasta lepra!

—Supongo que mi madre sabe lo que hace, no te llevaría a un sitio donde peligre tu vida, Alexander.

—Kate es capaz de empujarme a un río infectado de pirañas, papá. Con una abuela como la mía no necesito enemigos —farfulló el muchacho.

—Lo siento, pero deberás ir de todos modos, hijo.

—¿Y la escuela? Estamos en época de exámenes. Además no puedo abandonar la orquesta de un día para otro…

—Hay que ser flexible, Alexander. Nuestra familia está pasando por una crisis. ¿Sabes cuáles son los caracteres chinos para escribir *crisis*? Peligro + oportunidad. Tal vez el peligro de la enfermedad de Lisa te ofrece una oportunidad extraordinaria. Ve a empacar tus cosas.

—¿Qué voy a empacar? No es mucho lo que tengo —masculló Alex, todavía enojado con su padre.

—Entonces tendrás que llevar poco. Ahora anda a darle un beso a tu madre, que está muy sacudida por lo que está pasando. Para Lisa es mucho más duro que para cualquiera de nosotros, Alexander. Debemos ser fuertes, como lo es ella —dijo John Cold tristemente.

Hasta hacía un par de meses, Alex había sido feliz. Nunca tuvo gran curiosidad por explorar más allá de los límites seguros de su existencia; creía que si no hacía tonterías todo le saldría bien. Tenía planes simples para el futuro, pensaba ser un músico famoso, como su abuelo Joseph Cold, casarse con Cecilia Burns, en caso que ella lo aceptara, tener dos hijos y vivir cerca de las montañas. Estaba satisfecho de su vida, como estudiante y deportista era bueno, aunque no excelente, era amistoso y no se metía en problemas graves. Se consideraba una persona bastante normal, al menos en comparación con los monstruos de la naturaleza que había en este mundo, como esos chicos que entraron con metralletas a un colegio en Colorado y masacraron a sus compañeros. No había que ir tan lejos, en su propia escuela había algunos tipos repelentes. No, él no era de ésos. La verdad es que lo único que deseaba era volver a la vida de unos meses antes, cuando su madre estaba sana. No quería ir al Amazonas con Kate Cold. Esa abuela le daba un poco de miedo.

Dos días más tarde Alex se despidió del lugar donde habían transcurrido los quince años de su existencia. Se llevó consigo la imagen de su madre en la puerta de la casa, con un gorro cubriendo su cabeza afeitada, sonriendo y diciéndole adiós con la mano, mientras le corrían lágrimas por las mejillas. Se veía diminuta, vulnerable y hermosa, a pesar de todo. El muchacho subió al avión pensando en ella y en la aterradora posibilidad de perderla. ¡No! No puedo ponerme en ese caso, debo tener pensamientos positivos, mi mamá sanará, murmuró una y otra vez durante el largo viaje.

2
La excéntrica abuela

Alexander Cold se encontraba en el aeropuerto de Nueva York en medio de una muchedumbre apurada que pasaba por su lado arrastrando maletas y bultos, empujando, atropellando. Parecían autómatas, la mitad de ellos con un teléfono celular pegado en la oreja y hablando al aire, como dementes. Estaba solo, con su mochila en la espalda y un billete arrugado en la mano. Llevaba otros tres doblados y metidos en sus botas. Su padre le había aconsejado cautela, porque en esa enorme ciudad las cosas no eran como en el pueblito de la costa californiana donde ellos vivían, donde nunca pasaba nada. Los tres chicos Cold se habían criado jugando en la calle con otros niños, conocían a todo el mundo y entraban a las casas de sus vecinos como a la propia.

El muchacho había viajado seis horas, cruzando el continente de un extremo a otro, sentado junto a un gordo sudoroso, cuya grasa desbordaba el asiento, reduciendo su espacio a la mitad. A cada rato el hombre se agachaba con dificultad, echaba mano a una bolsa de provisiones y procedía a masticar alguna golosina, sin permitirle dormir o ver la película en paz. Alex iba muy cansado, contando las horas que faltaban para terminar aquel

21

suplicio, hasta que por fin aterrizaron y pudo estirar las piernas. Descendió del avión aliviado, buscando a su abuela con la vista, pero no la vio en la puerta, como esperaba.

Una hora más tarde Kate Cold todavía no llegaba y Alex comenzaba a angustiarse en serio. La había hecho llamar por el altoparlante dos veces, sin obtener respuesta, y ahora tendría que cambiar su billete por monedas para usar el teléfono. Se felicitó por su buena memoria: podía recordar el número sin vacilar, tal como recordaba su dirección sin haber estado nunca allí, sólo por las tarjetas que le escribía de vez en cuando. El teléfono de su abuela repicó en vano, mientras él hacía fuerza mental para que alguien lo levantara. ¿Qué hago ahora?, musitó, desconcertado. Se le ocurrió llamar a larga distancia a su padre para pedirle instrucciones, pero eso podía costarle todas sus monedas. Por otra parte, no quiso portarse como un mocoso. ¿Qué podía hacer su padre desde tan lejos? No, decidió, no podía perder la cabeza sólo porque su abuela se atrasara un poco; tal vez estaba atrapada en el tráfico, o andaba dando vueltas en el aeropuerto buscándolo y se habían cruzado sin verse.

Pasó otra media hora y para entonces sentía tanta rabia contra Kate Cold, que si la hubiera tenido por delante seguro la habría insultado. Recordó las bromas pesadas que ella le había hecho durante años, como la caja de chocolates rellenos con salsa picante que le mandó para un cumpleaños. Ninguna abuela normal se daría el trabajo de quitar el contenido de cada bombón con una jeringa, reemplazarlo con tabasco, envolver los chocolates en papel plateado y colocarlos de vuelta en la caja, sólo para burlarse de sus nietos.

También recordó los cuentos terroríficos con que los atemorizaba cuando iba a visitarlos y cómo insistía en hacerlo con la luz apagada. Ahora esas historias ya no eran tan efectivas, pero en la infancia casi lo habían matado de miedo. Sus hermanas todavía sufrían pesadillas con los vampiros y zombies escapados de sus tumbas que aquella abuela malvada invocaba en la oscuridad. Sin embargo, no podía negar que eran adictos a esas truculentas historias. Tampoco se cansaban de escucharla contar los peligros, reales o imaginarios, que ella había enfrentado en sus viajes por el mundo. El favorito era de una pitón de ocho metros de largo en Malasia, que se tragó su cámara fotográfica. «Lástima que no te tragó a ti, abuela», comentó Alex la primera vez que oyó la anécdota, pero ella no se ofendió. Esa misma mujer le enseñó a nadar en menos de cinco minutos, empujándolo a una piscina cuando tenía cuatro años. Salió nadando por el otro lado de pura desesperación, pero podría haberse ahogado. Con razón Lisa Cold se ponía muy nerviosa cuando su suegra llegaba de visita: debía doblar la vigilancia para preservar la salud de sus niños.

A la hora y media de espera en el aeropuerto, Alex no sabía ya qué hacer. Imaginó cuánto gozaría Kate Cold al verlo tan angustiado y decidió no darle esa satisfacción; debía actuar como un hombre. Se colocó el chaquetón, se acomodó la mochila en los hombros y salió a la calle. El contraste entre la calefacción, el bullicio y la luz blanca dentro del edificio con el frío, el silencio y la oscuridad de la noche afuera, casi lo voltea. No tenía idea que el invierno en Nueva York fuera tan desagradable. Había olor a gasolina, nieve sucia sobre la acera y una ventisca helada que golpeaba la cara como agujas. Se dio cuenta que con la emoción de despedirse de su familia, había olvidado los guantes y el gorro, que nunca tenía ocasión de usar en California y guardaba en un baúl en el garaje, con el resto de su equipo de esquí. Sintió latir la herida en su mano izquierda, que hasta entonces no le había molestado, y calculó que

23

debería cambiar el vendaje apenas llegara donde su abuela. No sospechaba a qué distancia estaba su apartamento ni cuánto costaría la carrera en taxi. Necesitaba un mapa, pero no supo dónde conseguirlo. Con las orejas heladas y las manos metidas en los bolsillos caminó hacia la parada de los buses.

—Hola, ¿andas solo? —se le acercó una muchacha.

La chica llevaba una bolsa de lona al hombro, un sombrero metido hasta las cejas, las uñas pintadas de azul y una argolla de plata atravesada en la nariz. Alex se quedó mirándola maravillado, era casi tan bonita como su amor secreto, Cecilia Burns, a pesar de sus pantalones rotosos, sus botas de soldado y su aspecto más bien sucio y famélico. Como único abrigo usaba un chaquetón corto de piel artificial color naranja, que apenas le cubría la cintura. No llevaba guantes. Alex farfulló una respuesta vaga. Su padre le había advertido que no hablara con extraños, pero esa chica no podía representar peligro alguno, era apenas un par de años mayor, casi tan delgada y baja como su madre. En realidad, a su lado Alex se sintió fuerte.

—¿Dónde vas? —insistió la desconocida encendiendo un cigarrillo.

—A casa de mi abuela, vive en la calle Catorce con la Segunda Avenida. ¿Sabes cómo puedo llegar allá? —inquirió Alex.

—Claro, yo voy para el mismo lado. Podemos tomar el bus. Soy Morgana —se presentó la joven.

—Nunca había oído ese nombre —comentó Alex.

—Yo misma lo escogí. La tonta de mi madre me puso un nombre tan vulgar como ella. Y tú, ¿cómo te llamas? —preguntó echando humo por las narices.

—Alexander Cold. Me dicen Alex —replicó, algo escandalizado al oírla hablar de su familia en tales términos.

Aguardaron en la calle, pataleando en la nieve para calentarse los pies, durante unos diez minutos, que Morgana aprovechó para ofrecer un apretado resumen de su vida: hacía años que no iba a la escuela —eso era para estúpidos— y se había escapado de su casa porque no aguantaba a su padrastro, que era un cerdo repugnante.

—Voy a pertenecer a una banda de rock, ése es mi sueño —agregó—. Lo único que necesito es una guitarra eléctrica. ¿Qué es esa caja que llevas atada a la mochila?

—Una flauta.

—¿Eléctrica?

—No, de pilas —se burló Alex.

Justo cuando sus orejas se estaban transformando en cubitos de hielo, apareció el bus y ambos subieron. El chico pagó su pasaje y recibió el vuelto, mientras Morgana buscaba en un bolsillo de su chaqueta naranja, luego en otro.

—¡Mi cartera! Creo que me la robaron... —tartamudeó.

—Lo siento, niña. Tendrás que bajarte —le ordenó el chofer.

—¡No es mi culpa si me robaron! —exclamó ella casi a gritos, ante el desconcierto de Alex, quien sentía horror de llamar la atención.

—Tampoco es culpa mía. Acude a la policía —replicó secamente el chofer.

La joven abrió su bolsa de lona y vació todo el contenido en el pasillo del vehículo: ropa, cosméticos, papas fritas, varias cajas y paquetes de diferentes tamaños y unos zapatos de taco alto que parecían pertenecer a otra persona, porque era difícil imaginarla en ellos. Revisó cada prenda de ropa con pasmosa lentitud, dando vueltas a la ropa, abriendo cada caja y cada envoltorio, sacudiendo la ropa interior a la vista de todo el mundo. Alex desvió la mirada, cada vez más turbado. No quería que la gente pensara que esa chica y él andaban juntos.

—No puedo esperar toda la noche, niña. Tienes que bajarte —repitió el chofer, esta vez con un tono amenazante. Morgana lo ignoró. Para entonces se había quitado el chaquetón naranja y estaba revisando el forro, mientras los otros pasajeros del bus empezaban a reclamar por el atraso en partir.

—¡Préstame algo! —exigió finalmente, dirigiéndose a Alex.

El muchacho sintió derretirse el hielo de sus orejas y supuso que se le estaban poniendo coloradas, como le ocurría en los momentos culminantes. Eran su cruz: esas orejas lo traicionaban siempre, sobre todo cuando estaba frente a Cecilia Burns, la chica de la cual estaba enamorado desde el jardín de infancia sin la menor esperanza de ser correspondido. Alex había concluido que no existía razón alguna para que Cecilia se fijara en él, pudiendo elegir entre los mejores atletas del colegio. En nada se distinguía él, sus únicos talentos eran escalar montañas y tocar la flauta, pero ninguna chica con dos dedos de frente se interesaba en cerros o flautas. Estaba condenado a amarla en silencio por el resto de su vida, a menos que ocurriera un milagro.

—Préstame para el pasaje —repitió Morgana.

En circunstancias normales a Alex no le importaba perder su plata, pero en ese momento no estaba en condición de portarse generoso. Por otra parte, decidió, ningún hombre podía abandonar a una mujer en esa situación. Le alcanzaba justo para ayudarla sin recurrir a los billetes doblados en sus botas. Pagó el segundo pasaje. Morgana le lanzó un beso burlón con la punta de los dedos, le sacó la lengua al chofer, que la miraba indignado, recogió sus cosas rápidamente y siguió a Alex a la última fila del vehículo, donde se sentaron juntos.

—Me salvaste el pellejo. Apenas pueda, te pago —le aseguró.

Alex no respondió. Tenía un principio: si le prestas dinero a una persona y no vuelves a verla, es dinero bien gastado. Morgana le producía una mezcla de fascinación y rechazo, era totalmente diferente a cualquiera de las chicas de su pueblo, incluso las más atrevidas. Para evitar mirarla con la boca abierta, como un bobo, hizo la mayor parte del largo viaje en silencio, con la vista fija en el vidrio oscuro de la ventana, donde se reflejaban Morgana y también su propio rostro delgado, con lentes redondos y el cabello oscuro, como el de su madre. ¿Cuándo podría afeitarse? No se había desarrollado como varios de sus amigos; todavía era un chiquillo imberbe, uno de los más bajos de su clase. Hasta Cecilia Burns era más alta que él. Su única ventaja era que, a diferencia de otros adolescentes de su colegio, tenía la piel sana, porque apenas le aparecía un grano su padre se lo inyectaba con cortisona. Su madre le aseguraba que no debía preocuparse, unos estiran antes y otros después, en la familia Cold todos los hombres eran altos; pero él sabía que la herencia genética es caprichosa y bien podía salir a la familia de su madre. Lisa Cold era baja incluso para una mujer; vista por detrás parecía una chiquilla de catorce años, sobre todo desde que la enfermedad la había reducido a un esqueleto. Al pensar en ella sintió que se le cerraba el pecho y se le cortaba el aire, como si un puño gigantesco lo tuviera cogido por el cuello.

Morgana se había quitado la chaqueta de piel naranja. Debajo llevaba una blusa corta de encaje negro que le dejaba la barriga al aire y un collar de cuero con puntas metálicas, como de perro bravo.

—Me muero por un pito —dijo.

Alex le señaló el aviso que prohibía fumar en el bus. Ella

echó una mirada a su entorno. Nadie les prestaba atención; había varios asientos vacíos a su alrededor y los otros pasajeros leían o dormitaban. Al comprobar que nadie se fijaba en ellos, se metió la mano en la blusa y extrajo del pecho una bolsita mugrienta. Le dio un breve codazo sacudiendo la bolsa delante de sus narices.

—Yerba —murmuró.

Alexander Cold negó con la cabeza. No se consideraba un puritano, ni mucho menos, había probado marihuana y alcohol algunas veces, como casi todos sus compañeros en la secundaria, pero no lograba comprender su atractivo, excepto el hecho de que estaban prohibidos. No le gustaba perder el control. Escalando montañas le había tomado el gusto a la exaltación de tener el control del cuerpo y de la mente. Volvía de esas excursiones con su padre agotado, adolorido y hambriento, pero absolutamente feliz, lleno de energía, orgulloso de haber vencido una vez más sus temores y los obstáculos de la montaña. Se sentía electrizado, poderoso, casi invencible. En esas ocasiones su padre le daba una palmada amistosa en la espalda, a modo de premio por la proeza, pero nada decía para no alimentar su vanidad. John Cold no era amigo de lisonjas, costaba mucho ganarse una palabra de elogio de su parte, pero su hijo no esperaba oírla, le bastaba esa palmada viril.

Imitando a su padre, Alex había aprendido a cumplir con sus obligaciones lo mejor posible, sin presumir de nada, pero secretamente se jactaba de tres virtudes que consideraba suyas: valor para escalar montañas, talento para tocar la flauta y claridad para pensar. Era más difícil reconocer sus defectos, aunque se daba cuenta de que había por lo menos dos que debía tratar de mejorar, tal como le había hecho notar su madre en más de una ocasión: su escepticismo, que lo hacía dudar de casi todo, y su mal carácter, que lo hacía explotar en el momento menos pensado. Esto era algo nuevo, porque tan sólo unos meses antes era confiado y andaba siempre de buen humor. Su madre aseguraba que eran cosas de la edad y que se le pasarían, pero él no estaba tan seguro como ella. En todo caso, no le atraía el ofrecimiento de Morgana. En las oportunidades en que había probado drogas no había sentido que volaba al paraíso, como decían algunos de sus amigos, sino que se le llenaba la cabeza de humo y se le ponían las piernas como lana. Para él no había ningún estímulo mayor que balancearse de una cuerda en el aire a cien metros de altura, sabiendo exactamente cuál era el paso siguiente que debía dar. No, las drogas no eran para él. Tampoco el cigarrillo, porque necesitaba pulmones sanos para escalar y tocar la flauta. No pudo evitar una breve sonrisa al acordarse del método empleado por su abuela Kate para cortarle de raíz la tentación del tabaco. Entonces él tenía once años y, a pesar de que su padre le había dado el sermón sobre el cáncer al pulmón y otras consecuencias de la nicotina, solía fumar a escondidas con sus amigos detrás del gimnasio. Kate Cold llegó a pasar con ellos la Navidad y con su nariz de sabueso no tardó en descubrir el olor, a pesar de la goma de mascar y el agua de colonia con que él procuraba disimularlo.

—¿Fumando tan joven, Alexander? —le preguntó de muy buen humor. Él intentó negarlo, pero ella no le dio tiempo—. Acompáñame, vamos a dar un paseo —dijo.

El chico subió al coche, se colocó el cinturón de seguridad bien apretado y murmuró entre dientes un conjuro de buena suerte, porque su abuela era una terrorista del volante. Con la disculpa de que en Nueva York nadie tenía auto, manejaba como si la persiguieran. Lo condujo a trompicones y frenazos hasta el supermercado, donde adquirió cuatro grandes cigarros de tabaco negro; luego se lo llevó a una calle tranquila, estacionó lejos de miradas indiscretas y procedió a encender un puro para cada uno. Fumaron y fumaron con las puertas y ventanas cerradas hasta que el humo les impedía ver a través de las ventanillas. Alex sentía que la cabeza le daba vueltas y el estómago le subía y le bajaba. Pronto ya no pudo más, abrió la portezuela y se dejó caer como una bolsa en la calle, enfermo hasta el alma. Su abuela esperó sonriendo a que acabara de vaciar el estómago, sin ofrecerse para sostenerle la frente y consolarlo, como hubiera hecho su madre, y luego encendió otro cigarro y se lo pasó.

—Vamos, Alexander, pruébame que eres un hombre y fúmate otro —lo desafió, de lo más divertida.

Durante los dos días siguientes el muchacho debió quedarse en la cama, verde como una lagartija y convencido de que las náuseas y el dolor de cabeza iban a matarlo. Su padre creyó que era un virus y su madre sospechó al punto de su suegra, pero no se atrevió a acusarla directamente de envenenar al nieto. Desde entonces el hábito de fumar, que tanto éxito tenía entre algunos de sus amigos, a Alex le revolvía las tripas.

—Esta yerba es de la mejor —insistió Morgana señalando el contenido de su bolsita—. También tengo esto, si prefieres —agregó mostrándole dos pastillas blancas en la palma de la mano.

Alex volvió a fijar la vista en la ventanilla del bus, sin responder. Sabía por experiencia que era mejor callarse o cambiar el tema. Cualquier cosa que dijera iba a sonar estúpida y la chica iba a pensar que era un mocoso o que tenía ideas religiosas fundamentalistas. Morgana se encogió de hombros y guardó sus tesoros en espera de una ocasión más apropiada. Estaban llegando a la estación de buses, en pleno centro de la ciudad, y debían bajarse.

A esa hora todavía no había disminuido el tráfico ni la gente en las calles y aunque las oficinas y comercios estaban cerrados, había bares, teatros, cafeterías y restaurantes abiertos. Alex se cruzaba con la gente sin distinguir sus rostros, sólo sus figuras encorvadas envueltas en abrigos oscuros, caminando deprisa. Vio unos bultos tirados por el suelo junto a unas rejillas en las aceras, por donde surgían columnas de vapor. Comprendió que eran vagabundos durmiendo acurrucados junto a los huecos de calefacción de los edificios, única fuente de calor en la noche invernal.

Las duras luces de neón y los focos de los vehículos daban a las calles mojadas y sucias un aspecto irreal. Por las esquinas había cerros de bolsas negras, algunas rotas y con la basura desparramada. Una mendiga envuelta en un harapiento abrigo escarbaba en las bolsas con un palo, mientras recitaba una letanía eterna en un idioma inventado. Alex debió saltar a un lado para esquivar a una rata con la cola mordida y sangrante, que estaba en el medio de la acera y no se movió cuando pasaron. Los bocinazos del tráfico, las sirenas de la policía y de vez en cuando el ulular de una ambulancia cortaban el aire. Un hombre joven, muy alto y desgarbado, pasó gritando que el mundo se iba a acabar y le puso en la mano una hoja de papel arrugada, en la cual aparecía una rubia de labios gruesos y medio desnuda ofreciendo masajes. Alguien en patines con audífonos en las orejas lo atropelló, lanzándolo contra la pared. «¡Mira por dónde vas, imbécil!», gritó el agresor.

Alexander sintió que la herida de la mano comenzaba a latir de nuevo. Pensó que se encontraba sumido en una pesadilla de ciencia ficción, en una pavorosa megápolis de cemento, acero, vidrio, polución y soledad. Lo invadió una oleada de nostalgia por el lugar junto al mar donde había pasado su vida. Ese pueblo tranquilo y aburrido, de donde tan a menudo había querido escapar, ahora le parecía maravilloso. Morgana interrumpió sus lúgubres pensamientos.

—Estoy muerta de hambre. ¿Podríamos comer algo? —sugirió.

—Ya es tarde, debo llegar donde mi abuela —se disculpó él.

—Tranquilo, hombre, te voy a llevar donde tu abuela. Estamos cerca, pero nos vendría bien echarnos algo a la panza —insistió ella.

Sin darle ocasión de negarse, lo arrastró de un brazo al interior de un ruidoso local que olía a cerveza, café rancio y fritanga. Detrás de un largo mesón de formica había un par de empleados asiáticos sirviendo unos platos grasientos. Morgana se instaló en un taburete frente al mesón y procedió a estudiar el menú, escrito con tiza en una pizarra en la pared. Alex comprendió que le tocaría pagar la comida y se dirigió al baño para rescatar los billetes que llevaba escondidos en las botas.

Las paredes del servicio estaban cubiertas de palabrotas y dibujos obscenos, por el suelo había papeles arrugados y charcos de agua, que goteaba de las cañerías oxidadas. Entró en un cubículo, cerró la puerta con pestillo, dejó la mochila en el suelo y, a pesar del asco, tuvo que sentarse en el excusado para quitarse las botas, tarea nada fácil en ese espacio reducido y con una mano vendada. Pensó en los gérmenes y en las innumerables enfermedades que se pueden contraer en un baño público, como decía su padre. Debía cuidar su reducido capital.

Contó su dinero con un suspiro; él no comería y esperaba que Morgana se conformara con un plato barato, no parecía ser de las que comen mucho. Mientras no estuviera a salvo en el apartamento de Kate Cold, esos tres billetes doblados y vueltos a doblar eran todo lo que poseía en este mundo; ellos representaban la diferencia entre la salvación y morirse de hambre y frío tirado en la calle, como los mendigos que había visto momentos antes. Si no daba con la dirección de su abuela, siempre podía volver al aeropuerto a pasar la noche en algún rincón y volar de vuelta a su casa al día siguiente, para eso contaba con el pasaje de regreso. Se colocó nuevamente las botas, guardó el dinero en un compartimento de su mochila y salió del cubículo. No había nadie más en el baño. Al pasar frente al lavatorio puso su mochila en el suelo, se acomodó el vendaje de la mano izquierda, se lavó meticulosamente la mano derecha con jabón, se echó bastante agua en la cara para despejar el cansancio y luego se secó con papel. Al inclinarse para recoger la mochila se dio cuenta, horrorizado, que había desaparecido.

Salió disparado del baño, con el corazón al galope. El robo había ocurrido en menos de un minuto, el ladrón no podía estar lejos, si se apuraba podría alcanzarlo antes que se perdiera entre la multitud de la calle. En el local todo seguía igual, los mismos empleados sudorosos detrás del mostrador, los mismos parroquianos indiferentes, la misma comida grasienta, el mismo ruido de platos y de música rock a todo volumen. Nadie notó su agitación, nadie se volvió a mirarlo cuando gritó que le habían robado. La única diferencia era que Morgana ya no estaba sentada ante al mesón, donde la había dejado. No había rastro de ella.

Alex adivinó en un instante quién lo había seguido discretamente, quién había aguardado al otro lado de la puerta del baño calculando su oportunidad, quién se había llevado su mochila en un abrir y cerrar de ojos. Se dio una palmada en la frente. ¡Cómo podía haber sido tan inocente! Morgana lo había engañado como a una criatura, despojándolo de todo salvo la ropa que llevaba puesta. Había perdido su dinero, el pasaje de regreso en avión y hasta su preciosa flauta. Lo único que le quedaba era su pasaporte, que por casualidad llevaba en el bolsillo de la chaqueta. Tuvo que hacer un tremendo esfuerzo por combatir las ganas de echarse a llorar como un chiquillo.

3
El abominable hombre de la selva

«Quien boca tiene, a Roma llega», era uno de los axiomas de Kate Cold. Su trabajo la obligaba a viajar por lugares remotos, donde seguramente había puesto en práctica ese dicho muchas veces. Alex era más bien tímido, le costaba abordar a un desconocido para averiguar algo, pero no había otra solución. Apenas logró tranquilizarse y recuperar el habla, se acercó a un hombre que masticaba una hamburguesa y le preguntó cómo podía llegar a la calle Catorce con la Segunda Avenida. El tipo se encogió de hombros y no le contestó. Sintiéndose insultado, el muchacho se puso rojo. Vaciló durante unos minutos y por último abordó a uno de los empleados detrás del mostrador. El hombre señaló con el cuchillo que tenía en la mano una dirección vaga y le dio unas instrucciones a gritos por encima del bullicio del restaurante, con un acento tan cerrado, que no entendió ni una palabra. Decidió que era cosa de lógica: debía averiguar para qué lado quedaba la Segunda Avenida y contar las calles, muy sencillo; pero no le pareció tan sencillo cuando averiguó que se encontraba en la calle Cuarenta y dos con la Octava Avenida y calculó cuánto debía recorrer en ese frío glacial. Agradeció su entrenamiento en escalar montañas: si podía pasar seis horas trepando como una mosca por las rocas, bien podía caminar unas pocas cuadras por terreno plano. Subió el cierre de su chaquetón, metió la cabeza entre los hombros, puso las manos en los bolsillos y echó a andar.

Había pasado la medianoche y empezaba a nevar cuando el muchacho llegó a la calle de su abuela. El barrio le pareció decrépito, sucio y feo, no había un árbol por ninguna parte y desde hacía un buen rato no se veía gente. Pensó que sólo un desesperado como él podía andar a esa hora por las peligrosas calles de Nueva York, sólo se había librado de ser víctima de un atraco porque ningún bandido tenía ánimo para salir en ese frío. El edificio era una torre gris en medio de muchas otras torres idénticas, rodeada de rejas de seguridad. Tocó el timbre y de inmediato la voz ronca y áspera de Kate Cold preguntó quién se atrevía a molestar a esa hora de la noche. Alex adivinó que ella lo estaba esperando, aunque por supuesto jamás lo admitiría. Estaba helado hasta los huesos y nunca en su vida había necesitado tanto echarse en los brazos de alguien, pero cuando por fin se abrió la puerta del ascensor en el piso once y se encontró ante su abuela, estaba determinado a no permitir que ella lo viera flaquear.

—Hola, abuela —saludó lo más claramente que pudo, dado lo mucho que le castañeaban los dientes.

—¡Te he dicho que no me llames abuela! —lo increpó ella.

—Hola, Kate.

—Llegas bastante tarde, Alexander.

—¿No quedamos en que me ibas a recoger en el aeropuerto? —replicó él procurando que no le saltaran las lágrimas.

—No quedamos en nada. Si no eres capaz de llegar del aeropuerto a mi casa, menos serás capaz de ir conmigo a la selva —dijo Kate Cold—. Quítate la chaqueta y las botas, voy a darte una taza de chocolate y prepararte un baño caliente, pero conste que lo hago sólo para evitarte una pulmonía. Tienes que estar sano para el viaje. No esperes que te mime en el futuro, ¿entendido?

—Nunca he esperado que me mimaras —replicó Alex.

—¿Qué te pasó en la mano? —preguntó ella al ver el vendaje, empapado.

—Muy largo de contar.

El pequeño apartamento de Kate Cold era oscuro, atiborrado y caótico. Dos de las ventanas —con los vidrios inmundos— daban a un patio de luz y la tercera a un muro de ladrillo con una escalera de incendio. Vio maletas, mochilas, bultos y cajas tirados por los rincones, libros, periódicos y revistas amontonados sobre las mesas. Había un par de cráneos humanos traídos del Tíbet, arcos y flechas de los pigmeos del África, cántaros funerarios del desierto de Atacama, escarabajos petrificados de Egipto y mil objetos más. Una larga piel de culebra se extendía a lo largo de toda una pared. Había pertenecido a la famosa pitón que se tragó la cámara fotográfica en Malasia.

Hasta entonces Alex no había visto a su abuela en su ambiente y debió admitir que ahora, al verla rodeada de sus cosas, resultaba mucho más interesante. Kate Cold tenía sesenta y cuatro años, era flaca y musculosa, pura fibra y piel curtida por la intemperie; sus ojos azules, que habían visto mucho mundo, eran agudos como puñales. El cabello gris, que ella misma se cortaba a tijeretazos sin mirarse al espejo, se paraba en todas direcciones, como si jamás se lo hubiera peinado. Se jactaba de sus dientes, grandes y fuertes, capaces de partir nueces y destapar botellas; también estaba orgullosa de no haberse quebrado nunca un hueso, no haber consultado jamás a un médico y haber sobrevivido desde a ataques de malaria hasta picaduras de escorpión. Bebía vodka al seco y fumaba tabaco negro en una pipa de marinero. Invierno y verano se vestía con los mismos pantalones bolsudos y un chaleco sin mangas, con bolsillos por todos lados, donde llevaba lo indispensable para sobrevivir en caso de cataclismo. En algunas ocasiones, cuando era necesario vestirse elegante, se quitaba el chaleco y se ponía un collar de colmillos de oso, regalo de un jefe apache.

Lisa, la madre de Alex, tenía terror de Kate, pero los niños esperaban sus visitas con ansias. Esa abuela estrafalaria, protagonista de increíbles aventuras, les traía noticias de lugares tan exóticos que costaba imaginarlos. Los tres nietos coleccionaban sus relatos de viajes, que aparecían en diversas revistas y periódicos, y las tarjetas postales y fotografías que ella les enviaba desde los cuatro puntos cardinales. Aunque a veces les daba vergüenza presentarla a sus amigos, en el fondo se sentían orgullosos de que un miembro de su familia fuera casi una celebridad.

Media hora más tarde Alex había entrado en calor con el baño y estaba envuelto en una bata, con calcetines de lana, devorando albóndigas de carne con puré de patatas, una de las pocas cosas que él comía con agrado y lo único que Kate sabía cocinar.

—Son las sobras de ayer —dijo ella, pero Alex calculó que lo había preparado especialmente para él. No quiso contarle su aventura con Morgana, para no quedar como una babieca, pero debió admitir que le habían robado todo lo que traía.

—Supongo que me vas a decir que aprenda a no confiar en nadie —masculló el muchacho sonrojándose.

—Al contrario, iba a decirte que aprendas a confiar en ti. Ya ves, Alexander, a pesar de todo pudiste llegar hasta mi apartamento sin problemas.

—¿Sin problemas? Casi muero congelado por el camino. Habrían descubierto mi cadáver en el deshielo de la primavera —replicó él.

—Un viaje de miles de millas siempre comienza a tropezones. ¿Y el pasaporte? —inquirió Kate.

—Se salvó porque lo llevaba en el bolsillo.

—Pégatelo con cinta adhesiva al pecho, porque si lo pierdes estás frito.

—Lo que más lamento es mi flauta —comentó Alex.

—Tendré que darte la flauta de tu abuelo. Pensaba guardarla hasta que demostraras algún talento, pero supongo que está mejor en tus manos que tirada por allí —ofreció Kate.

Buscó en las estanterías que cubrían las paredes de su apartamento desde el suelo hasta el techo y le entregó un estuche empolvado de cuero negro.

—Toma, Alexander. La usó tu abuelo durante cuarenta años, cuídala.

El estuche contenía la flauta de Joseph Cold, el más célebre flautista del siglo, como habían dicho los críticos cuando murió. «Habría sido mejor que lo dijeran cuando el pobre Joseph estaba vivo», fue el comentario de Kate cuando lo leyó en la prensa. Habían estado divorciados por treinta años, pero en su testamento Joseph Cold dejó la mitad de sus bienes a su ex esposa, incluyendo su mejor flauta, que ahora su nieto tenía en las manos. Alex abrió con reverencia la gastada caja de cuero y acarició la flauta: era preciosa. La tomó delicadamente y se la llevó a los labios. Al soplar, las notas escaparon del instrumento con tal belleza, que él mismo se sorprendió. Sonaba muy distinta a la flauta que Morgana le había robado.

Kate Cold dio tiempo a su nieto de inspeccionar el instrumento y de agradecerle profusamente, como ella esperaba; enseguida le pasó un libraco amarillento con las tapas sueltas: *Guía de salud del viajero audaz*. El muchacho lo abrió al azar y leyó los síntomas de una enfermedad mortal que se adquiere por comer el cerebro de los antepasados.

—No como órganos —dijo.

—Nunca se sabe lo que le ponen a las albóndigas —replicó su abuela.

Sobresaltado, Alex observó con desconfianza los restos de su plato. Con Kate Cold era necesario ejercer mucha cautela. Era peligroso tener un antepasado como ella.

—Mañana tendrás que vacunarte contra media docena de enfermedades tropicales. Déjame ver esa mano, no puedes viajar con una infección —le ordenó Kate.

Lo examinó con brusquedad, decidió que su hijo John había hecho un buen trabajo, le vació medio frasco de desinfectante en la herida, por si acaso, y le anunció que al día siguiente ella misma le quitaría los puntos. Era muy fácil, dijo, cualquiera podía hacerlo. Alex se estremeció. Su abuela tenía mala vista y usaba unos lentes rayados que había comprado de segunda mano en un mercado de Guatemala. Mientras le ponía un nuevo vendaje, Kate le explicó que la revista *International Geographic* había financiado una expedición al corazón de la selva amazónica, entre Brasil y Venezuela, en busca de una criatura gigantesca, posiblemente humanoide, que había sido vista en varias ocasiones. Se habían encontrado huellas enormes. Quienes habían estado en su proximidad decían que ese animal —o ese primitivo ser humano— era más alto que un oso, tenía brazos muy largos y estaba todo cubierto de pelos negros. Era el equivalente del yeti del Himalaya, en plena selva.

—Puede ser un mono... —sugirió Alex.

—¿No crees que más de alguien habrá pensado en esa posibilidad? —lo cortó su abuela.

—Pero no hay pruebas de que en verdad exista... —aventuró Alex.

—No tenemos un certificado de nacimiento de la Bestia, Alexander. ¡Ah! Un detalle importante: dicen que despide un olor tan penetrante, que los animales y las personas se desmayan o se paralizan en su proximidad.

—Si la gente se desmaya, entonces nadie lo ha visto.

—Exactamente, pero por las huellas se sabe que camina en dos patas. Y no usa zapatos, en caso que ésa sea tu próxima pregunta.

—¡No, Kate, mi próxima pregunta es si usa sombrero! —explotó su nieto.

—No creo.

—¿Es peligroso?

—No, Alexander. Es de lo más amable. No roba, no rapta niños y no destruye la propiedad privada. Sólo mata. Lo hace con limpieza, sin ruido, quebrando los huesos y destripando a sus víctimas con verdadera elegancia, como un profesional —se burló su abuela.

—¿Cuánta gente ha matado? —inquirió Alex cada vez más inquieto.

—No mucha, si consideramos el exceso de población en el mundo.

—¡Cuánta, Kate!

—Varios buscadores de oro, un par de soldados, unos comerciantes... En fin, no se conoce el número exacto.

—¿Ha matado indios? ¿Cuántos? —preguntó Alex.

—No se sabe, en realidad. Los indios sólo saben contar hasta dos. Además, para ellos la muerte es relativa. Si creen que alguien les ha robado el alma, o ha caminado sobre sus huellas, o se ha apoderado de sus sueños, por ejemplo, eso es peor que estar muerto. En cambio, alguien que ha muerto puede seguir vivo en espíritu.

—Es complicado —dijo Alex, que no creía en espíritus.

—¿Quién te dijo que la vida es simple?

Kate Cold le explicó que la expedición iba al mando de un famoso antropólogo, el profesor Ludovic Leblanc, quien había pasado años investigando las huellas del llamado yeti, o abominable hombre de las nieves, en las fronteras entre China y Tíbet, sin encontrarlo. También había estado con cierta tribu de indios del Amazonas y sostenía que eran los más salvajes del planeta: al primer descuido se comían a sus prisioneros. Esta información no era tranquilizadora, admitió Kate. Serviría de guía un brasilero de nombre César Santos, quien había pasado la vida en esa región y tenía buenos contactos con los indios. El hombre poseía una avioneta algo destartalada, pero todavía en buen estado, con la cual podrían internarse hasta el territorio de las tribus indígenas.

—En el colegio estudiamos el Amazonas en una clase de ecología —comentó Alex, a quien ya se le cerraban los ojos.

—Con esa clase basta, ya no necesitas saber nada más —apuntó Kate. Y agregó—: Supongo que estás cansado. Puedes dormir en el sofá y mañana temprano empiezas a trabajar para mí.

—¿Qué debo hacer?

—Lo que yo te mande. Por el momento te mando que duermas.

—Buenas noches, Kate… —murmuró Alex enroscándose sobre los cojines del sofá.

—¡Bah! —gruñó su abuela. Esperó que se durmiera y lo tapó con un par de mantas.

4
El río Amazonas

Kate y Alexander Cold iban en un avión comercial sobrevolando el norte del Brasil. Durante horas y horas habían visto desde el aire una interminable extensión de bosque, todo del mismo verde intenso, atravesada por ríos que se deslizaban como luminosas serpientes. El más formidable de todos era color café con leche.

«El río Amazonas es el más ancho y largo de la tierra, cinco veces más que ningún otro. Sólo los astronautas en viaje a la luna han podido verlo entero desde la distancia», leyó Alex en la guía turística que le había comprado su abuela en Río de Janeiro. No decía que esa inmensa región, último paraíso del planeta, era destruida sistemáticamente por la codicia de empresarios y aventureros, como había aprendido él en la escuela. Estaban construyendo una carretera, un tajo abierto en plena selva, por donde llegaban en masa los colonos y salían por toneladas las maderas y los minerales.

Kate informó a su nieto que subirían por el río Negro hasta el Alto Orinoco, un triángulo casi inexplorado donde se concentraba la mayor parte de las tribus. De allí se suponía que provenía la Bestia.

43

—En este libro dice que esos indios viven como en la Edad de Piedra. Todavía no han inventado la rueda —comentó Alex.

—No la necesitan. No sirve en ese terreno, no tienen nada que transportar y no van apurados a ninguna parte —replicó Kate Cold, a quien no le gustaba que la interrumpieran cuando estaba escribiendo. Había pasado buena parte del viaje tomando notas en sus cuadernos con una letra diminuta y enmarañada, como huellas de moscas.

—No conocen la escritura —agregó Alex.

—Seguro que tienen buena memoria —dijo Kate.

—No hay manifestaciones de arte entre ellos, sólo se pintan el cuerpo y se decoran con plumas —explicó Alex.

—Les importa poco la posteridad o destacarse entre los demás. La mayoría de nuestros llamados «artistas» debería seguir su ejemplo —contestó su abuela.

Iban a Manaos, la ciudad más poblada de la región amazónica, que había prosperado en tiempos del caucho, a finales del siglo XIX.

—Vas a conocer la selva más misteriosa del mundo, Alexander. Allí hay lugares donde los espíritus se aparecen a plena luz del día —explicó Kate.

—Claro, como el «abominable hombre de la selva» que andamos buscando —sonrió su nieto, sarcástico.

—Lo llaman la Bestia. Tal vez no sea sólo un ejemplar, sino varios, una familia o una tribu de bestias.

—Eres muy crédula para la edad que tienes, Kate —comentó el muchacho, sin poder evitar el tono sarcástico al ver que su abuela creía esas historias.

—Con la edad se adquiere cierta humildad, Alexander. Mientras más años cumplo, más ignorante me siento. Sólo los jóvenes tienen explicación para todo. A tu edad se puede ser arrogante y no importa mucho hacer el ridículo —replicó ella secamente.

Al bajar del avión en Manaos, sintieron el clima sobre la piel como una toalla empapada en agua caliente. Allí se reunieron con los otros miembros de la expedición del *International Geographic*. Además de Kate Cold y su nieto Alexander, iban Timothy Bruce, un fotógrafo inglés con una larga cara de caballo y dientes amarillos de nicotina, con su ayudante mexicano, Joel González, y el famoso antropólogo Ludovic Leblanc. Alex imaginaba a Leblanc como un sabio de barbas blancas y figura imponente, pero resultó ser un hombrecillo de unos cincuenta años, bajo, flaco, nervioso, con un gesto permanente de desprecio o de crueldad en los labios y unos ojos hundidos de ratón. Iba disfrazado de cazador de fieras al estilo de las películas, desde las armas que llevaba al cinto hasta sus pesadas botas y un sombrero australiano decorado con plumitas de colores. Kate comentó entre dientes que a Leblanc sólo le faltaba un tigre muerto para apoyar el pie. Durante su juventud Leblanc había pasado una breve temporada en el Amazonas y había escrito un voluminoso tratado sobre los indios, que causó sensación en los círculos académicos. El guía brasilero, César Santos, quien debía irlos a buscar a Manaos, no pudo llegar porque su avioneta estaba descompuesta, así es que los esperaría en Santa María de la Lluvia, donde el grupo tendría que trasladarse en barco.

Alex comprobó que Manaos, ubicada en la confluencia entre el río Amazonas y el río Negro, era una ciudad grande y moderna, con edificios altos y un tráfico agobiante, pero su abuela le aclaró que allí la naturaleza era indómita y en tiempos de inundaciones aparecían caimanes y serpientes en los patios de las casas y en los huecos de los ascensores. Ésa era también una ciudad de traficantes donde la ley era frágil y se quebraba fácilmente: drogas, diamantes, oro, maderas preciosas, armas. No hacía ni dos semanas que habían descubierto un barco cargado de pescado… y cada pez iba relleno con cocaína.

Para el muchacho americano, quien sólo había salido de su país para conocer Italia, la tierra de los antepasados de su madre, fue una sorpresa ver el contraste entre la riqueza de unos y la extrema pobreza de otros, todo mezclado. Los campesinos sin tierra y los trabajadores sin empleo llegaban en masa buscando nuevos horizontes, pero muchos acababan viviendo en chozas, sin recursos y sin esperanza. Ese día se celebraba una fiesta y la población andaba alegre, como en carnaval: pasaban bandas de músicos por las calles, la gente bailaba y bebía, muchos iban disfrazados. Se hospedaron en un moderno hotel, pero no pudieron dormir por el estruendo de la música, los petardos y los cohetes. Al día siguiente el profesor Leblanc amaneció de muy mal humor por la mala noche y exigió que se embarcaran lo antes posible, porque no quería pasar ni un minuto más de lo indispensable en esa ciudad desvergonzada, como la calificó.

El grupo del *International Geographic* remontó el río Negro, que era de ese color debido al sedimento que arrastraban sus aguas, para dirigirse a Santa María de la Lluvia, una aldea en pleno territorio indígena. La embarcación era bastante grande, con un motor antiguo, ruidoso y humeante, y un improvisado techo de plástico para protegerse del sol y la lluvia, que caía caliente como una ducha varias veces al día. El barco iba atestado de gente, bultos, sacos, racimos de plátanos y algunos animales domésticos en jaulas o simplemente amarrados de las patas. Contaban con unos mesones, unas banquetas largas para sentarse y una serie de hamacas colgadas de los palos, unas encima de otras.

La tripulación y la mayoría de los pasajeros eran *caboclos*, como se llamaba a la gente del Amazonas, mezcla de varias razas: blanco, indio y negro. Iban también algunos soldados, un par de jóvenes americanos —misioneros mormones— y una doctora venezolana, Omayra Torres, quien llevaba el propósito de vacunar indios. Era una bella mulata de unos treinta y cinco años, con cabello negro, piel color ámbar y ojos verdes almendrados de gato. Se movía con gracia, como si bailara al son de un ritmo secreto. Los hombres la seguían con la vista, pero ella parecía no darse cuenta de la impresión que su hermosura provocaba.

—Debemos ir bien preparados —dijo Leblanc señalando sus armas. Hablaba en general, pero era evidente que se dirigía sólo a la doctora Torres—. Encontrar a la Bestia es lo de menos. Lo peor serán los indios. Son guerreros brutales, crueles y traicioneros. Tal como describo en mi libro, matan para probar su valor y mientras más asesinatos cometen, más alto se colocan en la jerarquía de la tribu.

—¿Puede explicar eso, profesor? —preguntó Kate Cold, sin disimular su tono de ironía.

—Es muy sencillo, señora… ¿cómo me dijo que era su nombre?

—Kate Cold —aclaró ella por tercera o cuarta vez; aparentemente el profesor Leblanc tenía mala memoria para los nombres femeninos.

—Repito: muy sencillo. Se trata de la competencia mortal que existe en la naturaleza. Los hombres más violentos dominan en las sociedades primitivas. Supongo que ha oído el término «macho alfa». Entre los lobos, por ejemplo, el macho más agresivo controla a todos los demás y se queda con las mejores hembras. Entre los humanos es lo mismo: los hombres más violentos mandan, obtienen más mujeres y pasan sus genes a más hijos. Los otros deben conformarse con lo que sobra, ¿entiende? Es la supervivencia del más fuerte —explicó Leblanc.

—¿Quiere decir que lo natural es la brutalidad?

—Exactamente. La compasión es un invento moderno. Nuestra civilización protege a los débiles, a los pobres, a los enfermos. Desde el punto de vista de la genética eso es un terrible error. Por eso la raza humana está degenerando.

—¿Qué haría usted con los débiles en la sociedad, profesor? —preguntó ella.

—Lo que hace la naturaleza: dejar que perezcan. En ese sentido los indios son más sabios que nosotros —replicó Leblanc.

La doctora Omayra Torres, quien había escuchado atentamente la conversación, no pudo menos que dar su opinión.

—Con todo respeto, profesor, no me parece que los indios sean tan feroces como usted los describe, por el contrario, para ellos la guerra es más bien ceremonial: es un rito para probar el valor. Se pintan el cuerpo, preparan sus armas, cantan, bailan y parten a hacer una incursión en el *shabono* de otra tribu. Se amenazan y se dan unos cuantos garrotazos, pero rara vez hay más de uno o dos muertos. En nuestra civilización es al revés: no hay ceremonia, sólo masacre —dijo.

—Voy a regalarle un ejemplar de mi libro, señorita. Cualquier científico serio le dirá que Ludovic Leblanc es una autoridad en este tema… —la interrumpió el profesor.

—No soy tan sabia como usted —sonrió la doctora Torres—. Soy solamente una médica rural que ha trabajado más de diez años por estos lados.

—Créame, mi estimada doctora. Esos indios son la prueba

de que el hombre no es más que un mono asesino —replicó Leblanc.

—¿Y la mujer? —interrumpió Kate Cold.

—Lamento decirle que las mujeres no cuentan para nada en las sociedades primitivas. Son sólo botín de guerra.

La doctora Torres y Kate Cold intercambiaron una mirada y ambas sonrieron, divertidas.

La parte inicial del viaje por el río Negro resultó ser más que nada un ejercicio de paciencia. Avanzaban a paso de tortuga y apenas se ponía el sol debían detenerse, para evitar ser golpeados por los troncos que arrastraba la corriente. El calor era intenso, pero al anochecer refrescaba y para dormir había que cubrirse con una manta. A veces, donde el río se presentaba limpio y calmo, aprovechaban para pescar o nadar un rato. Los dos primeros días se cruzaron con embarcaciones de diversas clases, desde lanchas a motor y casas flotantes hasta sencillas canoas talladas en troncos de árbol, pero después quedaron solos en la inmensidad de aquel paisaje. Ése era un planeta de agua: la vida transcurría navegando lentamente, al ritmo del río, de las mareas, de las lluvias, de las inundaciones. Agua, agua por todas partes. Existían centenares de familias, que nacían y morían en sus embarcaciones, sin haber pasado una noche en tierra firme; otras vivían en casas sobre pilotes a las orillas del río. El transporte se hacía por el río y la única forma de enviar o recibir un mensaje era por radio. Al muchacho americano le parecía increíble que se pudiera vivir sin teléfono. Una estación de Manaos transmitía mensajes personales sin interrupciones, así se enteraba la gente de las noticias, sus negocios y sus familias. Río arriba circulaba poco el dinero, había una economía de trueque, cambiaban pescado por azúcar, o gasolina por gallinas, o servicios por una caja de cerveza.

En ambas orillas del río la selva se alzaba amenazante. Las órdenes del capitán fueron claras: no alejarse por ningún motivo, porque bosque adentro se pierde el sentido de la orientación. Se sabía de extranjeros que, estando a pocos metros del río, habían muerto desesperados sin encontrarlo. Al amanecer veían delfines rosados saltando entre las aguas y centenares de pájaros cruzando el aire. También vieron manatíes, unos grandes mamíferos acuáticos cuyas hembras dieron origen a la leyenda de las sirenas. Por la noche aparecían entre los matorrales puntos colorados: eran los ojos de los caimanes espiando en la oscuridad. Un *caboclo* enseñó a Alex a calcular el tamaño del animal por la separación de los ojos. Cuando se trataba de un ejemplar pequeño, el *caboclo* lo encandilaba con una linterna, luego saltaba al agua y lo atrapaba, sujetándole las mandíbulas con una mano y la cola con otra. Si la separación de los ojos era considerable, lo evitaba como a la peste.

El tiempo transcurría lento, las horas se arrastraban eternas, sin embargo Alex no se aburría. Se sentaba en la proa del bote a observar la naturaleza, leer y tocar la flauta de su abuelo. La selva parecía animarse y responder al sonido del instrumento, hasta los ruidosos tripulantes y pasajeros del barco se callaban para escucharlo; ésas eran las únicas ocasiones en que Kate Cold le prestaba atención. La escritora era de pocas palabras, pasaba el día leyendo o escribiendo en sus cuadernos y en general lo ignoraba o lo trataba como a cualquier otro miembro de la expedición. Era inútil acudir a ella para plantearle un problema de mera supervivencia, como la comida, la salud o la seguridad, por ejemplo. Lo miraba de arriba abajo con evidente desdén y le contestaba que hay dos clases de problemas, los que se arreglan solos y los que no tienen solución, así es que no la molestara con tonterías. Menos mal que su mano había sanado rápidamente, si no ella sería capaz de resolver el asunto sugiriendo que se la amputara. Era mujer de medidas extremas. Le había prestado mapas y libros sobre el Amazonas, para que él mismo buscara la información que le interesaba. Si Alex le comentaba sus lecturas sobre los indios o le planteaba sus teorías sobre la Bestia, ella replicaba sin levantar la vista de la página que tenía por delante: «Nunca pierdas una buena ocasión de callarte la boca, Alexander».

Todo en ese viaje resultaba tan diferente al mundo en que el muchacho se había criado, que se sentía como un visitante de otra galaxia. Ya no contaba con las comodidades que antes usaba sin pensar, como una cama, baño, agua corriente, electricidad. Se dedicó a tomar fotografías con la cámara de su abuela para llevar pruebas de vuelta a California. ¡Sus amigos jamás le creerían que había tenido en las manos un caimán de casi un metro de largo!

Su problema más grave era alimentarse. Siempre había sido quisquilloso para comer y ahora le servían cosas que ni siquiera sabía nombrar. Lo único que podía identificar a bordo eran frijoles en lata, carne seca salada y café, nada de lo cual le apetecía. Los tripulantes cazaron a tiros un par de monos y esa noche, cuando el bote atracó en la orilla, los asaron. Tenían un aspecto tan humano, que se sintió enfermo al verlos: parecían dos niños quemados. A la mañana siguiente pescaron una *pirarucú*, un enorme pez cuya carne resultó deliciosa para todos menos para él, porque se negó a probarla. Había decidido a los tres años que no le gustaba el pescado. Su madre, cansada de batallar para obligarlo a comer, se había resignado desde entonces a servirle los alimentos que le gustaban. No eran muchos.

Esa limitación lo mantenía hambriento durante el viaje; sólo disponía de bananas, un tarro de leche condensada y varios paquetes de galletas. A su abuela no pareció importarle que él tuviera hambre, tampoco a los demás. Nadie le hizo caso.

Varias veces al día caía una breve y torrencial lluvia; debió acostumbrarse a la permanente humedad, al hecho de que la ropa nunca se secaba del todo. Al ponerse el sol atacaban nubes de mosquitos. Los extranjeros se defendían empapándose en insecticida, sobre todo Ludovic Leblanc, quien no perdía ocasión de recitar la lista de enfermedades transmitidas por insectos, desde el tifus hasta la malaria. Había amarrado un tupido velo en torno a su sombrero australiano para protegerse la cara y pasaba buena parte del día refugiado bajo un mosquitero, que hizo colgar en la popa del barco. Los *caboclos,* en cambio, parecían inmunes a las picaduras.

Al tercer día, durante una mañana radiante, la embarcación se detuvo porque había un problema con el motor. Mientras el capitán procuraba arreglar el desperfecto, el resto de la gente se echó bajo techo a descansar. Hacía demasiado calor para moverse, pero Alex decidió que era el lugar perfecto para refrescarse. Saltó al agua, que parecía baja y calma como un plato de sopa, y se hundió como una piedra.

—Sólo un tonto prueba la profundidad con los dos pies —comentó su abuela cuando él asomó la cabeza en la superficie, echando agua hasta por las orejas.

El muchacho se alejó nadando del bote —le habían dicho que los caimanes prefieren las orillas— y flotó de espaldas en el agua tibia por largo rato, abierto de brazos y piernas, mirando el cielo y pensando en los astronautas, que conocían su inmensidad. Se sintió tan seguro, que cuando algo pasó veloz rozando su mano tardó un instante en reaccionar. Sin tener idea de qué clase de peligro acechaba —tal vez los caimanes no se quedaban sólo en las orillas, después de todo— empezó a bracear con todas sus fuerzas de vuelta a la embarcación, pero lo detuvo en seco la voz de su abuela gritándole que no se moviera. Le obedeció por hábito, a pesar de que su instinto le advertía lo contrario. Se mantuvo a flote lo más quieto posible y entonces vio a su lado un pez enorme. Creyó que era un tiburón y el corazón se le detuvo, pero el pez dio una corta vuelta y regresó curioso, colocándose tan cerca, que pudo ver su sonrisa. Esta vez su corazón dio un salto y debió contenerse para no gritar de alegría. ¡Estaba nadando con un delfín!

Los veinte minutos siguientes, jugando con él como lo hacía con su perro Poncho, fueron los más felices de su vida. El magnífico animal circulaba a su alrededor a gran velocidad, saltaba por encima de él, se detenía a pocos centímetros de su cara, observándolo con una expresión simpática. A veces pasaba muy cerca y podía tocar su piel, que no era suave como había imaginado, sino áspera. Alex deseaba que ese momento no terminara nunca, estaba dispuesto a quedarse para siempre en el río, pero de pronto el delfín dio un coletazo de despedida y desapareció.

—¿Viste, abuela? ¡Nadie me va a creer esto! —gritó de vuelta en el bote, tan excitado que apenas podía hablar.

—Aquí están las pruebas —sonrió ella, señalándole la cámara. También los fotógrafos de la expedición, Bruce y González, habían captado la escena.

A medida que se internaban por el río Negro, la vegetación se volvía más voluptuosa, el aire más espeso y fragante, el tiempo más lento y las distancias más incalculables. Avanzaban como en sueños por un territorio alucinante. De trecho en trecho la embarcación se iba desocupando, los pasajeros descendían con sus bultos y sus animales en las chozas o pequeños villorrios de la orilla. Las radios a bordo ya no recibían los mensajes personales de Manaos ni atronaban con los ritmos populares, los hombres se callaban mientras la naturaleza vibraba con una orquesta de pájaros y monos. Sólo el ruido del motor delataba la presencia humana en la inmensa soledad de la selva. Por último, cuando llegaron a Santa María de la Lluvia, sólo quedaban a bordo la tripulación, el grupo del *International Geographic*, la doctora Omayra Torres y dos soldados. También estaban los dos jóvenes mormones, atacados por alguna bacteria intestinal. A pesar de los antibióticos administrados por la doctora iban tan enfermos, que apenas podían abrir los ojos y a ratos confundían la selva ardiente con sus nevadas montañas de Utah.

—Santa María de la Lluvia es el último enclave de la civilización —dijo el capitán de bote, cuando en un recodo del río apareció el villorrio.

—De aquí para adelante es territorio mágico, Alexander —advirtió Kate Cold a su nieto.

—¿Quedan indios que no han tenido contacto alguno con la civilización? —preguntó él.

—Se calcula que existen unos dos o tres mil, pero en realidad nadie lo sabe con certeza —contestó la doctora Omayra Torres.

Santa María de la Lluvia se levantaba como un error humano en medio de una naturaleza abrumadora, que amenazaba con tragársela en cualquier momento. Consistía en una veintena de casas, un galpón que hacía las veces de hotel, otro más pequeño donde funcionaba un hospital atendido por dos monjas, un

54

par de pequeños almacenes, una iglesia católica y un cuartel del ejército. Los soldados controlaban la frontera y el tráfico entre Venezuela y Brasil. De acuerdo a la ley, también debían proteger a los indígenas de los abusos de colonos y aventureros, pero en la práctica no lo hacían. Los forasteros iban ocupando la región sin que nadie se lo impidiera, empujando a los indios más y más hacia las zonas inexpugnables o matándolos con impunidad. En el embarcadero de Santa María de la Lluvia los esperaba un hombre alto, con un perfil afilado de pájaro, facciones viriles y expresión abierta, la piel curtida por la intemperie y una melena oscura amarrada en una cola en la nuca.

—Bienvenidos. Soy César Santos y ésta es mi hija Nadia —se presentó.

Alex calculó que la chica tenía la edad de su hermana Andrea, unos doce o trece años. Tenía el cabello crespo y alborotado, desteñido por el sol, los ojos y la piel color miel; vestía shorts, camiseta y unas chancletas de plástico. Llevaba varias tiras de colores atadas en las muñecas, una flor amarilla sobre una oreja y una larga pluma verde atravesada en el lóbulo de la otra. Alex pensó que, si Andrea viera esos adornos, los copiaría de inmediato, y que si Nicole, su hermana menor, viera el monito negro que la chica llevaba sentado sobre un hombro, se moriría de envidia.

Mientras la doctora Torres, ayudada por dos monjas que fueron a recibirla, se llevaba a los misioneros mormones al diminuto hospital, César Santos dirigió el desembarco de los numerosos bultos de la expedición. Se disculpó por no haberlos esperado en Manaos, como habían acordado. Explicó que su avioneta había sobrevolado todo el Amazonas, pero era muy antigua y en las últimas semanas se le caían piezas del motor. En vista de que había estado a punto de estrellarse, decidió encargar otro motor, que debía llegar en esos días, y agregó con una sonrisa que no podía dejar huérfana a su hija Nadia. Luego los llevó al hotel, que resultó ser una construcción de madera sobre pilotes a orillas del río, similar a las otras destartaladas casuchas de la aldea. Cajas de cerveza se amontonaban por todos lados y sobre el mesón se alineaban botellas de licor. Alex había notado durante el viaje que, a pesar del calor, los hombres bebían litros y litros de alcohol a toda hora. Ese primitivo edificio serviría de base de operaciones, alojamiento, restaurante y bar para los visitantes. A Kate Cold y al profesor Ludovic Leblanc les asignaron unos cubículos separados del resto por sábanas colgadas de cuerdas. Los demás dormirían en hamacas protegidas por mosquiteros.

Santa María de la Lluvia era un villorrio somnoliento y tan remoto, que apenas figuraba en los mapas. Unos cuantos colonos criaban vacas de cuernos muy largos; otros explotaban el oro del fondo del río o la madera y el caucho de los bosques; unos pocos atrevidos partían solos a la selva en busca de diamantes; pero la mayoría vegetaba a la espera de que alguna oportunidad cayera milagrosamente del cielo. Ésas eran las actividades visibles. Las secretas consistían en tráfico de pájaros exóticos, drogas y armas. Grupos de soldados, con sus rifles al hombro y las camisas empapadas de sudor, jugaban a los naipes o fumaban sentados a la sombra. La escasa población languidecía, medio atontada por el calor y el aburrimiento. Alex vio varios individuos sin pelo ni dientes, medio ciegos, con erupciones en la piel, gesticulando y hablando solos; eran mineros a quienes el mercurio había trastornado y estaban muriendo de a poco. Buceaban en el fondo del río para aspirar con poderosos tubos la arena saturada de oro en polvo. Algunos morían ahogados; otros morían porque sus competidores les cortaban las mangueras de oxígeno; los más morían lentamente envenenados por el mercurio que usaban para separar la arena del oro.

Los niños de la aldea, en cambio, jugaban felices en el lodo, acompañados por unos cuantos monos domésticos y perros flacos. Había algunos indios, varios cubiertos con una camiseta o un pantalón corto, otros tan desnudos como los niños. Al comienzo Alex, turbado, no se atrevía a mirar los senos de las mujeres, pero rápidamente se le acostumbró la vista y a los cinco minutos dejaron de llamarle la atención. Esos indios llevaban varios años en contacto con la civilización y habían perdido muchas de sus tradiciones y costumbres, como explicó César Santos. La hija del guía, Nadia, les hablaba en su lengua y en respuesta ellos la trataban como si fuera de la misma tribu.

Si ésos eran los feroces indígenas descritos por Leblanc, no resultaban muy impresionantes: eran pequeños, los hombres medían menos de un metro cincuenta y los niños parecían miniaturas humanas. Por primera vez en su vida Alex se sintió alto. Tenían la piel color bronce y pómulos altos; los hombres llevaban el cabello cortado redondo como un plato a la altura de las orejas, lo cual acentuaba su aspecto asiático. Descendían de habitantes del norte de China, que llegaron por Alaska entre diez y veinte mil años atrás. Se salvaron de ser esclavizados durante la conquista en el siglo XVI porque permanecieron aislados. Los soldados españoles y portugueses no pudieron vencer los pantanos, los mosquitos, la vegetación, los inmensos ríos y las cataratas de la región amazónica.

Una vez instalados en el hotel, César Santos procedió a organizar el equipaje de la expedición y planear el resto del viaje con la escritora Kate Cold y los fotógrafos, porque el profesor Leblanc decidió descansar hasta que refrescara un poco el clima. No soportaba bien el calor. Entretanto Nadia, la hija del guía, invitó a Alex a recorrer los alrededores.

—Después de la puesta de sol no se aventuren fuera de los límites de la aldea, es peligroso —les advirtió César Santos.

Siguiendo los consejos de Leblanc, quien hablaba como un experto en peligros de la selva, Alex se metió los pantalones dentro de los calcetines y las botas, para evitar que las voraces sanguijuelas le chuparan la sangre. Nadia, que andaba casi descalza, se rió.

—Ya te acostumbrarás a los bichos y el calor —le dijo. Hablaba muy buen inglés porque su madre era canadiense—. Mi mamá se fue hace tres años —aclaró la niña.

—¿Por qué se fue?

—No pudo habituarse aquí, tenía mala salud y empeoró cuando la Bestia empezó a rondar. Sentía su olor, quería irse lejos, no podía estar sola, gritaba… Al final la doctora Torres se la llevó en un helicóptero. Ahora está en Canadá —dijo Nadia.

—¿Tu padre no fue con ella?

—¿Qué haría mi papá en Canadá?

—¿Y por qué no te llevó con ella? —insistió Alex, quien nunca había oído de una madre que abandonara a los hijos.

—Porque está en un sanatorio. Además no quiero separarme de mi papá.

—¿No tienes miedo de la Bestia?

—Todo el mundo le tiene miedo. Pero si viene, Borobá me advertiría a tiempo —replicó la niña, acariciando al monito negro, que nunca se separaba de ella.

Nadia llevó a su nuevo amigo a conocer el pueblo, lo cual

les tomó apenas media hora, pues no había mucho que ver. Súbitamente estalló una tormenta de relámpagos, que cruzaban el cielo en todas direcciones, y empezó a llover a raudales. Era una lluvia caliente como sopa, que convirtió las angostas callejuelas en un humeante lodazal. La gente en general buscaba amparo bajo algún techo, pero los niños y los indios continuaban en sus actividades, indiferentes por completo al aguacero. Alex comprendió que su abuela tuvo razón al sugerirle que reemplazara sus vaqueros por ropa ligera de algodón, más fresca y fácil de secar. Para escapar de la lluvia, los dos chicos se metieron en la iglesia, donde encontraron a un hombre alto y fornido, con unas tremendas espaldas de leñador y el cabello blanco, a quien Nadia presentó como el padre Valdomero. Carecía por completo de la solemnidad que se espera de un sacerdote: estaba en calzoncillos, con el torso desnudo, encaramado a una escalera pintando las paredes con cal. Tenía una botella de ron en el suelo.

—El padre Valdomero ha vivido aquí desde antes de la invasión de las hormigas —lo presentó Nadia.

—Llegué cuando se fundó este pueblo, hace casi cuarenta años, y estaba aquí cuando vinieron las hormigas. Tuvimos que abandonar todo y salir escapando río abajo. Llegaron como una enorme mancha oscura, avanzando implacables, destruyendo todo a su paso —contó el sacerdote.

—¿Qué pasó entonces? —preguntó Alex, quien no podía imaginar un pueblo víctima de insectos.

—Prendimos fuego a las casas antes de irnos. El incendio desvió a las hormigas y unos meses más tarde pudimos regresar. Ninguna de las casas que ves aquí tiene más de quince años —explicó.

El sacerdote tenía una extraña mascota, un perro anfibio que, según dijo, era nativo del Amazonas, pero su especie estaba casi extinta. Pasaba buena parte de su vida en el río y podía permanecer varios minutos con la cabeza dentro de un balde con agua. Recibió a los visitantes desde prudente distancia, desconfiado. Su ladrido era como trino de pájaros y parecía que estaba cantando.

—Al padre Valdomero lo raptaron los indios. ¡Qué daría yo por tener esa suerte! —exclamó Nadia admirada.

—No me raptaron, niña. Me perdí en la selva y ellos me salvaron la vida. Viví con ellos varios meses. Son gente buena y libre, para ellos la libertad es más importante que la vida misma, no pueden vivir sin ella. Un indio preso es un indio muerto: se mete hacia adentro, deja de comer y respirar y se muere —contó el padre Valdomero.

—Unas versiones dicen que son pacíficos y otras que son completamente salvajes y violentos —dijo Alex.

—Los hombres más peligrosos que he visto, por estos lados no son indios, sino traficantes de armas, drogas y diamantes, caucheros, buscadores de oro, soldados, y madereros, que infectan y explotan esta región —rebatió el sacerdote y agregó que los indios eran primitivos en lo material, pero muy avanzados en el plano mental, que estaban conectados a la naturaleza, como un hijo a su madre.

—Cuéntenos de la Bestia. ¿Es cierto que usted la vio con sus propios ojos, padre? —preguntó Nadia.

—Creo que la vi, pero era de noche y mis ojos ya no son tan buenos como antes —contestó el padre Valdomero, echándose un largo trago de ron al gaznate.

—¿Cuándo fue eso? —preguntó Alex, pensando que su abuela agradecería esa información.

—Hace un par de años…

—¿Qué vio exactamente?

—Lo he contado muchas veces: un gigante de más de tres metros de altura, que se movía muy lentamente y despedía un olor terrible. Quedé paralizado de espanto.

—¿No lo atacó, padre?

—No. Dijo algo, después dio media vuelta y desapareció en el bosque.

—¿Dijo algo? Supongo que quiere decir que emitió ruidos, como gruñidos, ¿verdad? —insistió Alex.

—No, hijo. Claramente la criatura habló. No entendí ni una palabra, pero sin duda era un lenguaje articulado. Me desmayé… Cuando desperté no estaba seguro de lo que había pasado, pero tenía ese olor penetrante pegado en la ropa, en el pelo, en la piel. Así supe que no lo había soñado.

5
El chamán

La tormenta cesó tan súbitamente como había comenzado, y la noche apareció clara. Alex y Nadia regresaron al hotel, donde los miembros de la expedición estaban reunidos en torno a César Santos y la doctora Omayra Torres estudiando un mapa de la región y discutiendo los preparativos del viaje. El profesor Leblanc, algo más repuesto de la fatiga, estaba con ellos. Se había pintado de insecticida de pies a cabeza y había contratado a un indio llamado Karakawe para que lo abanicara con una hoja de banano. Leblanc exigió que la expedición se pusiera en marcha hacia el Alto Orinoco al día siguiente, porque él no podía perder tiempo en esa aldea insignificante. Disponía sólo de tres semanas para atrapar a la extraña criatura de la selva, dijo.

—Nadie lo ha logrado en varios años, profesor... —apuntó César Santos.

—Tendrá que aparecer pronto, porque yo debo dar una serie de conferencias en Europa —replicó él.

—Espero que la Bestia entienda sus razones —dijo el guía, pero el profesor no dio muestras de captar la ironía.

Kate Cold le había contado a su nieto que el Amazonas era un lugar peligroso para los antropólogos, porque solían perder la razón. Inventaban teorías contradictorias y se peleaban entre ellos a tiros y cuchilladas; otros tiranizaban a las tribus y acababan creyéndose dioses. A uno de ellos, enloquecido, debieron llevarlo amarrado de vuelta a su país.

—Supongo que está enterado de que yo también formo parte de la expedición, profesor Leblanc —dijo la doctora Omayra Torres, a quien el antropólogo miraba de reojo a cada rato, impresionado por su opulenta belleza.

—Nada me gustaría más, señorita, pero…

—Doctora Torres —lo interrumpió la médica.

—Puede llamarme Ludovic —aventuró Leblanc con coquetería.

—Llámeme doctora Torres —replicó secamente ella.

—No podré llevarla, mi estimada doctora. Apenas hay espacio para quienes hemos sido contratados por el *International Geographic*. El presupuesto es generoso, pero no ilimitado —replicó Leblanc.

—Entonces ustedes tampoco irán, profesor. Pertenezco al Servicio Nacional de Salud. Estoy aquí para proteger a los indios. Ningún forastero puede contactarlos sin las medidas de prevención necesarias. Son muy vulnerables a las enfermedades, sobre todo las de los blancos —dijo la doctora.

—Un resfrío común es mortal para ellos. Una tribu completa murió de una infección respiratoria hace tres años, cuando vinieron unos periodistas a filmar un documental. Uno de ellos tenía tos, le dio una chupada de su cigarrillo a un indio y así contagió a toda la tribu —agregó César Santos.

En ese momento llegaron el capitán Ariosto, jefe del cuartel, y Mauro Carías, el empresario más rico de los alrededores. En un susurro, Nadia le explicó a Alex que Carías era muy poderoso, hacía negocios con los presidentes y generales de varios países sudamericanos. Agregó que no tenía el corazón en el cuerpo, sino que lo llevaba en una bolsa, y señaló el maletín de cuero que Carías tenía en la mano. Por su parte Ludovic Leblanc estaba muy impresionado con Mauro Carías, porque la expedición se había formado gracias a los contactos internacionales de ese hombre. Fue él quien interesó a la revista *International Geographic* en la leyenda de la Bestia.

—Esa extraña criatura tiene atemorizados a las buenas gentes del Alto Orinoco. Nadie quiere internarse en el triángulo donde se supone que habita —dijo Carías.

—Entiendo que esa zona no ha sido explorada —dijo Kate Cold.

—Así es.

—Supongo que debe ser muy rica en minerales y piedras preciosas —agregó la escritora.

—La riqueza del Amazonas está sobre todo en la tierra y las maderas —respondió él.

—Y en las plantas —intervino la doctora Omayra Torres—. No conocemos ni un diez por ciento de las sustancias medicinales que hay aquí. A medida que desaparecen los chamanes y curanderos indígenas, perdemos para siempre esos conocimientos.

—Imagino que la Bestia también interfiere con sus negocios por esos lados, señor Carías, tal como interfieren las tribus —continuó Kate Cold, quien cuando se interesaba en algo no soltaba la presa.

—La Bestia es un problema para todos. Hasta los soldados le tienen miedo —admitió Mauro Carías.

—Si la Bestia existe, la encontraré. Todavía no ha nacido el hombre y menos el animal que pueda burlarse de Ludovic Leblanc —replicó el profesor, quien solía referirse a sí mismo en tercera persona.

—Cuente con mis soldados, profesor. Al contrario de lo que asegura mi buen amigo Carías, son hombres valientes —ofreció el capitán Ariosto.

—Cuente también con todos mis recursos, estimado profesor Leblanc. Dispongo de lanchas a motor y un buen equipo de radio —agregó Mauro Carías.

—Y cuente conmigo para los problemas de salud o los accidentes que puedan surgir —añadió suavemente la doctora Omayra Torres, como si no recordara la negativa de Leblanc de incluirla en la expedición.

—Tal como le dije, señorita...

—Doctora —lo corrigió ella de nuevo.

—Tal como le dije, el presupuesto de esta expedición es limitado, no podemos llevar turistas —dijo Leblanc, enfático.

—No soy turista. La expedición no puede continuar sin un médico autorizado y sin las vacunas necesarias.

—La doctora tiene razón. El capitán Ariosto le explicará la ley —intervino César Santos, quien conocía a la doctora y evidentemente se sentía atraído por ella.

—Ejem, bueno... es cierto que... —farfulló el militar mirando a Mauro Carías, confundido.

—No habrá problema en incluir a Omayra. Yo mismo financiaré sus gastos —sonrió el empresario poniendo un brazo en torno a los hombros de la joven médica.

—Gracias, Mauro, pero no será necesario, mis gastos los paga el Gobierno —dijo ella, apartándose sin brusquedad.

—Bien. En ese caso no hay más que hablar. Espero que encontremos a la Bestia, si no este viaje será inútil —comentó Timothy Bruce, el fotógrafo.

—Confíe en mí, joven. Tengo experiencia en este tipo de animales y yo mismo he diseñado unas trampas infalibles. Puede ver los modelos de mis trampas en mi tratado sobre el abominable hombre del Himalaya —aclaró el profesor con una mueca de satisfacción, mientras indicaba a Karakawe que lo abanicara con más bríos.

—¿Pudo atraparlo? —preguntó Alex con fingida inocencia, pues conocía de sobra la respuesta.

—No existe, joven. Esa supuesta criatura del Himalaya es una patraña. Tal vez esta famosa Bestia también lo sea.

—Hay gente que la ha visto —alegó Nadia.

—Gente ignorante, sin duda, niña —determinó el profesor.

—El padre Valdomero no es un ignorante —insistió Nadia.

—¿Quién es ése?

—Un misionero católico, que fue raptado por los salvajes y desde entonces está loco —intervino el capitán Ariosto. Hablaba inglés con un fuerte acento venezolano y como mantenía siempre un cigarro entre los dientes, no era mucho lo que se le entendía.

—¡No fue raptado y tampoco está loco! —exclamó Nadia.

—Cálmate, bonita —sonrió Mauro Carías acariciando el cabello de Nadia, quien de inmediato se puso fuera de su alcance.

—En realidad el padre Valdomero es un sabio. Habla varios idiomas de los indios, conoce la flora y la fauna del Amazonas mejor que nadie; recompone fracturas de huesos, saca muelas y en un par de ocasiones ha operado cataratas de los ojos con un bisturí que él mismo fabricó —agregó César Santos.

—Sí, pero no ha tenido éxito en combatir los vicios en Santa María de la Lluvia o en cristianizar a los indios, ya ven que todavía andan desnudos —se burló Mauro Carías.

—Dudo que los indios necesiten ser cristianizados —rebatió César Santos.

Explicó que eran muy espirituales, creían que todo tenía alma: los árboles, los animales, los ríos, las nubes. Para ellos el espíritu y la materia no estaban separados. No entendían la simpleza de la religión de los forasteros, decían que era una sola historia repetida, en cambio ellos tenían muchas historias de dioses, demonios, espíritus del cielo y la tierra. El padre Valdomero había renunciado a explicarles que Cristo murió en la cruz para salvar a la humanidad del pecado, porque la idea de tal sacrificio dejaba a los indios atónitos. No conocían la culpa. Tampoco comprendían la necesidad de usar ropa en ese clima o de acumular bienes, si nada podían llevarse al otro mundo cuando morían.

—Es una lástima que estén condenados a desaparecer, son el sueño de cualquier antropólogo, ¿verdad, profesor Leblanc? —apuntó Mauro Carías, burlón.

—Así es. Por suerte pude escribir sobre ellos antes que sucumban ante el progreso. Gracias a Ludovic Leblanc figurarán en la historia —replicó el profesor, completamente impermeable al sarcasmo del otro.

Esa tarde la cena consistió en trozos de tapir asado, frijoles y tortillas de mandioca, nada de lo cual Alex quiso probar, a pesar de que lo atormentaba un hambre de lobo.

Después de la cena, mientras su abuela bebía vodka y fumaba su pipa en compañía de los hombres del grupo, Alex salió con Nadia al embarcadero. La luna brillaba como una lámpara amarilla en el cielo. Los rodeaba el ruido de la selva, como música de fondo: gritos de pájaros, chillidos de monos, croar de sapos y grillos. Miles de luciérnagas pasaban fugaces por su lado, rozándoles la cara. Nadia atrapó una con la mano y se la enredó entre los rizos del cabello, donde quedó titilando como una lucecita. La muchacha estaba sentada en el muelle con los pies en el agua oscura del río. Alex le preguntó por las pirañas, que había visto disecadas en las tiendas para turistas en Manaos, como tiburones en miniatura: medían un palmo y estaban provistas de formidables mandíbulas y dientes afilados como cuchillos.

—Las pirañas son muy útiles, limpian el agua de cadáveres y basura. Mi papá dice que sólo atacan si huelen sangre y cuando están hambrientas —explicó ella.

Le contó que en una ocasión había visto cómo un caimán, mal herido por un jaguar, se arrastró hasta el agua, donde las pirañas se introdujeron por la herida y lo devoraron por dentro en cuestión de minutos, dejando la piel intacta.

En ese momento la chica se puso alerta y le hizo un gesto con la mano de que guardara silencio. Borobá, el monito, empezó a dar saltos y emitir chillidos, muy agitado, pero Nadia lo calmó en un instante susurrándole al oído. Alex tuvo la impresión de que el animal entendía perfectamente las palabras de su ama. Sólo veía las sombras de la vegetación y el espejo negro del agua, pero era evidente que algo había llamado la atención de Nadia, porque se había puesto de pie. De lejos le llegaba el sonido apagado de alguien pulsando las cuerdas de una guitarra en la aldea. Si se volvía, podía ver algunas luces de las casas a su espalda, pero allí estaban solos.

Nadia lanzó un grito largo y agudo, que a los oídos del muchacho sonó idéntico al de una lechuza, y un instante después otro grito similar respondió desde la otra orilla. Ella repitió el llamado dos veces y en ambas ocasiones tuvo la misma respuesta. Entonces tomó a Alex de un brazo y le indicó que la siguiera. El muchacho recordó la advertencia de César Santos, de permanecer dentro de los límites del pueblo después del atardecer, así como las historias que había oído sobre víboras, fieras, bandidos y borrachos armados. Y mejor no pensar en los indios feroces descritos por Leblanc o en la Bestia... Pero no quiso quedar como cobarde ante los ojos de la chica y la siguió sin decir palabra, empuñando su cortaplumas del ejército suizo abierto.

Dejaron atrás las últimas casuchas de la aldea y siguieron adelante con cuidado, sin más luz que la luna. La selva resultó menos tupida de lo que Alex creía; la vegetación era densa en las orillas del río, pero luego se raleaba y era posible avanzar sin gran dificultad. No fueron muy lejos antes que el llamado de la lechuza se repitiera. Estaban en un claro del bosque, donde la luna podía verse brillando en el firmamento. Nadia se detuvo y esperó inmóvil; hasta Borobá estaba quieto, como si supiera lo que aguardaban. De pronto Alex dio un salto, sorprendido: a menos de tres metros de distancia se materializó una figura salida de la noche, súbita y sigilosa, como un fantasma. El muchacho enarboló su navaja dispuesto a defenderse, pero la actitud serena de Nadia detuvo su gesto en el aire.

—Aía —murmuró la chica en voz baja.

—Aía, aía... —replicó una voz que a Alex no le pareció humana, sonaba como soplido de viento.

La figura se aproximó un paso y quedó muy cerca de Nadia. Para entonces los ojos de Alex se habían acostumbrado un poco a la penumbra y pudo ver a la luz de la luna a un hombre increíblemente anciano. Parecía haber vivido siglos, a pesar de su postura erguida y sus movimientos ágiles. Era muy pequeño, Alex calculó que medía menos que su hermana Nicole, quien sólo tenía nueve años. Usaba un breve delantal de fibra vegetal y una docena de collares de conchas, semillas y dientes de jabalí cubriéndole el pecho. La piel, arrugada como la de un milenario elefante, caía en pliegues sobre su frágil esqueleto. Llevaba una corta lanza, un bastón del cual colgaban una serie de bolsitas de piel y un cilindro de cuarzo que sonaba como un cascabel de bebé. Nadia se llevó la mano al cabello, desprendió la luciérnaga y se la ofreció; el anciano la aceptó, colocándola entre sus collares. Ella se puso en cuclillas y señaló a Alex que hiciera otro tanto, como signo de respeto. Enseguida el indio se agachó también y así quedaron los tres a la misma altura.

Borobá dio un salto y se encaramó a los hombros del viejo, tironeándole las orejas; su ama lo separó de un manotazo y el anciano se echó a reír de buena gana. A Alex le pareció que no tenía un solo diente en la boca, pero como no había mucha luz, no podía estar seguro. El indio y Nadia se enfrascaron en una larga conversación de gestos y sonidos en una lengua cuyas palabras sonaban dulces, como brisa, agua y pájaros. Supuso que hablaban de él, porque lo señalaban. En un momento el hombre se puso de pie y agitó su corta lanza muy enojado, pero ella lo tranquilizó con largas explicaciones. Por último el viejo se quitó un amuleto del cuello, un trozo de hueso tallado, y se lo llevó a los labios para soplarlo. El sonido era el mismo canto de lechuza escuchado antes, que Alex reconoció porque esas aves abundaban en las cercanías de su casa en el norte de California. El singular anciano colgó el amuleto en torno al cuello de Nadia, puso las manos en sus hombros a modo de despedida y enseguida desapareció con el mismo sigilo de su llegada. El muchacho podía jurar que no lo vio retroceder, simplemente se esfumó.

—Ése era Walimai —le dijo Nadia al oído.

—¿Walimai? —preguntó él, impresionado por ese extraño encuentro.

—¡Chisss! ¡No lo digas en voz alta! Jamás debes pronunciar el nombre verdadero de un indio en su presencia, es tabú. Menos puedes nombrar a los muertos, eso es un tabú mucho más fuerte, un terrible insulto —explicó Nadia.

—¿Quién es?

—Es un chamán, un brujo muy poderoso. Habla a través de sueños y visiones. Puede viajar al mundo de los espíritus cuando desea. Es el único que conoce el camino a El Dorado.

—¿El Dorado? ¿La ciudad de oro que inventaron los conquistadores? ¡Ésa es una leyenda absurda! —replicó Alex.

—Walimai ha estado allí muchas veces con su mujer. Siempre anda con ella —rebatió la chica.

—A ella no la vi —admitió Alex.

—Es un espíritu. No todos pueden verla.

—¿Tú la viste?

—Sí. Es joven y muy bonita.

—¿Qué te dio el brujo? ¿Qué hablaron ustedes dos? —preguntó Alex.

—Me dio un talismán. Con esto siempre estaré segura; nadie, ni las personas, ni los animales, ni los fantasmas podrán hacerme daño. También sirve para llamarlo, basta con soplarlo y él vendrá. Hasta ahora yo no podía llamarlo, debía esperar que él viniera. Walimai dice que voy a necesitarlo porque hay mucho peligro, el Rahakanariwa, el temible espíritu del pájaro caníbal, anda suelto. Cuando aparece hay muerte y destrucción, pero yo estaré protegida por el talismán.

—Eres una niña bastante rara… —suspiró Alex, sin creer ni la mitad de lo que ella decía.

—Walimai dice que los extranjeros no deben ir a buscar a la Bestia. Dice que varios morirán. Pero tú y yo debemos ir, porque hemos sido llamados, porque tenemos el alma blanca.

—¿Quién nos llama?

—No sé, pero si Walimai lo dice, es cierto.

—¿De verdad tú crees esas cosas, Nadia? ¿Crees en brujos, en pájaros caníbales, en El Dorado, en esposas invisibles, en la Bestia?

Sin responder, la chica dio media vuelta, echó a andar hacia la aldea y él la siguió de cerca, para no perderse.

6
El plan

Esa noche Alexander Cold durmió sobresaltado. Se sentía a la intemperie, como si las frágiles paredes que lo separaban de la selva se hubieran disuelto y estuviera expuesto a todos los peligros de aquel mundo desconocido. El hotel, construido con tablas sobre pilotes, con techo de cinc y sin vidrios en las ventanas, apenas servía para protegerse de la lluvia. El ruido exterior de sapos y otros animales se sumaba a los ronquidos de sus compañeros de habitación. Su hamaca se volteó un par de veces, lanzándolo de bruces al suelo, antes que recordara la forma de usarla, colocándose en diagonal para mantener el equilibrio. No hacía calor, pero él estaba sudando. Permaneció desvelado en la oscuridad mucho rato, debajo de su mosquitero empapado en insecticida, pensando en la Bestia, en tarántulas, escorpiones, serpientes y otros peligros que acechaban en la oscuridad. Repasó la extraña escena que había visto entre el indio y Nadia. El chamán había profetizado que varios miembros de la expedición morirían.

A Alex le pareció increíble que en pocos días su vida hubiera dado un vuelco tan espectacular, que de repente se encontrara en un lugar fantástico donde, tal como había anunciado su abuela, los espíritus se paseaban entre los vivos. La realidad se había distorsionado, ya no sabía qué creer. Sintió una gran nostalgia por su casa y su familia, incluso por su perro Poncho. Estaba muy solo y muy lejos de todo lo conocido. ¡Si al menos pudiera averiguar cómo seguía su madre! Pero llamar por teléfono desde esa aldea a un hospital en Texas era como tratar de comunicarse con el planeta Marte. Kate no era gran compañía ni consuelo. Como abuela dejaba mucho que desear, ni siquiera se daba el trabajo de responder a sus preguntas, porque opinaba que lo único que uno aprende es lo que uno averigua solo. Sostenía que la experiencia es lo que se obtiene justo después que uno la necesita.

Estaba dándose vueltas en la hamaca, sin poder dormir, cuando le pareció escuchar un murmullo de voces. Podía ser sólo el barullo de la selva, pero decidió averiguarlo. Descalzo y en ropa interior, se acercó sigilosamente a la hamaca donde dormía Nadia junto a su padre, en el otro extremo de la sala común. Puso una mano en la boca de la chica y murmuró su nombre al oído, procurando no despertar a los demás. Ella abrió los ojos asustada, pero al reconocerlo se calmó y descendió de su hamaca ligera como un gato, haciéndole un gesto perentorio a Borobá para que se quedara quieto. El monito la obedeció de inmediato, enrollándose en la hamaca, y Alex lo comparó con su perro Poncho, a quien él no había logrado jamás hacerle comprender ni la orden más sencilla. Salieron sigilosos, deslizándose a lo largo de la pared del hotel hacia la terraza, donde Alex había percibido las voces. Se ocultaron en el ángulo de la puerta, aplastados contra la pared, y desde allí vislumbraron al capitán Ariosto y a Mauro Carías sentados en torno a una mesita, fumando, bebiendo y hablando en voz baja. Sus rostros eran plenamente visibles a la luz de los cigarrillos y de una espiral de insecticida que ardía sobre la mesa. Alex se felicitó por haber llamado a Nadia, porque los hombres hablaban en español.

—Ya sabes lo que debes hacer, Ariosto —dijo Carías.

—No será fácil.

—Si fuera fácil, no te necesitaría y tampoco tendría que pagarte, hombre —anotó Mauro Carías.

—No me gustan los fotógrafos, podemos meternos en un lío. Y en cuanto a la escritora, déjame decirte que esa vieja me parece muy astuta —dijo el capitán.

—El antropólogo, la escritora y los fotógrafos son indispensables para nuestro plan. Saldrán de aquí contando exactamente el cuento que nos conviene, eso eliminará cualquier sospecha contra nosotros. Así evitamos que el Congreso mande una comisión para investigar los hechos, como ha ocurrido antes. Esta vez habrá un grupo del *International Geographic* de testigo —replicó Carías.

—No entiendo por qué el Gobierno protege a ese puñado de salvajes. Ocupan miles de kilómetros cuadrados que debieran repartirse entre los colonos, así llegaría el progreso a este infierno —comentó el capitán.

—Todo a su tiempo, Ariosto. En ese territorio hay esmeraldas y diamantes. Antes que lleguen los colonos a cortar árboles y criar vacas, tú y yo seremos ricos. No quiero aventureros por estos lados todavía.

—Entonces no los habrá. Para eso está el ejército, amigo Carías, para hacer valer la ley. ¿No hay que proteger a los indios acaso? —dijo el capitán Ariosto y los dos se rieron de buena gana.

—Tengo todo planeado, una persona de mi confianza irá con la expedición.

—¿Quién?

—Por el momento prefiero no difundir su nombre. La Bestia es el pretexto para que el tonto de Leblanc y los periodistas vayan exactamente donde nosotros queremos y cubran la noticia. Ellos contactarán a los indios, es inevitable. No pueden internarse en el triángulo del Alto Orinoco a buscar a la Bestia sin toparse con los indios —apuntó el empresario.

—Tu plan me parece muy complicado. Tengo gente muy discreta, podemos hacer el trabajo sin que nadie se entere —aseguró el capitán Ariosto, llevándose el vaso a los labios.

—¡No, hombre! ¿No te he explicado que debemos tener paciencia? —replicó Carías.

—Explícame de nuevo el plan —exigió Ariosto.

—No te preocupes, del plan me encargo yo. En menos de tres meses habremos desocupado la zona.

En ese instante Alex sintió algo sobre un pie y ahogó un grito: una serpiente se deslizaba sobre su piel desnuda. Nadia se llevó un dedo a los labios, indicándole que no se moviera. Carías y Ariosto se pusieron de pie, advertidos, y ambos sacaron simultáneamente sus armas. El capitán encendió su linterna y barrió los alrededores, pasando con el rayo de luz a pocos centímetros del sitio donde se ocultaban los chicos. Era tanto el terror de Alex, que de buena gana hubiera confrontado las pistolas con tal de sacudirse la serpiente, que ahora se le enrollaba en el tobillo, pero la mano de Nadia lo sujetaba por un brazo y comprendió que no podía arriesgar también la vida de ella.

—¿Quién anda allí? —murmuró el capitán, sin levantar la voz para no atraer a quienes dormían dentro del hotel.

Silencio.

—Vámonos, Ariosto —ordenó Carías.

El militar volvió a barrer el sitio con su linterna, luego ambos retrocedieron hasta las escaleras que iban a la calle, siempre con las armas en las manos. Pasaron uno o dos minutos antes que los muchachos sintieran que podían moverse sin llamar la atención. Para entonces la culebra envolvía la pantorrilla, su cabeza estaba a la altura de la rodilla y el sudor corría a raudales por el cuerpo del muchacho. Nadia se quitó la camiseta, se envolvió la mano derecha y con mucho cuidado cogió la serpiente cerca de la cabeza. De inmediato él sintió que el reptil lo apretaba más, agitando la cola furiosamente, pero la chica lo sostuvo con firmeza y luego lo fue separando sin brusquedad de la pierna de su nuevo amigo, hasta que lo tuvo colgando de su mano. Movió el brazo como un molinete, adquiriendo impulso, y luego lanzó la serpiente por encima de la baranda de la terraza, hacia la oscuridad. Enseguida volvió a ponerse la camiseta, con la mayor tranquilidad.

—¿Era venenosa? —preguntó el tembloroso muchacho apenas pudo sacar la voz.

—Sí, creo que era una surucucú, pero no era muy grande. Tenía la boca chica y no puede abrir demasiado las mandíbulas, sólo podría morderte un dedo, no la pierna —replicó Nadia. Luego procedió a traducirle la conversación de Carías y Ariosto.

—¿Cuál es el plan de esos malvados? ¿Qué podemos hacer? —preguntó Nadia.

—No lo sé. Lo único que se me ocurre es contárselo a mi abuela, pero no sé si me creería; dice que soy paranoico, que veo enemigos y peligros por todas partes —contestó el muchacho.

—Por el momento sólo podemos esperar y vigilar, Alex... —sugirió ella.

Los muchachos volvieron a sus hamacas. Alex se durmió al punto, extenuado, y despertó al amanecer con los aullidos ensordecedores de los monos. Su hambre era tan voraz que hubiera comido de buena gana los panqueques de su padre, pero no había nada para echarse a la boca y tuvo que esperar dos horas hasta que sus compañeros de viaje estuvieron listos para desayunar. Le ofrecieron café negro, cerveza tibia y las sobras frías del tapir de la noche anterior. Rechazó todo, asqueado. Nunca había visto un tapir, pero imaginaba que sería algo así como una rata grande; se llevaría una sorpresa pocos días más tarde al comprobar que se trataba de un animal de más de cien kilos, parecido a un cerdo, cuya carne era muy apreciada. Echó mano de un plátano, pero resultó amargo y le dejó la lengua áspera, después se enteró que los de esa clase debían ser cocinados. Nadia, quien había salido temprano a bañarse al río con otras chicas, regresó con una flor fresca en una oreja y la misma pluma verde en la otra, trayendo a Borobá abrazado al cuello y media piña en la mano. Alex había leído que la única fruta segura en los climas tropicales es la que uno mismo pela, pero decidió que el riesgo de contraer tifus era preferible a la desnutrición. Devoró la piña que ella le ofrecía, agradecido.

César Santos, el guía, apareció momentos después, tan bien lavado como su hija, invitando al resto de los sudorosos miembros de la expedición a darse un chapuzón en el río. Todos lo siguieron, menos el profesor Leblanc, quien mandó a Karakawe a buscar varios baldes de agua para bañarse en la terraza, porque la idea de nadar en compañía de una mantarraya no le atraía. Algunas eran del tamaño de una alfombra grande y sus poderosas colas no sólo cortaban como sierras, también inyectaban veneno. Alex consideró que, después de la experiencia con la serpiente de la noche anterior, no pensaba retroceder ante el riesgo de toparse con un pez, por mala fama que tuviera. Se tiró al agua de cabeza.

—Si te ataca una mantarraya, quiere decir que estas aguas no son para ti —fue el único comentario de su abuela, quien partió con las mujeres a bañarse a otro lado.

—Las mantarrayas son tímidas y viven en el lecho del río. Por lo general escapan cuando perciben movimiento en el agua, pero de todos modos conviene caminar arrastrando los pies, para no pisarlas —lo instruyó César Santos.

El baño resultó delicioso y lo dejó fresco y limpio.

7
El Jaguar negro

Antes de partir, los miembros de la expedición fueron invitados al campamento de Mauro Carías. La doctora Omayra Torres se disculpó, dijo que debía enviar a los jóvenes mormones de vuelta a Manaos en un helicóptero del Ejército, porque habían empeorado. El campamento se componía de varios remolques, transportados mediante helicópteros y colocados en círculo en un claro del bosque, a un par de kilómetros de Santa María de la Lluvia. Sus instalaciones eran lujosas comparadas con las casuchas de techos de cinc de la aldea. Contaba con un generador de electricidad, antena de radio y paneles de energía solar.

Carías tenía recintos similares en varios puntos estratégicos del Amazonas para controlar sus múltiples negocios, desde la explotación de madera hasta las minas de oro, pero vivía lejos de allí. Decían que en Caracas, Río de Janeiro y Miami poseía mansiones dignas de un príncipe y en cada una mantenía a una esposa. Se desplazaba en su jet y su avioneta, también usaba los vehículos del Ejército, que algunos generales amigos suyos ponían a su disposición. En Santa María de la Lluvia no había un aeropuerto donde pudiera aterrizar su jet, de manera que utilizaba su avioneta bimotor, que comparada con el avioncito de César Santos, un decrépito pájaro de latas oxidadas, resultaba impresionante. A Kate Cold le llamó la atención que el campamento estuviera rodeado de alambres electrificados y custodiado por guardias.

—¿Qué puede tener este hombre aquí que requiera tanta vigilancia? —le comentó a su nieto.

Mauro Carías era de los pocos aventureros que se habían hecho ricos en el Amazonas. Miles y miles de *garimpeiros* se internaban a pie o en canoa por la selva y los ríos buscando minas de oro o yacimientos de diamantes, abriéndose paso a machetazos en la vegetación, comidos de hormigas, sanguijuelas y mosquitos. Muchos morían de malaria, otros a balazos, otros de hambre y soledad; sus cuerpos se pudrían en tumbas anónimas o se los comían los animales.

Decían que Carías había comenzado su fortuna con gallinas: las soltaba en la selva y después les abría el buche de un cuchillazo para cosechar las pepitas de oro que las infelices tragaban. Pero ése, como tantos otros chismes sobre el pasado de ese hombre, debía ser exagerado, porque en realidad el oro no estaba sembrado como maíz en el suelo del Amazonas. En todo caso, Carías nunca tuvo que arriesgar la salud como los míseros *garimpeiros,* porque tenía buenas conexiones y ojo para los negocios, sabía mandar y hacerse respetar; lo que no obtenía por las buenas, lo obtenía por la fuerza. Muchos murmuraban a sus espaldas que era un criminal, pero nadie se atrevía a decirlo en su cara; no se podía probar que tuviera sangre en las manos. De apariencia nada tenía de amenazador o sospechoso, era hombre simpático, apuesto, bronceado, con las manos cuidadas y los dientes blanquísimos, vestido con fina ropa deportiva. Hablaba con una voz melodiosa y miraba directo a los ojos, como si quisiera probar su franqueza en cada frase.

El empresario recibió a los miembros de la expedición del *International Geographic* en uno de los remolques acondicionado como salón, con todas las comodidades que no existían en el pueblo. Lo acompañaban dos mujeres jóvenes y atractivas, quienes servían los tragos y encendían los cigarros, pero no decían ni media palabra. Alex pensó que no hablaban inglés. Las comparó con Morgana, la chica que le robó la mochila en Nueva York, porque tenían la misma actitud insolente. Se sonrojó al pensar en Morgana y volvió a preguntarse cómo pudo ser tan inocente y dejarse engañar de esa manera. Ellas eran las únicas mujeres a la vista en el campamento, el resto eran hombres armados hasta los dientes. El anfitrión les ofreció un delicioso almuerzo de quesos, carnes frías, mariscos, frutas, helados y otros lujos traídos de Caracas. Por primera vez desde que salió de su país, el muchacho americano pudo comer a gusto.

—Parece que conoces muy bien esta región, Santos. ¿Cuánto hace que vives aquí? —preguntó Mauro Carías al guía.

—Toda la vida. No podría vivir en otra parte —replicó éste.

—Me han dicho que tu mujer se enfermó aquí. Lo lamento mucho… No me extraña, muy pocos extranjeros sobreviven en este aislamiento y este clima. ¿Y esta niña, no va a la escuela? —Y Carías estiró la mano para tocar a Nadia, pero Borobá le mostró los dientes.

—No tengo que ir a la escuela. Sé leer y escribir —dijo Nadia enfática.

—Con eso ya no necesitas más, bonita —sonrió Carías.

—Nadia también conoce la naturaleza, habla inglés, español, portugués y varias lenguas de los indios —añadió el padre.

—¿Qué es eso que llevas al cuello, bonita? —preguntó Carías con su entonación cariñosa.

—Soy Nadia —dijo ella.

—Muéstrame tu collar, Nadia —sonrió el empresario, luciendo su perfecta dentadura.

—Es mágico, no me lo puedo quitar.

—¿Quieres venderlo? Te lo compro —se burló Mauro Carías.

—¡No! —gritó ella apartándose.

César Santos interrumpió para disculpar los modales ariscos de su hija. Estaba extrañado de que ese hombre tan importante perdiera el tiempo embromando a una criatura. Antes nadie se fijaba en Nadia, pero en los últimos meses su hija empezaba a llamar la atención y eso no le gustaba nada. Mauro Carías comentó que si la chica había vivido siempre en el Amazonas, no estaba preparada para la sociedad. ¿Qué futuro la esperaba? Parecía muy lista y con una buena educación podría llegar lejos, dijo. Incluso se ofreció para llevársela con él a la ciudad, donde podría mandarla a la escuela y convertirla en una señorita, como era debido.

—No puedo separarme de mi hija, pero se lo agradezco de todos modos —replicó Santos.

—Piénsalo, hombre. Yo sería como su padrino… —agregó el empresario.

—También puedo hablar con los animales —lo interrumpió Nadia. Una carcajada general recibió las palabras de Nadia. Los únicos que no se rieron fueron su padre, Alex y Kate Cold.

—Si puedes hablar con los animales, tal vez puedas servirme de intérprete con una de mis mascotas. Vengan conmigo —los invitó el empresario con su suave entonación.

Siguieron a Mauro Carías hasta un patio formado por los remolques colocados en círculo, en cuyo centro había una improvisada jaula hecha con palos y alambrado de gallinero. Adentro se paseaba un gran felino con la actitud enloquecida de las fieras en cautiverio. Era un jaguar negro, uno de los más hermosos ejemplares que se había visto por esos lados, con la piel lustrosa y ojos hipnóticos color topacio. Ante su presencia, Borobá lanzó un chillido agudo, saltó del hombro de Nadia y escapó a toda velocidad, seguido por la niña, quien lo llamaba en vano. Alex se sorprendió, pues hasta entonces no había visto al mono separarse voluntariamente de su ama. Los fotógrafos de inmediato enfocaron sus lentes hacia la fiera y también Kate Cold sacó del bolso su pequeña cámara automática. El profesor Leblanc se mantuvo a prudente distancia.

—Los jaguares negros son los animales más temibles de Sudamérica. No retroceden ante nada, son valientes —dijo Carías.

—Si lo admira, ¿por qué no lo suelta? Este pobre gato estaría mejor muerto que prisionero —apuntó César Santos.

—¿Soltarlo? ¡De ninguna manera, hombre! Tengo un pequeño zoológico en mi casa de Río de Janeiro. Estoy esperando que llegue una jaula apropiada para enviarlo allá.

Alex se había aproximado como en trance, fascinado por la visión de ese enorme felino. Su abuela le gritó una advertencia que él no oyó y avanzó hasta tocar con ambas manos el alambrado que lo separaba del animal. El jaguar se detuvo, lanzó un formidable gruñido y luego fijó su mirada amarilla en Alex; estaba inmóvil, con los músculos tensos, la piel color azabache palpitante. El muchacho se quitó los lentes, que había usado desde los siete años, y los dejó caer al suelo. Se encontraban tan cerca, que pudo distinguir cada manchita dorada en las pupilas de la fiera, mientras los ojos de ambos se trababan en un silencioso diálogo. Todo desapareció: se encontró solo frente al animal en una vasta planicie de oro, rodeado de altísimas torres negras, bajo un cielo blanco donde flotaban seis lunas transparentes, como medusas. Vio que el felino abría las fauces, donde brillaban sus grandes dientes perlados, y con una voz humana, pero que parecía provenir del fondo de una caverna, pronunciaba su nombre: Alexander. Y él respondía con su propia voz, pero que también sonaba cavernosa: Jaguar. El animal y el muchacho repitieron tres veces esas palabras, Alexander, Jaguar, Alexander, Jaguar, Alexander, Jaguar, y entonces la arena de la planicie se volvió fosforescente, el cielo se tornó negro y las seis lunas empezaron a girar en sus órbitas y desplazarse como lentos cometas.

Entretanto Mauro Carías había impartido una orden y uno de sus empleados trajo un mono arrastrándolo de una cuerda. Al ver al jaguar el mono tuvo una reacción similar a la de Borobá, empezó a chillar y dar saltos y manotazos, pero no pudo soltarse. Carías lo cogió por el cuello y antes que nadie alcanzara a adivinar sus intenciones, abrió la jaula con un solo movimiento preciso y lanzó el aterrorizado animalito adentro.

Los fotógrafos, cogidos de sorpresa, debieron hacer un esfuerzo para recordar que tenían una cámara en las manos. Leblanc seguía fascinado por cada movimiento del infeliz simio, que trepaba por el alambrado buscando una salida, y de la fiera, que lo seguía con los ojos, agazapado, preparándose para el salto. Sin pensar lo que hacía, Alex se lanzó a la carrera, pisando y haciendo añicos sus lentes, que estaban todavía en el suelo. Se abalanzó hacia la puerta de la jaula dispuesto a rescatar a ambos animales, el mono de una muerte segura y el jaguar de su prisión. Al ver a su nieto abriendo la cerradura, Kate corrió también, pero antes que ella lo alcanzara dos de los empleados de Carías ya habían cogido al muchacho por los brazos y forcejeaban con él. Todo sucedió simultáneamente y tan rápido, que después Alex no pudo recordar la secuencia de los hechos. De un zarpazo el jaguar tumbó al mono y con un mordisco de sus temibles mandíbulas lo destrozó. La sangre salpicó en todas direcciones. En el mismo momento César Santos sacó su pistola del cinto y le disparó a la fiera un tiro preciso en la frente. Alex sintió el impacto como si la bala le hubiera dado a él entre los ojos y habría caído de espaldas si los guardias de Carías no lo hubieran tenido por los brazos prácticamente en vilo.

—¡Qué hiciste, desgraciado! —gritó el empresario, desenfundando también su arma y volviéndose hacia César Santos.

Sus guardias soltaron a Alex, quien perdió el equilibrio y cayó al suelo, para enfrentar al guía, pero no se atrevieron a ponerle las manos encima porque éste aún empuñaba la pistola humeante.

—Lo puse en libertad —replicó César Santos con pasmosa tranquilidad.

Mauro Carías hizo un esfuerzo por controlarse. Comprendió que no podía batirse a tiros con él delante de los periodistas y de Leblanc.

—¡Calma! —ordenó Mauro Carías a los guardias.

—¡Lo mató! ¡Lo mató! —repetía Leblanc, rojo de excitación. La muerte del mono y luego la del felino lo habían puesto frenético, actuaba como ebrio.

—No se preocupe, profesor Leblanc, puedo obtener cuantos animales quiera. Disculpen, me temo que éste fue un espectáculo poco apropiado para corazones blandos —dijo Carías.

Kate Cold ayudó a su nieto a ponerse en pie, luego tomó a César Santos por un brazo y lo condujo a la salida, sin dar tiempo a que la situación se pusiera más violenta. El guía se dejó llevar por la escritora y salieron, seguidos por Alex. Afuera encontraron a Nadia con el espantado Borobá enrollado en su cintura.

Alex intentó explicar a Nadia lo que había ocurrido entre el jaguar y él antes que Mauro Carías introdujera al mono en la jaula, pero todo se confundía en su mente. Había sido una experiencia tan real, que el muchacho podía jurar que por unos minutos estuvo en otro mundo, en un mundo de arenas radiantes y seis lunas girando en el firmamento, un mundo donde el jaguar y él se fundieron en una sola voz. Aunque le fallaban las palabras para contar a su amiga lo que había sentido, ella pareció comprenderlo sin necesidad de oír los detalles.

—El jaguar te reconoció, porque es tu animal totémico —dijo—. Todos tenemos el espíritu de un animal, que nos acompaña. Es como nuestra alma. No todos encuentran su animal, sólo los grandes guerreros y los chamanes, pero tú lo descubriste sin buscarlo. Tu nombre es Jaguar —dijo Nadia.

—¿Jaguar?

—Alexander es el nombre que te dieron tus padres. Jaguar es tu nombre verdadero, pero para usarlo debes tener la naturaleza del jaguar.

—¿Y cómo es su naturaleza? ¿Cruel y sanguinaria? —preguntó Alex, pensando en las fauces de la fiera destrozando al mono en la jaula de Carías.

—Los animales no son crueles, como la gente, sólo matan para defenderse o cuando tienen hambre.

—¿Tú también tienes un animal totémico, Nadia?

—Sí, pero no se me ha revelado todavía. Encontrar su animal es menos importante para una mujer, porque nosotras recibimos nuestra fuerza de la tierra. Nosotras *somos* la naturaleza —dijo ella.

—¿Cómo sabes todo esto? —preguntó Alex, quien ya dudaba menos de las palabras de su nueva amiga.

—Me lo enseñó Walimai.

—¿El chamán es tu amigo?

—Sí, Jaguar, pero no le he dicho a nadie que hablo con Walimai, ni siquiera a mi papá.

—¿Por qué?

—Porque Walimai prefiere la soledad. La única compañía que soporta es la del espíritu de su esposa. Sólo a veces se aparece en algún *shabono* para curar una enfermedad o participar en una ceremonia de los muertos, pero nunca se aparece ante los *nahab*.

—¿*Nahab*?

—Forasteros.

—Tú eres forastera, Nadia.

—Dice Walimai que yo no pertenezco a ninguna parte, que no soy ni india ni extranjera, ni mujer ni espíritu.

—¿Qué eres entonces? —preguntó Jaguar.

—Yo soy, no más —replicó ella.

César Santos explicó a los miembros de la expedición que remontarían el río en lanchas de motor, internándose en las tierras indígenas hasta el pie de las cataratas del Alto Orinoco. Allí armarían el campamento y, de ser posible, despejarían una franja de bosque para improvisar una pequeña cancha de aterrizaje. Él volvería a Santa María de la Lluvia para buscar su avioneta, que serviría de rápido enlace con la aldea. Dijo que para entonces el nuevo motor habría llegado y simplemente sería cuestión de instalarlo. Con el avioncito podrían ir a la inexpugnable zona de las montañas, donde según testimonio de algunos indios y aventureros, podría tener su guarida la mitológica Bestia.

—¿Cómo sube y baja una criatura gigantesca por ese terreno que supuestamente nosotros no podemos escalar? —preguntó Kate Cold.

—Lo averiguaremos —replicó César Santos.

—¿Cómo se movilizan los indios por allí sin una avioneta? —insistió ella.

—Conocen el terreno. Los indios pueden trepar una altísima palmera con el tronco erizado de espinas. También pueden escalar las paredes de roca de las cataratas, que son lisas como espejos —dijo el guía.

Pasaron buena parte de la mañana cargando los botes. El profesor Leblanc llevaba más bultos que los fotógrafos, incluyendo una provisión de cajones de agua embotellada, que usaba hasta para afeitarse, porque temía las aguas infectadas de mercurio. Fue inútil que César Santos le repitiera que acamparían aguas arriba, lejos de las minas de oro. Por sugerencia del guía, Leblanc había empleado como su asistente personal a Karakawe, el indio que la noche anterior lo abanicaba, para que lo atendiera durante el resto de la travesía. Explicó que sufría de la espalda y no podía cargar ni el menor peso.

Desde el comienzo de esa aventura, Alexander tuvo la responsabilidad de cuidar las cosas de su abuela. Ése era un aspecto de su trabajo, por el cual ella le daba una remuneración mínima, que sería pagada al regreso, siempre que cumpliera bien. Cada día Kate Cold anotaba en su cuaderno las horas trabajadas por su nieto y lo hacía firmar la página, así llevaban la cuenta. En un momento de sinceridad, él le había contado cómo rompió todo en su pieza antes de empezar el viaje. A ella no le pareció grave, porque era de la opinión que se necesita muy poco en este mundo, pero le ofreció un sueldo por si pensaba reponer los destrozos. La abuela viajaba con tres mudas de ropa de algodón, vodka, tabaco, champú, jabón, repelente de insectos, mosquitero, manta, papel y una caja de lápices, todo dentro de una bolsa de lona. También llevaba una cámara automática, de las más ordinarias, que había provocado desdeñosas carcajadas en los fotógrafos profesionales Timothy Bruce y Joel González. Kate los dejó que se rieran sin hacer comentarios. Alex llevaba aún menos ropa que su abuela, más un mapa y un par de libros. Del cinturón se había colgado su cortaplumas del Ejército suizo, su flauta y una brújula. Al ver el instrumento, César Santos le explicó que de nada le serviría en la selva, donde no se podía avanzar en línea recta.

—Olvídate de la brújula, muchacho. Lo mejor es que me sigas sin perderme nunca de vista —le aconsejó.

Pero a Alex le gustaba la idea de poder ubicar el norte dondequiera que se encontrara. Su reloj, en cambio, de nada servía, porque el tiempo del Amazonas no era como el del resto del planeta, no se medía en horas, sino en amaneceres, mareas, estaciones, lluvias.

Los cinco soldados facilitados por el capitán Ariosto, y Matuwe, el guía indio empleado por César Santos, iban bien armados. Matuwe y Karakawe habían adoptado esos nombres para entenderse con los forasteros; sólo sus familiares y amigos íntimos podían llamarlos por sus nombres verdaderos. Ambos habían dejado sus tribus muy jóvenes, para educarse en las escuelas de los misioneros, donde fueron cristianizados, pero se mantenían en contacto con los indios. Nadie podía ubicarse en la región mejor que Matuwe, quien jamás había recurrido a un mapa para saber dónde estaba. Karakawe era considerado «hombre de ciudad», porque viajaba a menudo a Manaos y Caracas y porque tenía, como tanta gente de la ciudad, un temperamento desconfiado.

César Santos llevaba lo indispensable para montar el campamento: carpas, comida, utensilios de cocina, luces y radio de pilas, herramientas, redes para fabricar trampas, machetes, cuchillos y algunas chucherías de vidrio y plástico para intercambiar regalos con los indios. A última hora apareció su hija con su monito negro colgado de una cadera, el amuleto de Walimai al cuello y sin más equipaje que un chaleco de algodón atado al cuello, anunciando que estaba lista para embarcarse. Le había advertido a su padre que no pensaba quedarse en Santa María de la Lluvia con las monjas del hospital, como otras veces, porque Mauro Carías andaba por allí y no le gustaba la forma en que la miraba y trataba de tocarla. Tenía miedo del hombre que «llevaba el corazón en una bolsa». El profesor Leblanc montó en cólera. Antes había objetado severamente la presencia del nieto de Kate Cold, pero como era imposible mandarlo de vuelta a los Estados Unidos debió tolerarlo; ahora, sin embargo, no estaba dispuesto a permitir por ningún motivo que la hija del guía viniera también.

—Esto no es un jardín de infancia, es una expedición científica de alto riesgo, los ojos del mundo están puestos en Ludovic Leblanc —alegó, furioso.

Como nadie le hizo caso, se negó a embarcarse. Sin él no podían partir; sólo el inmenso prestigio de su nombre servía de garantía ante el *International Geographic*, dijo. César Santos procuró convencerlo de que su hija siempre andaba con él y que no molestaría para nada, todo lo contrario, podía ser de gran ayuda porque hablaba varios dialectos de los indios. Leblanc se mantuvo inflexible. Media hora más tarde el calor subía de los cuarenta grados, la humedad goteaba de todas las superficies y los ánimos de los expedicionarios estaban tan caldeados como el clima. Entonces intervino Kate Cold.

—A mí también me duele la espalda, profesor. Necesito una asistente personal. He empleado a Nadia Santos para que cargue mis cuadernos y me abanique con una hoja de banano —dijo.

Todos soltaron una carcajada. La chica subió dignamente al bote y se sentó junto a la escritora. El mono se instaló en su falda y desde allí sacaba la lengua y hacía morisquetas al profesor Leblanc, quien se había embarcado también, rojo de indignación.

8
La expedición

Nuevamente el grupo se encontró navegando río arriba. Esta vez iban trece adultos y dos niños en un par de lanchones de motor, ambos pertenecientes a Mauro Carías, quien los había puesto a disposición de Leblanc.

Alex esperó la oportunidad para contarle en privado a su abuela el extraño diálogo entre Mauro Carías y el capitán Ariosto, que Nadia le había traducido. Kate escuchó con atención y no dio muestras de incredulidad, como su nieto había temido; por el contrario, pareció muy interesada.

—No me gusta Carías. ¿Cuál será su plan para exterminar a los indios? —preguntó.

—No lo sé.

—Lo único que podemos hacer por el momento es esperar y vigilar —decidió la escritora.

—Lo mismo dijo Nadia.

—Esa niña debiera ser nieta mía, Alexander.

El viaje por el río era similar al que habían hecho antes desde Manaos hasta Santa María de la Lluvia, aunque el paisaje había cambiado. Para entonces el muchacho había decidido hacer como Nadia y en vez de luchar contra los mosquitos empapándose en insecticida, dejaba que lo atacaran, venciendo la tentación de rascarse. También se quitó las botas cuando comprobó que estaban siempre mojadas y que las sanguijuelas lo picaban igual que si no las tuviera. La primera vez no se dio cuenta hasta que su abuela le señaló los pies: tenía los calcetines ensangrentados. Se los quitó y vio a los asquerosos bichos prendidos de su piel, hinchados de sangre.

—No duele porque inyectan un anestésico antes de chupar la sangre —explicó César Santos.

Luego le enseñó a soltar las sanguijuelas quemándolas con un cigarrillo, para evitar que los dientes quedaran prendidos en la piel, con riesgo de provocar una infección. Ese método resultaba algo complicado para Alex, porque no fumaba, pero un poco del tabaco caliente de la pipa de su abuela tuvo el mismo efecto. Era más fácil quitárselas de encima que vivir preocupado por evitarlas.

Desde el comienzo Alex tuvo la impresión de que había una palpable tensión entre los adultos de la expedición: nadie confiaba en nadie. Tampoco podía sacudirse la sensación de ser espiado, de que había miles de ojos observando cada movimiento de las lanchas. A cada rato miraba por encima de su hombro, pero nadie los seguía por el río.

Los cinco soldados eran *caboclos* nacidos en la región; Matuwe, el guía empleado por César Santos, era indígena y les serviría de intérprete con las tribus. El otro indio puro era Karakawe, el asistente de Leblanc. Según la doctora Omayra Torres, Karakawe no se comportaba como otros indios y posiblemente nunca podría volver a vivir con su tribu.

Entre los indios todo se compartía y las únicas posesiones eran las pocas armas o primitivas herramientas que cada uno pudiera llevar consigo. Cada tribu tenía un *shabono*, una gran choza común en forma circular, techada con paja y abierta hacia un patio interior. Vivían todos juntos, compartiendo desde la comida hasta la crianza de los niños. Sin embargo, el contacto con los extranjeros estaba acabando con las tribus: no sólo les contagiaban enfermedades del cuerpo, también otras del alma. Apenas los indios probaban un machete, un cuchillo o cualquier otro artefacto metálico, sus vidas cambiaban para siempre. Con un solo machete podían multiplicar por mil la producción en los pequeños jardines, donde cultivaban mandioca y maíz. Con un cuchillo cualquier guerrero se sentía como un dios. Los indios sufrían la misma obsesión por el acero que los forasteros sentían por el oro. Karakawe había superado la etapa del machete y estaba en la de las armas de fuego: no se desprendía de su anticuada pistola. Alguien como él, que pensaba más en sí mismo que en la comunidad, no tenía lugar en la tribu. El individualismo se consideraba una forma de demencia, como ser poseído por un demonio.

Karakawe era un hombre hosco y lacónico, sólo contestaba con una o dos palabras cuando alguien le hacía una pregunta ineludible; no se llevaba bien con los extranjeros, con los *caboclos* ni con los indios. Servía a Ludovic Leblanc de mala gana y en sus ojos brillaba el odio cuando debía dirigirse al antropólogo. No comía con los demás, no bebía una gota de alcohol y se separaba del grupo cuando acampaban por la noche. Nadia y Alex lo sorprendieron una vez escarbando el equipaje de la doctora Omayra Torres.

—Tarántula —dijo a modo de explicación.

Alexander y Nadia se propusieron vigilarlo.

A medida que avanzaban, la navegación se hacía cada vez más dificultosa porque el río solía angostarse, precipitándose en rápidos que amenazaban volcar los lanchones. En otras partes el agua parecía estancada y flotaban cadáveres de animales, troncos podridos y ramas que impedían avanzar. Debían apagar los motores y seguir a remo, usando pértigas de bambú para apartar los escombros. Varias veces resultaron ser grandes caimanes, que vistos desde arriba se confundían con troncos. César Santos explicó que cuando el agua estaba baja aparecían los jaguares y cuando estaba alta llegaban las serpientes. Vieron un par de gigantescas tortugas y una anguila de metro y medio de largo que, según César Santos, atacaba con una fuerte descarga eléctrica. La vegetación era densa y desprendía un olor a materia orgánica en descomposición, pero a veces al anochecer abrían unas grandes flores enredadas en los árboles y entonces el aire se llenaba de un aroma dulce a vainilla y miel. Blancas garzas los observaban inmóviles desde el pasto alto que crecía a orillas del río y por todos lados había mariposas de brillantes colores.

César Santos solía detener los botes ante árboles cuyas ramas se inclinaban sobre el agua y bastaba estirar la mano para coger sus frutos. Alex nunca los había visto y no quiso probarlos, pero los demás los saboreaban con placer. En una oportunidad el guía desvió la embarcación para cosechar una planta que, según dijo, era un estupendo cicatrizante. La doctora Omayra Torres estuvo de acuerdo y recomendó al muchacho americano que frotara la cicatriz de su mano con el jugo de la planta, aunque en realidad no era necesario, porque había sanado bien. Apenas le quedaba una línea roja, que en nada le molestaba.

Kate Cold contó que muchos hombres buscaron en esa región la ciudad mítica de El Dorado, donde según la leyenda las calles estaban pavimentadas de oro y los niños jugaban con piedras preciosas. Muchos aventureros se internaron en la selva y remontaron el Amazonas y el río Orinoco, sin alcanzar el corazón de ese territorio encantado, donde el mundo permanecía inocente, como en el despertar de la vida humana en el planeta. Murieron o retrocedieron, derrotados por los indios, los mosquitos, las fieras, las enfermedades tropicales, el clima y las dificultades del terreno.

Se encontraban ya en territorio venezolano, pero allí las fronteras nada significaban, todo era el mismo paraíso prehistórico. A diferencia del río Negro, las aguas de esos ríos eran solitarias. No se cruzaron con otras embarcaciones, no vieron canoas, ni casas en pilotes, ni un solo ser humano. En cambio la flora y la fauna eran maravillosas, los fotógrafos estaban de fiesta, nunca habían tenido al alcance de sus lentes tantas especies de árboles, plantas, flores, insectos, aves y animales. Vieron loros verdes y rojos, elegantes flamencos, tucanes con el pico tan grande y pesado, que apenas podían sostenerlo en sus frágiles cráneos, centenares de canarios y cotorras. Muchos de esos pájaros estaban amenazados con desaparecer, porque los traficantes los cazaban sin piedad para venderlos de contrabando en otros países. Los monos de diferentes clases, casi humanos en sus expresiones y en sus juegos, parecían saludarlos desde los árboles. Había venados, osos hormigueros, ardillas y otros pequeños mamíferos. Varios espléndidos papagayos —o guacamayas, como las llamaban también— los siguieron durante largos trechos. Esas grandes aves multicolores volaban con increíble gracia sobre las lanchas, como si tuvieran curiosidad por las extrañas criaturas que viajaban en ellas. Leblanc les disparó con su pistola, pero César Santos alcanzó a darle un golpe seco en el brazo, desviando el tiro. El balazo asustó a los monos y otros pájaros, el cielo se llenó de alas, pero poco después los papagayos regresaron, impasibles.

—No se comen, profesor, la carne es amarga. No hay razón para matarlos —reprochó César Santos al antropólogo.

—Me gustan las plumas —dijo Leblanc, molesto por la interferencia del guía.

—Cómprelas en Manaos —dijo secamente César Santos.

—Las guacamayas se pueden domesticar. Mi madre tiene una en nuestra casa de Boa Vista. La acompaña a todas partes, volando siempre a dos metros por encima de su cabeza. Cuando mi madre va al mercado, la guacamaya sigue al bus hasta que ella se baja, la espera en un árbol mientras compra y luego vuelve con ella, como un perrito faldero —contó la doctora Omayra Torres.

Alex comprobó una vez más que la música de su flauta alborotaba a los monos y a los pájaros. Borobá parecía particularmente atraído por la flauta. Cuando él tocaba, el monito se quedaba inmóvil escuchando, con una expresión solemne y curiosa; a veces le saltaba encima y tironeaba del instrumento, pidiendo música. Alex lo complacía, encantado de contar por fin con una audiencia interesada, después de haber peleado por años con sus hermanas para que lo dejaran practicar la flauta en paz. Los miembros de la expedición se sentían confortados por la música, que los acompañaba a medida que el paisaje se volvía más hostil y misterioso. El muchacho tocaba sin esfuerzo, las notas fluían solas, como si ese delicado instrumento tuviera memoria y recordara la impecable maestría de su dueño anterior, el célebre Joseph Cold.

La sensación de que eran seguidos se había apoderado de todos. Sin decirlo, porque lo que no se nombra es como si no existiera, vigilaban la naturaleza. El profesor Leblanc pasaba el día con sus binoculares en la mano examinando las orillas del río; la tensión lo había vuelto aún más desagradable. Los únicos que no se habían contagiado por el nerviosismo colectivo eran Kate Cold y el inglés Timothy Bruce. Ambos habían trabajado juntos en muchas ocasiones, habían recorrido medio mundo para sus artículos de viaje, habían estado en varias guerras y revoluciones, trepado montañas y descendido al fondo del mar, de modo que muy pocas cosas les quitaban el sueño. Además les gustaba alardear de indiferencia.

—¿No te parece que nos están vigilando, Kate? —le preguntó su nieto.

—Sí.

—¿No te da miedo?

—Hay varias maneras de superar el miedo, Alexander. Ninguna funciona —replicó ella.

Apenas había pronunciado estas palabras cuando uno de los soldados que viajaba en su embarcación cayó sin un grito a sus pies. Kate Cold se inclinó sobre él, sin comprender al principio qué había sucedido, hasta que vio una especie de espina larga clavada en el pecho del hombre. Comprobó que había muerto instantáneamente: la espina había pasado limpiamente entre las costillas y le había atravesado el corazón. Alex y Kate alertaron a los demás tripulantes, que no se habían dado cuenta de lo ocurrido, tan silencioso había sido el ataque. Un instante después media docena de armas de fuego se descargaron contra la espesura. Cuando se disipó el fragor, la pólvora y la estampida de los pájaros que cubrieron el cielo, vieron que nada más se había movido en la selva. Quienes lanzaron el dardo mortal se mantuvieron agazapados, inmóviles y silenciosos. De un tirón César Santos lo arrancó del cadáver y vieron que medía aproximadamente un pie de largo y era tan firme y flexible como el acero.

El guía dio orden de continuar a toda marcha, porque en esa parte el río era angosto y las embarcaciones eran blanco fácil de las flechas de los atacantes. No se detuvieron hasta dos horas más tarde, cuando consideró que estaban a salvo. Recién entonces pudieron examinar el dardo, decorado con extrañas marcas de pintura roja y negra, que nadie pudo descifrar. Karakawe y Matuwe aseguraron que nunca las habían visto, no pertenecían a sus tribus ni a ninguna otra conocida, pero aseguraron que todos los indios de la región usaban cerbatanas. La doctora Omayra Torres explicó que si el dardo no hubiera dado en el corazón con tal espectacular precisión, de todos modos habría matado al hombre en pocos minutos, aunque en forma más dolorosa, porque la punta estaba impregnada en *curare*, un veneno mortal, empleado por los indios para cazar y para la guerra, contra el cual no se conocía antídoto.

—¡Esto es inadmisible! ¡Esa flecha podría haberme dado a mí! —protestó Leblanc.

—Cierto —admitió César Santos.

—¡Esto es culpa suya! —agregó el profesor.

—¿Culpa mía? —repitió César Santos, confundido por el giro inusitado que tomaba el asunto.

—¡Usted es el guía! ¡Es responsable por nuestra seguridad, para eso le pagamos!

—No estamos exactamente en un viaje de turismo, profesor —replicó César Santos.

—Daremos media vuelta y regresaremos de inmediato. ¿Se da cuenta de la pérdida que sería para el mundo científico si algo le sucediera a Ludovic Leblanc? —exclamó el profesor.

Asombrados, los miembros de la expedición guardaron silencio. Nadie supo qué decir, hasta que intervino Kate Cold.

—Me contrataron para escribir un artículo sobre la Bestia y

pienso hacerlo, con flechas envenenadas o sin ellas, profesor. Si desea regresar, puede hacerlo a pie o nadando, como prefiera. Nosotros continuaremos de acuerdo a lo planeado —dijo.

—¡Vieja insolente, cómo se atreve a...! —empezó a chillar el profesor.

—No me falte el respeto, hombrecito —lo interrumpió calmadamente la escritora, cogiéndolo con firmeza por la camisa y paralizándolo con la expresión de sus temibles pupilas azules.

Alex pensó que el antropólogo le plantaría una bofetada a su abuela y avanzó dispuesto a interceptarla, pero no fue necesario. La mirada de Kate Cold tuvo el poder de calmar los ánimos del irritable Leblanc como por obra de magia.

—¿Qué haremos con el cuerpo de este pobre hombre? —preguntó la doctora, señalando el cadáver.

—No podemos llevarlo, en este clima, Omayra, ya sabes que la descomposición es muy rápida. Supongo que debemos lanzarlo al río... —sugirió César Santos.

—Su espíritu se enojaría y nos perseguiría para matarnos —intervino Matuwe, el guía indio, aterrado.

—Entonces haremos como los indios cuando deben postergar una cremación; lo dejaremos expuesto para que los pájaros y los animales aprovechen sus restos —decidió César Santos.

—¿No habrá ceremonia, como debe ser? —insistió Matuwe.

—No tenemos tiempo. Un funeral apropiado demoraría varios días. Además este hombre era cristiano —explicó César Santos.

Finalmente acordaron envolverlo en una lona y colocarlo sobre una pequeña plataforma de cortezas que instalaron en la copa de un árbol. Kate Cold, quien no era una mujer religiosa, pero tenía buena memoria y recordaba las oraciones de su infancia, improvisó un breve rito cristiano. Timothy Bruce y Joel González filmaron y fotografiaron el cuerpo y el funeral, como prueba de lo ocurrido. César Santos talló cruces en los árboles de la orilla y marcó el sitio lo mejor que pudo en el mapa para reconocerlo cuando volvieran más tarde a buscar los huesos, que serían entregados a la familia del difunto en Santa María de la Lluvia.

A partir de ese momento el viaje fue de mal en peor. La vegetación se hizo más densa y la luz del sol sólo los alcanzaba cuando navegaban por el centro del río. Iban tan apretados e incómodos, que no podían dormir en las embarcaciones; a pesar del peligro que representaban los indios y los animales salvajes, era necesario acampar en la orilla. César Santos repartía los alimentos, organizaba las partidas de caza y pesca, y distribuía los turnos entre los hombres para montar guardia por la noche. Excluyó al profesor Leblanc, porque era evidente que al menor ruido le fallaban los nervios. Kate Cold y la doctora Omayra Torres exigieron participar en la vigilancia, les pareció un insulto que las eximieran por ser mujeres. Entonces los dos chicos insistieron en ser aceptados también, en parte porque deseaban espiar a Karakawe. Lo habían visto echarse puñados de balas en los bolsillos y rondar el equipo de radio, con el cual de vez en cuando César Santos lograba comunicarse con gran dificultad para indicar su posición en el mapa al operador de Santa María de la Lluvia. La cúpula vegetal de la selva actuaba como un paraguas, impidiendo el paso de las ondas de radio.

—¿Qué será peor, los indios o la Bestia? —preguntó Alex en broma a Ludovic Leblanc.

—Los indios, joven. Son caníbales, no sólo se comen a sus

enemigos, también a los muertos de su propia tribu —replicó enfático el profesor.

—¿Cierto? Nunca había oído eso —anotó irónica la doctora Omayra Torres.

—Lea mi libro, señorita.

—Doctora —lo corrigió ella por milésima vez.

—Estos indios matan para conseguir mujeres —aseguró Leblanc.

—Tal vez por eso mataría usted, profesor, pero no los indios, porque no les faltan mujeres, más bien les sobran —replicó la doctora.

—Lo he comprobado con mis propios ojos: asaltan otros *shabonos* para robar a las muchachas.

—Que yo sepa, no pueden obligar a las muchachas a quedarse con ellos contra su voluntad. Si quieren, ellas se van. Cuando hay guerra entre dos *shabonos* es porque uno ha empleado magia para hacer daño al otro, por venganza, o a veces son guerras ceremoniales en las cuales se dan garrotazos, pero sin intención de matar a nadie —interrumpió César Santos.

—Se equivoca, Santos. Vea el documental de Ludovic Leblanc y entenderá mi teoría —aseguró Leblanc.

—Entiendo que usted repartió machetes y cuchillos en un *shabono* y prometió a los indios que les daría más regalos si actuaban para las cámaras de acuerdo a sus instrucciones… —sugirió el guía.

—¡Ésa es una calumnia! Según mi teoría…

—También otros antropólogos y periodistas han venido al Amazonas con sus propias ideas sobre los indios. Hubo uno que filmó un documental en que los muchachos andaban vestidos de mujer, se maquillaban y usaban desodorante —añadió César Santos.

—¡Ah! Ese colega siempre tuvo ideas algo raras... —admitió el profesor.

El guía enseñó a Alex y Nadia a cargar y usar las pistolas. La chica no demostró gran habilidad ni interés; parecía incapaz de dar en el blanco a tres pasos de distancia, Alex, en cambio, estaba fascinado. El peso de la pistola en la mano le daba una sensación de invencible poder; por primera vez comprendía la obsesión de tanta gente por las armas.

—Mis padres no toleran las armas de fuego. Si me vieran con esto, creo que se desmayarían —comentó.

—No te verán —aseguró su abuela, mientras le tomaba una fotografía.

Alex se agachó e hizo ademán de disparar, como hacía cuando jugaba de niño.

—La técnica segura para errar el tiro es apuntar y disparar apurado —dijo Kate Cold—. Si nos atacan, eso es exactamente lo que harás, Alexander, pero no te preocupes, porque nadie estará mirándote. Lo más probable es que para entonces ya estemos todos muertos.

—No confías en que yo pueda defenderte, ¿verdad?

—No. Pero prefiero morir asesinada por los indios en el Amazonas, que de vejez en Nueva York —replicó su abuela.

—¡Eres única, Kate! —sonrió el chico.

—Todos somos únicos, Alexander —lo cortó ella.

Al tercer día de navegación vislumbraron una familia de venados en un pequeño claro de la orilla. Los animales, acostumbrados a la seguridad del bosque, no parecieron perturbados por la presencia de los botes. César Santos ordenó detenerse y mató a uno con su rifle, mientras los demás huían despavoridos. Esa noche los expedicionarios cenarían muy bien, la carne de venado era muy apreciada, a pesar de su textura fibrosa, y sería una fiesta después de tantos días con la misma dieta de pescado. Matuwe llevaba un veneno que los indios de su tribu echaban en el río. Cuando el veneno caía al agua, los peces se paralizaban y era posible ensartarlos fácilmente con una lanza o una flecha atada a una liana. El veneno no dejaba rastro en la carne del pescado ni en el agua, el resto de los peces se recuperaba a los pocos instantes.

Se encontraban en un lugar apacible donde el río formaba una pequeña laguna, perfecto para detenerse por un par de horas a comer y reponer las fuerzas. César Santos les advirtió que tuvieran cuidado porque el agua era turbia y habían visto caimanes unas horas antes, pero todos estaban acalorados y sedientos. Con las pértigas los guardias movieron el agua y como no vieron huellas de caimanes, todos decidieron bañarse, menos el profesor Ludovic Leblanc, quien no se metía al río por ningún motivo. Borobá, el mono, era enemigo del baño, pero Nadia lo obligaba a remojarse de vez en cuando para quitarle las pulgas. Montado en la cabeza de su ama, el animalito lanzaba exclamaciones del más puro espanto cada vez que lo salpicaba una gota. Los miembros de la expedición chapotearon por un rato, mientras César Santos y dos de sus hombres destazaban el venado y encendían fuego para asarlo.

Alex vio a su abuela quitarse los pantalones y la camisa para nadar en ropa interior, sin muestra de pudor, a pesar de que al mojarse aparecía casi desnuda. Trató de no mirarla, pero pronto comprendió que allí, en medio de la naturaleza y tan lejos del mundo conocido, la vergüenza por el cuerpo no tenía cabida. Se había criado en estrecho contacto con su madre y sus hermanas y en la escuela se había acostumbrado a la compañía del sexo opuesto, pero en los últimos tiempos todo lo femenino le atraía como un misterio remoto y prohibido. Conocía la causa: sus hormonas, que andaban muy alborotadas y no lo dejaban pensar en paz. La adolescencia era un lío, lo peor de lo peor, decidió. Deberían inventar un aparato con rayos láser, donde uno se metiera por un minuto y, ¡paf!, saliera convertido en adulto. Llevaba un huracán por dentro, a veces andaba eufórico, rey del mundo, dispuesto a luchar a brazo partido con un león; otras era simplemente un renacuajo. Desde que empezó ese viaje, sin embargo, no se había acordado de las hormonas, tampoco le había alcanzado el tiempo para preguntarse si valía la pena seguir viviendo, una duda que antes lo asaltaba por lo menos una vez al día. Ahora comparaba el cuerpo de su abuela —enjuto, lleno de nudos, la piel cuarteada— con las suaves curvas doradas de la doctora Omayra Torres, quien usaba un discreto traje de baño negro, y con la gracia todavía infantil de Nadia. Consideró cómo cambia el cuerpo en las diferentes edades y decidió que las tres mujeres, a su manera, eran igualmente hermosas. Se sonrojó ante esa idea. Jamás hubiera pensado dos semanas antes que podía considerar atractiva a su propia abuela. ¿Estarían las hormonas cocinándole el cerebro?

Un alarido escalofriante sacó a Alex de tan importantes cavilaciones. El grito provenía de Joel González, uno de los fotógrafos, quien se debatía desesperadamente en el lodo de la orilla. Al principio nadie supo lo que sucedía, sólo vieron los brazos del hombre agitándose en el aire y la cabeza que se hundía y volvía a emerger. Alex, quien participaba en el equipo de natación de su colegio, fue el primero en alcanzarlo de dos o tres brazadas. Al acercarse vio con absoluto horror que una serpiente gruesa como una hinchada manguera de bombero envolvía el cuerpo del fotógrafo. Alex cogió a González por un brazo y trató de arrastrarlo hacia tierra firme, pero el peso del hombre y el reptil era demasiado para él. Con ambas manos intentó separar al animal, tirando con todas sus fuerzas, pero los anillos del reptil apretaron más a su víctima. Recordó la escalofriante experiencia de la surucucú que unas noches antes se le había enrollado en una pierna. Esto era mil veces peor. El fotógrafo ya no se debatía ni gritaba, estaba inconsciente.

—¡Papá, papá! ¡Una anaconda! —llamó Nadia, sumándose a los gritos de Alex.

Para entonces Kate Cold, Timothy Bruce y dos de los soldados se habían aproximado y entre todos luchaban con la poderosa culebra para desprenderla del cuerpo del infeliz González. El alboroto movió el barro del fondo de la laguna, tornando el agua oscura y espesa como chocolate. En la confusión no se veía lo que pasaba, cada uno halaba y gritaba instrucciones sin resultado alguno. El esfuerzo parecía inútil hasta que llegó César Santos con el cuchillo con que estaba destazando el venado. El guía no se atrevió a usarlo a ciegas por temor a herir a Joel González o a cualquiera de los otros que forcejeaban con el reptil; debió esperar el momento en que la cabeza de la anaconda surgió brevemente del lodo para decapitarla de un tajo certero. El agua se llenó de sangre, volviéndose color de óxido. Necesitaron cinco minutos más para liberar al fotógrafo, porque los anillos constrictores seguían oprimiéndolo por reflejo.

Arrastraron a Joel González hasta la orilla, donde quedó tendido como muerto. El profesor Leblanc se había puesto tan nervioso, que desde un lugar seguro disparaba tiros al aire, contribuyendo a la confusión y el trastorno general, hasta que Kate Cold le quitó la pistola y lo conminó a callarse. Mientras los demás habían estado luchando en el agua con la anaconda, la doctora Omayra Torres había trepado de vuelta a la lancha a buscar su maletín y ahora se encontraba de rodillas junto al hombre inconsciente con una jeringa en la mano. Actuaba en silencio y con calma, como si el ataque de una anaconda fuera un acontecimiento perfectamente normal en su vida. Inyectó adrenalina a González y una vez que estuvo segura de que respiraba, procedió a examinarlo.

—Tiene varias costillas rotas y está choqueado —dijo—. Esperemos que no tenga los pulmones agujereados por un hueso o el cuello fracturado. Hay que inmovilizarlo.

—¿Cómo lo haremos? —preguntó César Santos.

—Los indios usan cortezas de árbol, barro y lianas —dijo Nadia, todavía temblando por lo que acababa de presenciar.

—Muy bien, Nadia —aprobó la doctora.

El guía impartió las instrucciones necesarias y muy pronto la doctora, ayudada por Kate y Nadia, había envuelto al herido desde las caderas hasta el cuello en trapos empapados en barro fresco, encima había puesto lonjas largas de corteza y luego lo había amarrado. Al secarse el barro, ese paquete primitivo tendría el mismo efecto de un moderno corsé ortopédico. Joel González, atontado y adolorido, no sospechaba aún lo ocurrido, pero había recuperado el conocimiento y podía articular algunas palabras.

—Debemos conducir a Joel de inmediato a Santa María de la Lluvia. Allí podrán llevarlo en el avión de Mauro Carías a un hospital —determinó la doctora.

—¡Éste es un terrible inconveniente! Tenemos solamente dos botes. No podemos mandar uno de vuelta —replicó el profesor Leblanc.

—¿Cómo? ¿Ayer usted quería disponer de un bote para escapar y ahora no quiere enviar uno con mi amigo mal herido? —preguntó Timothy Bruce haciendo un esfuerzo por mantener la calma.

—Sin atención adecuada, Joel puede morir —explicó la doctora.

—No exagere, mi buena mujer. Este hombre no está grave, sólo asustado. Con un poco de descanso se repondrá en un par de días —dijo Leblanc.

—Muy considerado de su parte, profesor —masculló Timothy Bruce, cerrando los puños.

—¡Basta, señores! Mañana tomaremos una decisión. Ya es demasiado tarde para navegar, pronto oscurecerá. Debemos acampar aquí —determinó César Santos.

La doctora Omayra Torres ordenó que hicieran una fogata cerca del herido para mantenerlo seco y caliente durante la noche, que siempre era fría. Para ayudarlo a soportar el dolor le dio morfina y para prevenir infecciones comenzó a administrarle antibióticos. Mezcló unas cucharadas de agua y un poco de sal en una botella de agua y dio instrucciones a Timothy Bruce de administrar el líquido a cucharaditas a su amigo, para evitar que se deshidratara, puesto que resultaba evidente que no podría tragar alimento sólido en los próximos días. El fotógrafo inglés, quien rara vez cambiaba su expresión de caballo abúlico, estaba francamente preocupado y obedeció las órdenes con solicitud de madre. Hasta el malhumorado profesor Leblanc debió admitir para sus adentros que la presencia de la doctora era indispensable en una aventura como ésa.

Entretanto tres de los soldados y Karakawe habían arrastrado el cuerpo de la anaconda hasta la orilla. Al medirla vieron que tenía casi seis metros de largo. El profesor Leblanc insistió en ser fotografiado con la anaconda enrollada en torno a su cuerpo de tal modo que no se viera que le faltaba la cabeza. Después los soldados arrancaron la piel del reptil, que clavaron sobre un tronco para secarla; con ese método podían aumentar el largo en un veinte por ciento y los turistas pagarían buen precio por ella. No tendrían que llevarla a la ciudad, sin embargo, porque el profesor Leblanc ofreció comprarla allí mismo, una vez que estuvo seguro de que no se la darían gratis. Kate Cold cuchicheó burlona al oído de su nieto que seguramente dentro de algunas semanas, el antropólogo exhibiría la anaconda como un trofeo en sus conferencias, contando cómo la cazó con sus propias manos. Así había ganado su fama de héroe entre estudiantes de antropología en el mundo entero, fascinados con la idea de que los homicidas tenían el doble de mujeres y tres veces más hijos que los hombres pacíficos. La teoría de Leblanc sobre la ventaja del macho dominante, capaz de cometer cualquier brutalidad para transmitir sus genes, atraía mucho a esos aburridos estudiantes condenados a vivir domesticados en plena civilización.

Los soldados buscaron en la laguna la cabeza de la anaconda, pero no pudieron hallarla, se había hundido en el lodo del fondo o la había arrastrado la corriente. No se atrevieron a escarbar demasiado, porque se decía que esos reptiles siempre andan en pareja y ninguno estaba dispuesto a toparse con otro de aquellos ejemplares. La doctora Omayra Torres explicó que indios y *caboclos* por igual atribuían a las serpientes poderes curativos y proféticos. Las disecaban, las molían y usaban el polvo para tratar tuberculosis, calvicie y enfermedades de los huesos, también como ayuda para interpretar sueños. La cabeza de una de ese tamaño sería muy apreciada, aseguró, era una lástima que se hubiera perdido.

Los hombres cortaron la carne del reptil, la salaron y procedieron a asarla ensartada en palos. Alex, quien hasta entonces se había negado a probar *pirarucú*, oso hormiguero, tucán, mono o tapir, sintió una súbita curiosidad por saber cómo era la carne de aquella enorme serpiente de agua. Tuvo en consideración, sobre todo, cuánto aumentaría su prestigio ante Cecilia Burns y sus amigos en California cuando supieran que había cenado anaconda en medio de la selva amazónica. Posó frente a la piel de la serpiente, con un pedazo de su carne en la mano, exigiendo que su abuela dejara testimonio fotográfico. El animal, bastante carbonizado porque ninguno de los expedicionarios era buen cocinero, resultó tener la textura del atún y un vago sabor de pollo. Comparado con el venado, era desabrido, pero Alex decidió que en todo caso era preferible a los gomosos panqueques que preparaba su padre. El súbito recuerdo de su familia lo golpeó como una bofetada. Se quedó con el trozo de anaconda ensartado en el palillo mirando la noche, pensativo.

—¿Qué ves? —le preguntó Nadia en un susurro.

—Veo a mi mamá —respondió el chico y un sollozo se le escapó de los labios.

—¿Cómo está?

—Enferma, muy enferma —respondió él.

—La tuya está enferma del cuerpo, la mía está enferma del alma.

—¿Puedes verla? —inquirió Alex.

—A veces —dijo ella.

—Ésta es la primera vez que puedo ver a alguien de esta manera —explicó Alex—. Tuve una sensación muy extraña, como si viera a mi mamá con toda claridad en una pantalla, sin poder tocarla o hablarle.

—Todo es cuestión de práctica, Jaguar. Se puede aprender a ver con el corazón. Los chamanes como Walimai también pueden tocar y hablar desde lejos, con el corazón —dijo Nadia.

9
La gente de la neblina

Esa noche colgaron las hamacas entre los árboles y César Santos asignó los turnos, de dos horas cada uno, para montar guardia y mantener el fuego encendido. Después de la muerte del hombre víctima de la flecha y del accidente de Joel González, quedaban diez adultos y los dos chicos, porque Leblanc no contaba, para cubrir las ocho horas de oscuridad. Ludovic Leblanc se consideraba jefe de la expedición y como tal debía «mantenerse fresco»; sin una buena noche de sueño no se sentiría lúcido para tomar decisiones, argumentó. Los demás se alegraron, porque en realidad ninguno quería montar guardia con un hombre que se ponía nervioso a la vista de una ardilla. El primer turno, que normalmente era el más fácil, porque la gente aún estaba alerta y todavía no hacía mucho frío, fue asignado a la doctora Omayra Torres, un *caboclo* y Timothy Bruce, quien no se consolaba por lo ocurrido a su colega. Bruce y González habían trabajado juntos durante varios años y se estimaban como hermanos. El segundo turno correspondía a otro soldado, Alex y Kate Cold; el tercero a Matuwe, César Santos y su hija Nadia. El turno del amanecer fue entregado a dos soldados y Karakawe.

Para todos fue difícil conciliar el sueño, porque a los gemidos del infortunado Joel González se sumaba un extraño y persistente olor, que parecía impregnar el bosque. Habían oído hablar de la fetidez que, según se aseguraba, era característica de la Bestia. César Santos explicó que probablemente estaban acampando cerca de una familia de *iraras*, una especie de comadreja de rostro muy dulce, pero con un olor parecido al de los zorrillos. Esa interpretación no tranquilizó a nadie.

—Estoy mareado y con náuseas —comentó Alex, pálido.

—Si el olor no te mata, te hará fuerte —dijo Kate, que era la única impasible ante la hediondez.

—¡Es espantoso!

—Digamos que es diferente. Los sentidos son subjetivos, Alexander. Lo que a ti repugna, para otro puede ser atractivo. Tal vez la Bestia emite este olor como un canto de amor, para llamar a su pareja —dijo sonriendo su abuela.

—¡Puaj! Huele a cadáver de rata mezclado con orina de elefante, comida podrida y...

—Es decir, huele como tus calcetines —lo cortó su abuela.

Persistía en los expedicionarios la sensación de ser observados por cientos de ojos desde la espesura. Se sentían expuestos, iluminados como estaban por la tembleque claridad de la fogata y un par de lámparas de petróleo. La primera parte de la noche transcurrió sin mayores sobresaltos, hasta el turno de Alex, Kate y uno de los soldados. El chico pasó la primera hora mirando la noche y el reflejo del agua, cuidando el sueño de los demás. Pensaba en cuánto había cambiado en pocos días. Ahora podía pasar mucho tiempo quieto y en silencio, entretenido con sus propias ideas, sin necesidad de sus juegos de video, su bicicleta o la televisión, como antes. Descubrió que podía trasladarse a ese lugar íntimo de quietud y silencio que debía alcanzar cuando escalaba montañas. La primera lección de montañismo de su padre había sido que mientras estuviera tenso, ansioso o apurado, la mitad de su fuerza se dispersaba. Se requería calma para vencer a la montaña. Podía aplicar esa lección cuando escalaba, pero hasta ese momento de poco le había servido en otros aspectos de su vida. Se dio cuenta de que tenía muchas cosas en las cuales meditar, pero la imagen más recurrente era siempre su madre. Si ella moría... Siempre se detenía allí. Había decidido no ponerse en ese caso, porque era como llamar a la desgracia. Se concentraba, en cambio, en enviarle energía positiva; era su forma de ayudarla.

De súbito un ruido interrumpió sus pensamientos. Oyó con toda nitidez unos pasos de gigante aplastando los arbustos cercanos. Sintió un espasmo en el pecho, como si se ahogara. Por primera vez desde que perdiera los lentes en el recinto de Mauro Carías, los echó de menos, porque su visión era mucho peor de noche. Sosteniendo la pistola con ambas manos para dominar su temblor, tal como había visto en las películas, esperó sin saber qué hacer. Cuando percibió que la vegetación se movía muy cerca, como si hubiera un contingente de enemigos agazapados, lanzó un largo grito estremecedor, que sonó como sirena de naufragio y despertó a todo el mundo. En un instante su abuela estaba a su lado empuñando su rifle. Los dos se encontraron frente a frente con la cabezota de un animal que al principio no pudieron identificar. Era un cerdo salvaje, un gran jabalí. No se movieron, paralizados por la sorpresa, y eso los salvó, porque el animal, como Alex, tampoco veía bien en la oscuridad. Por suerte la brisa corría en dirección contraria, así es que no pudo olerlos. César Santos fue el primero en deslizarse con cautela de su hamaca y evaluar la situación, a pesar de la pésima visibilidad.

—Nadie se mueva... —ordenó casi en un susurro, para no atraer al jabalí.

Su carne es muy sabrosa y habría alcanzado para festejar durante varios días, pero no había luz para disparar y nadie se atrevió a empuñar un machete y arremeter contra tan peligroso animal. El cerdo se paseó tranquilo entre las hamacas, olisqueó las provisiones que colgaban de cordeles para salvarlas de ratas y hormigas y finalmente asomó la nariz en la carpa del profesor Ludovic Leblanc, quien estuvo a punto de sufrir un infarto del susto. No quedó más remedio que aguardar a que el pesado visitante se aburriera de recorrer el campamento y se fuera, pasando tan cerca de Alex, que éste hubiera podido estirar la mano y tocar su erizado pelaje. Después que se disipó la tensión y pudieron bromear, el muchacho se sintió como un histérico por haber gritado de esa manera, pero César Santos le aseguró que había hecho lo correcto. El guía repitió sus instrucciones en caso de alerta: agacharse y gritar primero, disparar después. No había terminado de decirlo cuando sonó un tiro: era Ludovic Leblanc disparando al aire diez minutos después que había pasado el peligro. Definitivamente el profesor era de gatillo ligero, como dijo Kate Cold.

En el tercer turno, cuando la noche estaba más fría y oscura, correspondió la vigilancia a César Santos, Nadia y uno de los soldados. El guía vaciló en despertar a su hija, quien dormía profundamente, abrazada a Borobá, pero adivinó que ella no le perdonaría si dejaba de hacerlo. La niña se despabiló el sueño con dos tragos de café negro bien azucarado y se abrigó lo mejor que pudo con un par de camisetas, su chaleco y la chaqueta de su padre. Alex había alcanzado a dormir sólo dos horas y estaba muy cansado, pero cuando vislumbró en la tenue luz de la fogata que Nadia se aprontaba para hacer su guardia, se levantó también, dispuesto a acompañarla.

—Yo estoy segura, no te preocupes. Tengo el talismán que me protege —susurró ella para tranquilizarlo.

—Vuelve a tu hamaca —le ordenó César Santos—. Todos necesitamos dormir, para eso se establecen los turnos.

Alex obedeció de mala gana, decidido a mantenerse despierto, pero a los pocos minutos lo venció el sueño. No pudo calcular cuánto había dormido, pero debió haber sido más de dos horas, porque cuando despertó, sobresaltado por el ruido a su alrededor, el turno de Nadia había terminado hacía rato. Apenas empezaba a aclarar, la bruma era lechosa y el frío intenso, pero ya todos estaban en pie. Flotaba en el aire un olor tan denso, que podía cortarse con cuchillo.

—¿Qué pasó? —preguntó rodando fuera de su hamaca, todavía aturdido de sueño.

—¡Nadie salga del campamento por ningún motivo! ¡Echen más palos en el fuego! —ordenó César Santos, quien se había atado un pañuelo en la cara y se encontraba con un rifle en una mano y una linterna en otra, examinando la temblorosa niebla gris que invadía el bosque al despuntar del alba.

Kate, Nadia y Alex se apresuraron a alimentar la fogata con más leña, y aumentó un poco la claridad. Karakawe había dado la voz de alarma: uno de los caboclos que vigilaba con él había desaparecido. César Santos disparó dos veces al aire, llamándolo, pero como no hubo respuesta decidió ir con Timothy Bruce y dos soldados a recorrer los alrededores, dejando a los demás armados de pistolas en torno a la fogata. Todos debieron seguir el ejemplo del guía y amordazarse con pañuelos para poder respirar.

Pasaron unos minutos que se hicieron eternos, sin que nadie pronunciara ni una palabra. A esa hora normalmente comenzaban a despertar los monos en las copas de los árboles y sus gritos, que sonaban como ladridos de perros, anunciaban el día, sin embargo esa madrugada reinaba un silencio espeluznante. Los animales y hasta los pájaros habían escapado. De pronto sonó un balazo, seguido por la voz de César Santos y luego las exclamaciones de los otros hombres. Un minuto después llegó Timothy Bruce sin aliento: habían encontrado al *caboclo*.

El hombre estaba tirado de bruces entre unos helechos. La cabeza, sin embargo, estaba de frente, como si una mano poderosa la hubiera girado en noventa grados hacia la espalda, partiendo los huesos del cuello. Tenía los ojos abiertos y una expresión de absoluto terror deformaba su rostro. Al volverlo vieron que el torso y el vientre habían sido destrozados con tajos profundos. Había centenares de extraños insectos, garrapatas y pequeños escarabajos sobre el cuerpo. La doctora Omayra Torres confirmó lo evidente: estaba muerto. Timothy Bruce corrió a buscar su cámara para dejar testimonio de lo ocurrido, mientras César Santos recogió algunos de los insectos y los puso en una bolsita de plástico para llevárselos al padre Valdomero en Santa María de la Lluvia, quien sabía de entomología y coleccionaba especies de la región. En ese lugar la fetidez era mucho peor y necesitaron un gran esfuerzo de voluntad para no salir escapando.

César Santos dio instrucciones a uno de los soldados para que regresara a vigilar a Joel González, quien había quedado solo en el campamento, y a Karakawe y otro soldado para que revisaran las cercanías. Matuwe, el guía indio, observaba el cadáver profundamente alterado; se había vuelto gris, como si estuviera en presencia de un fantasma. Nadia se abrazó a su padre y ocultó la cara en su pecho para no ver el siniestro espectáculo.

—¡La Bestia! —exclamó Matuwe.

—Nada de Bestia, hombre, esto lo hicieron los indios —le refutó el profesor Leblanc, pálido de la impresión, con un pañuelo impregnado en agua de colonia en una mano tembleque y una pistola en la otra.

En ese instante Leblanc retrocedió, tropezó y cayó sentado en el barro. Lanzó una maldición y quiso ponerse de pie, pero cada movimiento que hacía resbalaba más y más, revolcándose en una materia oscura, blanda y con grumos. Por el espantoso olor supieron que no era lodo, sino un charco enorme de excremento: el célebre antropólogo quedó literalmente cubierto de caca de pies a cabeza. César Santos y Timothy Bruce le pasaron una rama para halarlo y ayudarlo a salir, luego lo acompañaron al río a prudente distancia para no tocarlo. Leblanc no tuvo más remedio que remojarse por un buen rato, tiritando de humillación, de frío, de miedo y de ira. Karakawe, su ayudante personal, se negó rotundamente a jabonarlo o a lavarle la ropa y, a pesar de las trágicas circunstancias, los demás debieron contenerse para no estallar en carcajadas de puros nervios. En la mente de todos había el mismo pensamiento: el ser que produjo esa deposición debía ser del tamaño de un elefante.

—Estoy casi segura que la criatura que hizo esto tiene una dieta mixta; vegetales, frutas y algo de carne cruda —dijo la doctora, quien se había atado un pañuelo en torno a la nariz y la boca, mientras observaba un poco de aquella materia bajo su lupa.

Entretanto Kate Cold estaba a gatas examinando el suelo y la vegetación, imitada por su nieto.

—Mira, abuela, hay ramas rotas y en algunas partes los arbustos están aplastados, como por patas enormes. Encontré unos pelos negros y duros... —señaló el muchacho.

—Puede haber sido el jabalí —dijo Kate.

—También hay muchos insectos, los mismos que hay sobre el cadáver. No los había visto antes.

Apenas aclaró el día César Santos y Karakawe procedieron a colgar de un árbol, lo más alto que pudieron, el cuerpo del infortunado soldado envuelto en una hamaca. El profesor, tan nervioso que había desarrollado un tic en el ojo derecho y temblor en las rodillas, se dispuso a tomar una decisión. Dijo que corrían grave riesgo de morir todos y él, Ludovic Leblanc, como responsable del grupo, debía dar las órdenes. El asesinato del primer soldado confirmaba su teoría de que los indios eran unos asesinos naturales, solapados y traicioneros. La muerte del segundo, en tan raras circunstancias, podía atribuirse también a los indios, pero admitió que no se podía descartar a la Bestia. Lo mejor sería colocar sus trampas, a ver si con suerte caía la criatura que buscaban antes que volviera a matar a alguien, y enseguida regresar a Santa María de la Lluvia, donde podrían conseguir helicópteros. Los demás concluyeron que algo había aprendido el hombrecito con su revolcón en el charco de excremento.

—El capitán Ariosto no se atreverá a negar ayuda a Ludovic Leblanc —dijo el profesor. A medida que se internaban en territorio desconocido y la Bestia daba señales de vida, se había acentuado la tendencia del antropólogo a referirse a sí mismo en tercera persona. Varios miembros del grupo estuvieron de acuerdo. Kate Cold, sin embargo, se manifestó decidida a seguir adelante y exigió que Timothy Bruce se quedara con ella, puesto que de nada serviría encontrar a la criatura si no tenían fotografías para probarlo. El profesor sugirió que se separaran y los que así lo desearan volvieran a la aldea en una de las lanchas. Los soldados y Matuwe, el guía indio, querían irse lo antes posible, estaban aterrorizados. La doctora Omayra Torres, en cambio, dijo que había llegado hasta allí con la intención de vacunar indios, que tal vez no tendría otra oportunidad de hacerlo en un futuro próximo y no pensaba echarse atrás al primer inconveniente.

—Eres una mujer muy valiente, Omayra —comentó César Santos, admirado—. Yo me quedo. Soy el guía, no puedo dejarlos aquí —agregó.

Alex y Nadia se dieron una mirada de complicidad: habían notado cómo César Santos seguía con la vista a la doctora y no perdía oportunidad de estar cerca de ella. Ambos habían adivinado, antes que lo dijera, que si ella se quedaba él lo haría también.

—¿Y cómo regresaremos los demás sin usted? —quiso saber Leblanc, bastante inquieto.

—Karakawe puede conducirlos —dijo César Santos.

—Me quedo —se negó éste, lacónico, como siempre.

—Yo también, no pienso dejar sola a mi abuela —dijo Alex.

—No te necesito y no quiero andar con mocosos, Alexander —gruñó su abuela, pero todos pudieron ver el brillo de orgullo en sus ojos de ave de rapiña ante la decisión de su nieto.

—Yo me voy a traer refuerzos —dijo Leblanc.

—¿No está usted a cargo de esta expedición, profesor? —preguntó Kate Cold fríamente.

—Soy más útil allá que aquí... —farfulló el antropólogo.

—Haga lo que quiera, pero si usted se va, yo me encargaré de publicarlo en el *International Geographic* y que todo el mundo sepa lo valiente que es el profesor Leblanc —lo amenazó ella.

Finalmente acordaron que uno de los soldados y Matuwe conducirían a Joel González de vuelta a Santa María de la Lluvia. El viaje sería más corto, porque iban con la corriente. Los demás, incluyendo a Ludovic Leblanc, que no se atrevió a desafiar a Kate Cold, se quedarían donde estaban hasta que llegaran refuerzos. A media mañana todo estuvo listo, los expedicionarios se despidieron y la lancha con el herido emprendió el regreso.

Pasaron el resto de ese día y buena parte del siguiente instalando una trampa para la Bestia según las instrucciones del profesor Leblanc. Era de una sencillez infantil: un gran hoyo en el suelo, cubierto por una red disimulada con hojas y ramas. Se suponía que, al pisarla, el cuerpo caería al hueco, arrastrando la red. Al fondo del pozo había una alarma de pilas, que sonaría de inmediato para alertar a la expedición. El plan consistía en aproximarse, antes que la criatura lograra desenredarse de la red y salir del hueco, y dispararle varias cápsulas de un poderoso anestésico capaz de dormir a un rinoceronte.

Lo más arduo fue cavar un hoyo tan profundo como para contener a una criatura de la altura de la Bestia. Todos se turnaron con la pala, menos Nadia y Leblanc, la primera porque se oponía a la idea de hacer daño a un animal y el segundo porque estaba con dolor de espalda. El terreno resultó muy diferente de lo que el profesor creía cuando diseñó su trampa cómodamente instalado en un escritorio en su casa, a miles de millas de distancia. Había una costra delgada de humus, más abajo una dura maraña de raíces, luego arcilla resbaladiza como jabón, y a medida que cavaban, el pozo iba llenándose de un agua rojiza donde nadaban toda suerte de animalejos. Por último desistieron, vencidos por los obstáculos. Alex sugirió utilizar las redes para colgarlas de los árboles mediante un sistema de cuerdas, y de poner una carnada debajo; al aproximarse la presa para apoderarse del cebo, sonaba la alarma y de inmediato le caía la red encima. Todos, menos Leblanc, consideraron que en teoría podía funcionar, pero estaban demasiado cansados para probarlo y decidieron postergar el proyecto hasta la mañana siguiente.

—Espero que tu idea no sirva, Jaguar —dijo Nadia.

—La Bestia es peligrosa —replicó el muchacho.

—¿Qué harán con ella si la atrapan? ¿Matarla? ¿Cortarla en pedacitos para estudiarla? ¿Meterla en una jaula por el resto de su vida?

—¿Qué solución tienes tú, Nadia?

—Hablar con ella y preguntarle qué quiere.

—¡Qué idea tan genial! Podríamos convidarla a tomar el té... —se burló él.

—Todos los animales se comunican —aseguró Nadia.

—Eso dice mi hermana Nicole, pero ella tiene nueve años.

—Veo que a los nueve sabe más que tú a los quince —replicó Nadia.

Se encontraban en un lugar muy hermoso. La densa y enmarañada vegetación de la orilla se despejaba hacia el interior, donde el bosque alcanzaba una gran majestad. Los troncos de los árboles, altos y rectos, eran pilares de una magnífica catedral verde. Orquídeas y otras flores aparecían suspendidas de las ramas y brillantes helechos cubrían el suelo. Era tan variada la fauna, que nunca había silencio, desde el amanecer hasta muy entrada la noche se escuchaba el canto de los tucanes y loros;

por la noche empezaba la algarabía de sapos y monos aulladores. Sin embargo, aquel jardín del Edén ocultaba muchos peligros: las distancias eran enormes, la soledad absoluta y sin conocer el terreno era imposible ubicarse. Según Leblanc —y en eso César Santos estaba de acuerdo— la única manera de moverse en esa región era con la ayuda de los indios. Debían atraerlos. La doctora Omayra Torres era la más interesada en hacerlo, porque debía cumplir su misión de vacunarlos y establecer un sistema de control de salud, según explicó.

—No creo que los indios presenten voluntariamente los brazos para que los pinches, Omayra. No han visto una aguja en sus vidas —sonrió César Santos. Entre ambos había una corriente de simpatía y para entonces se trataban con familiaridad.

—Les diremos que es una magia muy poderosa de los blancos —dijo ella, guiñándole un ojo.

—Lo cual es totalmente cierto —aprobó César Santos.

Según el guía, había varias tribus en los alrededores que seguro habían tenido algún contacto, aunque breve, con el mundo exterior. Desde su avioneta había vislumbrado algunos *shabonos*, pero como no había dónde aterrizar por esos lados, se había limitado a señalarlos en su mapa. Las chozas comunitarias que había visto eran más bien pequeñas, lo cual significaba que cada tribu se componía de muy pocas familias. Según aseguraba el profesor Leblanc, quien se decía experto en la materia, el número mínimo de habitantes por *shabono* era de alrededor de cincuenta personas —menos no podrían defenderse de ataques enemigos— y rara vez sobrepasaba los doscientos cincuenta. César Santos sospechaba también la existencia de tribus aisladas, que no habían sido vistas aún, como esperaba la doctora Torres, y la única forma de llegar hasta ellas sería por el aire. Deberían ascender a la selva del altiplano, a la región encantada de las cataratas, donde nunca pudieron llegar los forasteros antes de la invención de aviones y helicópteros.

Con la idea de atraer a los indios, el guía amarró una cuerda entre dos árboles y de ella colgó algunos regalos: collares de cuentas, trapos de colores, espejos y chucherías de plástico. Reservó los machetes, cuchillos y utensilios de acero para más tarde, cuando comenzaran las verdaderas negociaciones y el trueque de regalos.

Esa tarde César Santos intentó comunicarse por radio con el capitán Ariosto y con Mauro Carías en Santa María de la Lluvia, pero el aparato no funcionaba. El profesor Leblanc se paseaba por el campamento, furioso ante esa nueva contrariedad, mientras los demás se turnaban tratando en vano de enviar o recibir un mensaje. Nadia se llevó a Alex aparte para contarle que la noche anterior, antes que el soldado fuera asesinado durante el turno de Karakawe, ella vio al indio manipulando la radio. Dijo que ella se acostó cuando terminó su vigilancia, pero no se durmió de inmediato y desde su hamaca pudo ver a Karakawe cerca del aparato.

—¿Lo viste bien, Nadia?

—No, porque estaba oscuro, pero los únicos que estaban en pie en ese turno eran los dos soldados y él. Estoy casi segura de que no era ninguno de los soldados —replicó ella—. Creo que Karakawe es la persona que mencionó Mauro Carías. Tal vez parte del plan es que no podamos pedir socorro en caso de necesidad.

—Debemos advertir a tu papá —determinó Alex.

César Santos no recibió la noticia con interés, se limitó a

advertirles que antes de acusar a alguien debían estar bien seguros. Había muchas razones por las cuales un equipo de radio tan anticuado como ése podía fallar. Además, ¿qué razón tendría Karakawe para descomponerlo? Tampoco a él le convenía encontrarse incomunicado. Los tranquilizó diciendo que dentro de tres o cuatro días vendrían refuerzos.

—No estamos perdidos, sólo aislados —concluyó.

—¿Y la Bestia, papá? —preguntó Nadia, inquieta.

—No sabemos si existe, hija. De los indios, en cambio, podemos estar seguros. Tarde o temprano se aproximarán y esperemos que lo hagan en son de paz. En todo caso estamos bien armados.

—El soldado que murió tenía un fusil, pero no le sirvió de nada —refutó Alex.

—Se distrajo. De ahora en adelante tendremos que ser mucho más cuidadosos. Desgraciadamente somos sólo seis adultos para montar guardia.

—Yo cuento como un adulto —aseguró Alex.

—Está bien, pero Nadia no. Ella sólo podrá acompañarme en mi turno —decidió César Santos.

Ese día Nadia descubrió cerca del campamento un árbol de *urucu pod*, arrancó varios de sus frutos, que parecían almendras peludas, los abrió y extrajo unas semillitas rojas del interior. Al apretarlas entre los dedos, mezcladas con un poco de saliva, formó una pasta roja con la consistencia del jabón, la misma que usaban los indios, junto con otras tinturas vegetales, para decorarse el cuerpo. Nadia y Alex se pintaron rayas, círculos y puntos en la cara, luego se ataron plumas y semillas en los brazos. Al verlos, Timothy Bruce y Kate Cold insistieron en tomarles fotos y Omayra Torres en peinar el cabello rizado de la chica y adornarlo con minúsculas orquídeas. César Santos, en cambio, no los celebró: la visión de su hija decorada como una doncella indígena pareció llenarlo de tristeza.

Cuando disminuyó la luz, calcularon que en alguna parte el sol se aprestaba para desaparecer en el horizonte, dando paso a la noche; bajo la cúpula de los árboles rara vez aparecía, su resplandor era difuso, filtrado por el encaje verde de la naturaleza. Sólo a veces, donde había caído un árbol, se veía claramente el ojo azul del cielo. A esa hora las sombras de la vegetación comenzaban a envolverlos como un cerco, en menos de una hora el bosque se tornaría negro y pesado. Nadia pidió a Alex que tocara la flauta para distraerlos y durante un rato la música, delicada y cristalina, invadió la selva. Borobá, el monito, seguía la melodía, moviendo la cabeza al compás de las notas. César Santos y la doctora Omayra Torres, en cuclillas junto a la fogata, estaban asando unos pescados para la cena. Kate Cold, Timothy Bruce y uno de los soldados se dedicaban a afirmar las carpas y proteger las provisiones de los monos y las hormigas. Karakawe y el otro soldado, armados y alertas, vigilaban. El profesor Leblanc dictaba las ideas que pasaban por su mente en una grabadora de bolsillo, que siempre llevaba a mano para cuando se le ocurría un pensamiento trascendental que la humanidad no debía perder, lo cual ocurría con tal frecuencia que los muchachos, fastidiados, esperaban la oportunidad de robarle las pilas. Como a los quince minutos del concierto de flauta, la atención de Borobá cambió súbitamente de foco; el mono comenzó a dar saltos, tironeando la ropa de su ama, inquieto. Al principio Nadia pretendió ignorarlo, pero el animal no la dejó en paz hasta que ella se puso de pie. Después de atisbar hacia la espesura, ella llamó a Alex con un gesto, guiándolo lejos del círculo de luz de la fogata, sin llamar la atención de los otros.

—Chisss —dijo, llevándose un dedo a los labios.

Todavía quedaba algo de claridad diurna, pero casi no se distinguían colores, el mundo aparecía en tonos de gris y negro. Alex se había sentido constantemente observado desde que saliera de Santa María de la Lluvia, pero justo esa tarde la impresión de ser espiado había desaparecido. Lo invadía una sensación de calma y seguridad que no había tenido en muchos días. También se había esfumado el penetrante olor que acompañó el asesinato del soldado la noche anterior. Los dos muchachos y Borobá se internaron unos metros en la vegetación y allí aguardaron, con más curiosidad que inquietud. Sin haberlo dicho, suponían que si había indios por los alrededores y tuvieran intención de hacerles daño, ya lo habrían hecho, porque los miembros de la expedición, bien iluminados por la hoguera del campamento, estaban expuestos a sus flechas y dardos envenenados.

Esperaron quietos, sintiendo que se hundían en una algodonosa niebla, como si al caer la noche se perdieran las dimensiones habituales de la realidad. Entonces, poco a poco, Alex comenzó a ver a los seres que los rodeaban, uno a uno. Estaban desnudos, pintados de rayas y manchas, con plumas y tiras de cuero atadas en los brazos, silenciosos, ligeros, inmóviles. A pesar de encontrarse a su lado, era difícil verlos; se mimetizaban tan perfectamente con la naturaleza, que resultaban invisibles, como tenues fantasmas. Cuando pudo distinguirlos, Alex calculó que había por lo menos veinte de ellos, todos hombres y con sus primitivas armas en las manos.

—Aía —susurró Nadia muy quedamente.

Nadie contestó, pero un movimiento apenas perceptible entre las hojas indicó que los indios se aproximaban. En la penumbra y sin anteojos, Alex no estaba seguro de lo que veía, pero su corazón se disparó en loca carrera y sintió que la sangre se le agolpaba en las sienes. Lo envolvió la misma alucinante sensación de estar viviendo un sueño, que tuvo en presencia del jaguar negro en el patio de Mauro Carías. Había una tensión similar, como si los acontecimientos transcurrieran en una burbuja de vidrio que en cualquier instante podía hacerse añicos. El peligro estaba en el aire, tal como lo había estado con el jaguar, pero el chico no tuvo miedo. No se creyó amenazado por aquellos seres transparentes que flotaban entre los árboles. La idea de sacar su navaja o de llamar pidiendo socorro no se le ocurrió. En cambio pasó por su mente, como un relámpago, una escena que había visto años antes en una película: el encuentro de un niño con un extraterrestre. La situación que vivía en ese momento era similar. Pensó, maravillado, que no cambiaría esa experiencia por nada en el mundo.

—Aía —repitió Nadia.

—Aía —murmuró él también.

No hubo respuesta.

Los muchachos esperaron, sin soltarse las manos, quietos como estatuas, y también Borobá se mantuvo inmóvil, expectante, como si supiera que participaba en un instante precioso. Pasaron minutos interminables y la noche se dejó caer con gran rapidez, arropándolos por completo. Finalmente se dieron cuenta de que estaban solos; los indios se habían esfumado con la misma ligereza con que habían surgido de la nada.

—¿Quiénes eran? —preguntó Alex cuando volvieron al campamento.

—Deben ser la «gente de la neblina», los invisibles, los habitantes más remotos y misteriosos del Amazonas. Se sabe que existen, pero nadie en verdad ha hablado con ellos.

—¿Qué quieren de nosotros? —preguntó Alex.

—Ver cómo somos, tal vez… —sugirió ella.

—Lo mismo quiero yo —dijo él.

—No le digamos a nadie que los hemos visto, Jaguar.

—Es raro que no nos hayan atacado y que tampoco se acerquen atraídos por los regalos que colgó tu papá —comentó el muchacho.

—¿Crees que fueron ellos los que mataron al soldado en la lancha? —preguntó Nadia.

—No lo sé, pero si son los mismos ¿por qué no nos atacaron hoy?

Esa noche Alex hizo su guardia junto a su abuela sin temor, porque no percibió el olor de la Bestia y no le preocupaban los indios. Después del extraño encuentro con ellos, estaba convencido de que unas pistolas servirían de muy poco en caso que quisieran atacarlos. ¿Cómo apuntar a esos seres casi invisibles? Los indios se disolvían como sombras en la noche, eran mudos fantasmas que podían caerles encima y asesinarlos en cuestión de un instante sin que ellos alcanzaran a darse cuenta. En el fondo, sin embargo, él tenía la certeza de que las intenciones de la gente de la neblina no eran ésas.

10
Raptados

El día siguiente transcurrió lento y fastidioso, con tanta lluvia que no alcanzaban a secar la ropa antes que cayera otro chapuzón. Esa misma noche desaparecieron los dos soldados durante su turno y pronto vieron que tampoco estaba la lancha. Los hombres, que desde la muerte de sus compañeros estaban aterrorizados, huyeron por el río. Estuvieron a punto de amotinarse cuando no les permitieron regresar a Santa María de la Lluvia con la primera lancha; nadie les pagaba por arriesgar la vida, dijeron. César Santos les respondió que justamente para eso les pagaban: ¿no eran soldados, acaso? La decisión de huir podría costarles muy cara, pero prefirieron enfrentar una corte marcial antes que morir en manos de los indios o de la Bestia. Para el resto de los expedicionarios, esa lancha representaba la única posibilidad de regresar a la civilización; sin ella y sin la radio se encontraban definitivamente aislados.

—Los indios saben que estamos aquí. ¡No podemos quedarnos! —exclamó el profesor Leblanc.

—¿Adónde pretende ir, profesor? Si nos movemos, cuando lleguen los helicópteros no nos encontrarán. Desde el aire sólo se ve una masa verde, jamás darían con nosotros —explicó César Santos.

—¿No podemos seguir el cauce del río y tratar de volver a Santa María de la Lluvia por nuestros propios medios? —sugirió Kate Cold.

—Es imposible hacerlo a pie. Hay demasiados obstáculos y desvíos —replicó el guía.

—¡Esto es culpa suya, Cold! Deberíamos haber regresado todos a Santa María de la Lluvia, como yo propuse —alegó el profesor.

—Muy bien, es culpa mía. ¿Qué hará al respecto? —preguntó la escritora.

—¡La denunciaré! ¡Voy a arruinar su carrera!

—Tal vez sea yo quien arruine la suya, profesor —replicó ella sin inmutarse.

César Santos los interrumpió diciendo que, en vez de discutir, debían unir las fuerzas y evaluar la situación: los indios desconfiaban y no habían demostrado interés por los regalos, se limitaban a observarlos, pero no los habían atacado.

—¿Le parece poco lo que le hicieron a ese pobre soldado? —preguntó, sarcástico, Leblanc.

—No creo que fueran los indios, no es ésa su manera de pelear. Si tenemos suerte, ésta puede ser una tribu pacífica —replicó el guía.

—Pero si no tenemos suerte, nos comerán —gruñó el antropólogo.

—Sería perfecto, profesor. Así usted podría probar su teoría sobre la ferocidad de los indios —dijo Kate.

—Bueno, basta de tonterías. Hay que tomar una decisión. Nos quedamos o nos vamos... —los cortó el fotógrafo Timothy Bruce.

—Han pasado casi tres días desde que se fue la primera lancha. Como iba con la corriente y Matuwe conoce el camino, ya deben estar en Santa María de la Lluvia. Mañana, o a lo más dentro de dos días, llegarán los helicópteros del capitán Ariosto. Volarán de día, así es que mantendremos una hoguera siempre encendida, para que vean el humo. La situación es difícil, como dije, pero no es grave, hay mucha gente que sabe dónde estamos, vendrán a buscarnos —aseguró César Santos.

Nadia estaba tranquila, abrazada a su monito, como si no comprendiera la magnitud de lo que les sucedía. Alex, en cambio, concluyó que nunca se había encontrado en tanto peligro, ni siquiera cuando quedó colgando en El Capitán, una roca escarpada que sólo los más expertos se atrevían a escalar. Si no hubiera ido atado por una cuerda a la cintura de su padre, se habría matado.

César Santos había advertido a los expedicionarios contra diversos insectos y animales de la selva, desde tarántulas hasta serpientes, pero olvidó mencionar las hormigas. Alex había renunciado a usar sus botas, no sólo porque estaban siempre húmedas y con mal olor, sino porque le apretaban; suponía que con el agua se habían encogido. A pesar de que los primeros días no se sacaba las chancletas que le dio César Santos, los pies se le llenaron de costras y durezas.

—Éste no es lugar para pies delicados —fue el único comentario de su abuela cuando le mostró las cortaduras sangrantes en los pies.

Su indiferencia se tornó en inquietud cuando a su nieto lo picó una hormiga de fuego. El muchacho no pudo evitar un alarido: sintió que lo quemaban con un cigarro en el tobillo. La hormiga le dejó una pequeña marca blanca que a los pocos minutos se volvió roja e hinchada como una cereza. El dolor ascendió en llamaradas por la pierna y no pudo dar ni un paso más. La doctora Omayra Torres le advirtió que el veneno haría su efecto durante varias horas y habría que soportarlo sin más alivio que compresas de agua caliente.

—Espero que no seas alérgico, porque en ese caso las consecuencias serán más graves —observó la doctora.

Alex no lo era, pero de todos modos la picadura le arruinó buena parte del día. Por la tarde, apenas pudo apoyar el pie y dar unos pasos, Nadia le contó que mientras los demás estaban pendientes de sus quehaceres, ella había visto a Karakawe rondando las cajas de las vacunas. Cuando el indio se dio cuenta que ella lo había descubierto, la cogió por los brazos con tal brutalidad que le dejó los dedos marcados en la piel y le advirtió que si decía una palabra al respecto lo pagaría muy caro. Estaba segura que ese hombre cumpliría sus amenazas, pero Alex consideró que no podían callarse, había que advertir a la doctora. Nadia, quien estaba tan prendada de la doctora como lo estaba su padre y empezaba a acariciar la fantasía de verla convertida en su madrastra, deseaba contarle también el diálogo entre Mauro Carías y el capitán Ariosto, que ellos habían escuchado en Santa María de la Lluvia. Seguía convencida de que Karakawe era la persona designada para cumplir los siniestros planes de Carías.

—No diremos nada de eso todavía —le exigió Alex.

Aguardaron el momento adecuado, cuando Karakawe se había alejado para pescar en el río, y plantearon la situación a Omayra Torres. Ella los escuchó con gran atención, dando muestras de inquietud por primera vez desde que la conocían. Aun en los momentos más dramáticos de esa aventura, la encantadora mujer no había perdido la calma; tenía los nervios bien templados de un samurái. Esta vez tampoco se alteró, pero quiso conocer los detalles. Al saber que Karakawe había abierto las cajas, pero no había violado los sellos de los frascos, respiró aliviada.

—Esas vacunas son la única esperanza de vida para los indios. Debemos cuidarlas como un tesoro —dijo.

—Alex y yo hemos estado vigilando a Karakawe; creemos que él descompuso la radio, pero mi papá dice que sin pruebas no podemos acusarlo —dijo Nadia.

—No preocupemos a tu papá con estas sospechas, Nadia, él ya tiene bastantes problemas. Entre ustedes dos y yo podemos neutralizar a Karakawe. No le quiten el ojo de encima, muchachos —les pidió Omayra Torres y ellos se lo prometieron.

El día transcurrió sin novedades. César Santos siguió en su empeño de hacer funcionar la radio transmisora, pero sin resultados. Timothy Bruce poseía una radio que les había servido para escuchar noticias de Manaos durante la primera parte del viaje, pero la onda no llegaba tan lejos. Se aburrían, porque una vez que tuvieron unas aves y dos pescados para el día, no había más que hacer; era inútil cazar o pescar de más, porque la carne se llenaba de hormigas o se descomponía en cuestión de horas. Por fin Alex pudo comprender la mentalidad de los indios, que nada acumulaban. Se turnaron para mantener humeando la hoguera, como señal en caso que anduvieran buscándolos, aunque según César Santos todavía era demasiado pronto para eso. Timothy Bruce sacó un gastado mazo de naipes y jugaron al póquer, al blackjack y al gin rummy hasta que empezó a irse la luz. No volvieron a sentir el penetrante olor de la Bestia.

Nadia, Kate Cold y la doctora fueron al río a lavarse y hacer sus necesidades; habían acordado que nadie debía aventurarse solo fuera del campamento. Para las actividades más íntimas, las tres mujeres iban juntas; para el resto todos se turnaban en parejas. César Santos se las arreglaba para estar siempre con Omayra Torres, lo cual tenía a Timothy Bruce bastante molesto, porque también el inglés se sentía cautivado por la doctora. Durante el viaje la había fotografiado hasta que ella se negó a seguir posando, a pesar de que Kate Cold le había advertido que guardara el film para la Bestia y los indios. La escritora y Karakawe eran los únicos que no parecían impresionados por la joven mujer. Kate masculló que ya estaba muy vieja para fijarse en una cara bonita, comentario que a Alex le sonó como una demostración de celos, indigna de alguien tan lista como su abuela. El profesor Leblanc, quien no podía competir en prestancia con César Santos o juventud con Timothy Bruce, procuraba impresionar a la mujer con el peso de su celebridad y no perdía ocasión de leerle en voz alta párrafos de su libro, donde narraba en detalle los peligros escalofriantes que había enfrentado entre los indios. A ella le costaba imaginar al timorato Leblanc vestido sólo con un taparrabos, combatiendo mano a mano con indios y fieras, cazando con flechas y sobreviviendo sin ayuda en medio de toda suerte de catástrofes naturales, como contaba. En todo caso, la rivalidad entre los hombres del grupo por las atenciones de Omayra Torres había creado una cierta tensión, que aumentaba a medida que pasaban las horas en angustiosa espera de los helicópteros.

Alex se miró el tobillo: todavía le dolía y estaba algo hinchado, pero la dura cereza roja donde lo picó la hormiga había disminuido; las compresas de agua caliente habían dado buenos resultados. Para distraerse, cogió su flauta y empezó a tocar el concierto preferido de su madre, una música dulce y romántica de un compositor europeo muerto hacía más de un siglo, pero que sonaba a tono con la selva circundante. Su abuelo Joseph Cold tenía razón: la música es un lenguaje universal. A las primeras notas llegó Borobá dando saltos y se sentó a sus pies con la seriedad de un crítico y a los pocos instantes volvió Nadia con la doctora y Kate Cold. La chica esperó que los demás estuvieran ocupados preparando el campamento para la noche y le hizo señas a Alex que la siguiera disimuladamente.

—Están aquí otra vez, Jaguar —murmuró a su oído.

—¿Los indios…?

—Sí, la gente de la neblina. Creo que vienen por la música. No hagas ruido y sígueme.

Se internaron algunos metros en la espesura y, tal como habían hecho antes, aguardaron quietos. Por mucho que Alex aguzara la vista, no distinguía a nadie entre los árboles: los indios se disolvían en su entorno. De pronto sintió manos que lo tomaban con firmeza por los brazos y al volverse vio que Nadia y él estaban rodeados. Los indios no se mantuvieron a cierta distancia, como la vez anterior; ahora Alex podía percibir el olor dulzón de sus cuerpos. Nuevamente notó que eran de baja estatura y delgados, pero ahora pudo comprobar que también eran muy fuertes y había algo feroz en su actitud. ¿Tendría razón Leblanc cuando aseguraba que eran violentos y crueles?

—Aía —saludó tentativamente.

Una mano le tapó la boca y antes que alcanzara a darse cuenta de lo que sucedía, se sintió alzado en vilo por los tobillos y las axilas. Empezó a retorcerse y patalear, pero las manos no lo soltaron. Sintió que lo golpeaban en la cabeza, no supo si con los puños o con una piedra, pero comprendió que más valía dejarse llevar o acabarían aturdiéndolo o matándolo. Pensó en Nadia y si acaso a ella también estarían arrastrándola a la fuerza. Le pareció oír de lejos la voz de su abuela llamándolo, mientras los indios se lo llevaban, internándose en la oscuridad como espíritus de la noche.

Alexander Cold sentía punzadas ardientes en el tobillo donde lo había picado la hormiga de fuego, que ahora aprisionaba la mano de uno de los cuatro indios que lo llevaban en vilo. Sus captores iban trotando y con cada paso el cuerpo del muchacho se balanceaba brutalmente; el dolor en los hombros era como si lo estuvieran descoyuntando. Le habían quitado la camiseta y se la habían amarrado en la cabeza, cegándolo y ahogando su voz. Apenas podía respirar y le latía el cráneo donde lo habían golpeado, pero le reconfortó no haber perdido el conocimiento, eso significaba que los guerreros no le habían pegado fuerte y no pretendían matarlo. Al menos no por el momento… Le pareció que marchaban un trecho muy largo hasta que por fin se detuvieron y lo dejaron caer como un saco de papas. El alivio en sus músculos y huesos fue casi inmediato, aunque el tobillo le ardía terriblemente. No se atrevió a quitarse la camiseta que le cubría la cabeza para no provocar a sus agresores, pero como al rato de espera nada acontecía, optó por arrancársela de encima. Nadie lo detuvo. Cuando se habituaron sus ojos a la leve claridad de la luna, se vio en medio del bosque, tirado sobre el colchón de humus que cubría el suelo. A su alrededor, en estrecho círculo, sintió la presencia de los indios, aunque no podía verlos en tan poca luz y sin sus anteojos. Se acordó de su navaja del ejército suizo y se llevó disimuladamente la mano a la cintura buscándola, pero no pudo terminar el gesto: un puño firme lo sujetó por la muñeca. Entonces oyó la voz de Nadia y sintió las manitos delgadas de Borobá en su cabello. Lanzó una exclamación, porque el mono puso los dedos en un chichón provocado por el golpe.

—Quieto, Jaguar. Nos harán daño —dijo la muchacha.

—¿Qué pasó?

—Se asustaron, creyeron que ibas a gritar, por eso tuvieron que llevarte a la fuerza. Sólo quieren que vayamos con ellos.

—¿Adónde? ¿Por qué? —farfulló el muchacho tratando de sentarse. Sentía su cabeza retumbando como un tambor.

Nadia lo ayudó a incorporarse y le dio a beber agua de una calabaza. Ya sus ojos se habían acostumbrado y vio que los indios lo observaban de cerca y hacían comentarios en voz alta, sin temor alguno de ser oídos o alcanzados. Alex supuso que el resto de la expedición estaría buscándolos, aunque nadie se atrevería a aventurarse demasiado lejos en plena noche. Pensó que por una vez su abuela estaría preocupada: ¿cómo explicaría a su hijo John que había perdido al nieto en la selva? Por lo visto los indios habían tratado a Nadia con más suavidad, porque la chica se movía entre ellos con confianza. Al incorporarse sintió algo tibio que resbalaba por la sien derecha y goteaba sobre su hombro. Le pasó el dedo y se lo llevó a los labios.

—Me partieron la cabeza —murmuró, asustado.

—Finge que no te duele, Jaguar, como hacen los verdaderos guerreros —le advirtió Nadia.

El muchacho concluyó que debía hacer una demostración de valor: se puso de pie procurando que no se notara el temblor de sus rodillas, se irguió lo más derecho que pudo y se golpeó el pecho como había visto en las películas de Tarzán, a tiempo que lanzaba un interminable rugido de King Kong. Los indios retrocedieron un par de pasos y esgrimieron sus armas, atónitos. Repitió los golpes de pecho y los gruñidos, seguro de haber producido alarma en las filas enemigas, pero en vez de echar a correr asustados, los guerreros empezaron a reírse. Nadia sonreía también y Borobá daba saltos y mostraba los dientes, histérico de risa. Las risotadas aumentaron de volumen, algunos indios caían sentados, otros se tiraban de espaldas al suelo y levantaban las piernas de puro gozo, otros imitaban al muchacho aullando como Tarzán. Las carcajadas duraron un buen rato, hasta que Alex, sintiéndose absolutamente ridículo, se contagió también de risa. Por fin se calmaron y, secándose las lágrimas, intercambiaron palmadas amistosas.

Uno de los indios, que en la penumbra parecía más pequeño, más viejo y se distinguía por una corona redonda de plumas, único adorno en su cuerpo desnudo, inició un largo discurso. Nadia captó el sentido, porque conocía varias lenguas de los indios y, aunque la gente de la neblina tenía su propio idioma, muchas palabras eran similares. Estaba segura de que podría comunicarse con ellos. De la diatriba del hombre con la corona de plumas entendió que se refería a Rahakanariwa, el espíritu del pájaro caníbal mencionado por Walimai, a los *nahab*, como llamaban a los forasteros, y a un poderoso chamán. Aunque no lo nombró, porque habría sido muy descortés de su parte hacerlo, ella dedujo que se trataba de Walimai. Valiéndose de las palabras que conocía y de gestos, la chica indicó el hueso tallado que llevaba colgado al cuello, regalo del brujo. El hombre que actuaba como jefe examinó el talismán durante largos minutos, dando muestras de admiración y respeto, luego siguió con su discurso, pero esta vez dirigiéndose a los guerreros, quienes se aproximaron uno por uno para tocar el amuleto.

Después los indios se sentaron en círculo y continuaron las conversaciones, mientras distribuían trozos de una masa cocida, como pan sin levadura. Alex se dio cuenta que no había comido en muchas horas y estaba muy hambriento; recibió su porción de cena sin fijarse en la mugre y sin preguntar de qué estaba hecha; sus remilgos respecto a la comida habían pasado a la historia. Enseguida los guerreros hicieron circular una vejiga de animal con un jugo viscoso de olor acre y sabor a vinagre, mientras salmodiaban un canto para desafiar a los fantasmas que causan pesadillas por la noche. No le ofrecieron el brebaje a Nadia, pero tuvieron la amabilidad de compartirlo con Alex, a quien no le tentó el olor y menos la idea de compartir el mismo recipiente con los demás. Recordaba la historia contada por César Santos de una tribu entera contagiada por la chupada del cigarrillo de un periodista. Lo último que deseaba era pasar sus gérmenes a esos indios, cuyo sistema de inmunidad no los resistiría, pero Nadia le advirtió que no aceptarlo sería considerado un insulto. Le informó que era *masato*, una bebida fermentada hecha con mandioca masticada y saliva, que sólo bebían los hombres. Alex creyó que iba a vomitar con la explicación, pero no se atrevió a rechazarla.

Con el golpe recibido en el cráneo y el *masato*, el muchacho se trasladó sin esfuerzo al planeta de las arenas de oro y las seis lunas en el cielo fosforescente, que había visto en el patio de Mauro Carías. Estaba tan confundido e intoxicado que no habría podido dar ni un paso, pero por suerte no tuvo que hacerlo, porque los guerreros también sentían la influencia del licor y pronto yacían por el suelo roncando. Alex supuso que no continuarían la marcha hasta que hubiera algo de luz y se consoló con la vaga esperanza de que su abuela lo alcanzaría al amanecer. Ovillado en el suelo, sin acordarse de los fantasmas de las pesadillas, las hormigas de fuego, las tarántulas o las serpientes, se abandonó al sueño. Tampoco se alarmó cuando el tremendo olor de la Bestia invadió el aire.

Los únicos que estaban sobrios y despiertos cuando apareció la Bestia eran Nadia y Borobá. El mono se inmovilizó por completo, como convertido en piedra, y ella alcanzó a vislumbrar una gigantesca figura en la luz de la luna antes que el olor la hiciera perder los sentidos. Más tarde contaría a su amigo lo mismo que había dicho el padre Valdomero: era una criatura de forma humana, erecta, de unos tres metros de altura, con brazos poderosos terminados en garras curvas como cimitarras y una cabeza pequeña, desproporcionada para el tamaño del cuerpo. A Nadia le pareció que se movía con gran lentitud, pero de haberlo querido la Bestia habría podido destriparlos a todos. La fetidez que emanaba —o tal vez el terror absoluto que producía en sus víctimas— paralizaba como una droga. Antes de desmayarse ella quiso gritar o escapar, pero no pudo mover ni un músculo; en un relámpago de conciencia vio el cuerpo del soldado abierto en canal como una res y pudo imaginar el horror del hombre, su impotencia y su espantosa muerte.

Alex despertó confundido tratando de recordar lo que había pasado, con el cuerpo tembleque por el extraño licor de la noche anterior y la fetidez, que todavía flotaba en el aire. Vio a Nadia con Borobá arropado en su regazo, sentada con las piernas cruzadas y la mirada perdida en la nada. El muchacho gateó hasta ella conteniendo a duras penas los sobresaltos de sus tripas.

—La vi, Jaguar —dijo Nadia con una voz remota, como si estuviera en trance.

—¿Qué viste?

—La Bestia. Estuvo aquí. Es enorme, un gigante…

Alex se fue detrás de un helecho a vaciar el estómago, con

lo cual se sintió algo más aliviado, a pesar de que el hedor del aire le devolvía las náuseas. A su regreso los guerreros estaban listos para emprender la marcha. En la luz del amanecer pudo verlos bien por primera vez. Su temible aspecto correspondía exactamente a las descripciones de Leblanc: estaban desnudos, con el cuerpo pintado en colores rojo, negro y verde, brazaletes de plumas y el cabello cortado redondo, con la parte superior del cráneo afeitada, como una tonsura de sacerdote. Llevaban arcos y flechas atados a la espalda y una pequeña calabaza cubierta con un trozo de piel que, según dijo Nadia, contenía el mortal *curare* para flechas y dardos. Varios de ellos llevaban gruesos palos y todos lucían cicatrices en la cabeza, que equivalían a orgullosas condecoraciones de guerra: el valor y la fortaleza se medía por las huellas de los garrotazos soportados.

Alex debió sacudir a Nadia para despabilarla, porque el espanto de haber visto a la Bestia la noche anterior la había dejado atontada. La muchacha logró explicar lo que había visto y los guerreros escucharon con atención, pero no dieron muestras de sorpresa, tal como no hicieron comentarios sobre el olor.

El grupo se puso en marcha de inmediato, trotando en fila a la zaga del jefe, a quien Nadia decidió llamar Mokarita, pues no podía preguntarle su nombre verdadero. A juzgar por el estado de su piel, sus dientes y sus pies deformes, Mokarita era mucho más viejo de lo que Alex supuso cuando lo vio en la penumbra, pero tenía la misma agilidad y resistencia de los otros guerreros. Uno de los hombres jóvenes se distinguía entre los demás, era más alto y fornido y, a diferencia de los otros, iba enteramente pintado de negro, excepto una especie de antifaz rojo en torno a los ojos y la frente. Caminaba siempre al lado del jefe, como si fuera su lugarteniente, y se refería a sí mismo como Tahama; Nadia y Alexander se enteraron después que ése era su título honorífico por ser el mejor cazador de la tribu.

Aunque el paisaje parecía inmutable y no había puntos de referencia, los indios sabían exactamente adónde se dirigían. Ni una sola vez se volvieron a ver si los muchachos extranjeros los seguían: sabían que no les quedaba más remedio que hacerlo, de otro modo se perderían. A veces a Alex y Nadia les parecía estar solos, porque la gente de la neblina desaparecía en la vegetación, pero esa impresión no duraba mucho; tal como se esfumaban, los indios reaparecían en cualquier momento, como si estuvieran ejercitándose en el arte de tornarse invisibles. Alex concluyó que ese talento para desaparecer no se podía atribuir solamente a la pintura con que se camuflaban, era sobre todo una actitud mental. ¿Cómo lo hacían? Calculó cuán útil podía ser en la vida el truco de la invisibilidad y se propuso aprenderlo. En los días siguientes comprendería que no se trataba de ilusionismo, sino de un talento que se alcanzaba con mucha práctica y concentración, como tocar la flauta.

El paso rápido no cambió en varias horas; sólo se detenían de vez en cuando en los arroyos para beber agua. Alex sentía hambre, pero estaba agradecido de que al menos el tobillo donde lo había picado la hormiga ya no le dolía. César Santos le había contado que los indios comen cuando pueden —no siempre cada día— y su organismo está acostumbrado a almacenar energía; él, en cambio, había tenido siempre el refrigerador de su casa atiborrado de alimentos, al menos mientras su madre estuvo sana, y si alguna vez debía saltarse una comida le daba fatiga. No pudo menos que sonreír ante el trastorno completo de sus hábitos. Entre otras cosas, no se había cepillado los dientes ni cambiado la ropa en varios días. Decidió ignorar el vacío en el estómago, matar el hambre con indiferencia. En un par de ocasiones le dio una mirada a su compás y descubrió que marchaban en dirección al noreste. ¿Vendría alguien a su rescate? ¿Cómo podría dejar señales en el camino? ¿Los verían desde un helicóptero? No se sentía optimista, en verdad su situación era desesperada. Le sorprendió que Nadia no diera señas de fatiga, su amiga parecía completamente entregada a la aventura.

Cuatro o cinco horas más tarde —imposible medir el tiempo en ese lugar— llegaron a un río claro y profundo. Siguieron por la orilla un par de millas y de pronto ante los ojos maravillados de Alex surgió una montaña muy alta y una magnífica catarata que caía con un clamor de guerra, formando abajo una inmensa nube de espuma y agua pulverizada.

—Es el río que baja del cielo —dijo Tahama.

11
La aldea invisible

Mokarita, el jefe de las plumas amarillas, autorizó al grupo para descansar un rato antes de emprender el ascenso de la montaña. Tenía un rostro de madera, con la piel cuarteada como corteza de árbol, sereno y bondadoso.

—Yo no puedo subir —dijo Nadia al ver la roca negra, lisa y húmeda.

Era la primera vez que Alex la veía derrotada ante un obstáculo y simpatizó con ella porque también él estaba asustado, aunque durante años había trepado montañas y rocas con su padre. John Cold era uno de los escaladores más experimentados y audaces de los Estados Unidos, había participado en célebres expediciones a lugares casi inaccesibles, incluso había sido llamado un par de veces para rescatar gente accidentada en los picos más altos de Austria y Chile. Sabía que él no poseía la habilidad ni el valor de su padre, mucho menos su experiencia; tampoco había visto una roca tan escarpada como la que ahora tenía por delante. Escalar por los costados de la catarata, sin cuerdas y sin ayuda, era prácticamente imposible.

Nadia se aproximó a Mokarita y trató de explicarle mediante señas y las palabras que compartían que ella no era capaz de subir. El jefe pareció muy enojado, daba gritos, blandía sus armas y gesticulaba. Los otros indios lo imitaron, rodeando a Nadia amenazadores. Alex se colocó junto a su amiga y procuró calmar a los guerreros con gestos, pero lo único que consiguió fue que Tahama cogiera a Nadia por el cabello y empezara a darle tirones, arrastrándola hacia la catarata, mientras Borobá daba manotazos y chillaba. En un rapto de inspiración —o desesperación— el muchacho desprendió la flauta de su cinturón y comenzó a tocar. Al instante los indios se detuvieron, como hipnotizados; Tahama soltó a Nadia y todos rodearon a Alex.

Una vez que se hubieron apaciguado un poco los ánimos, Alex convenció a Nadia que con una cuerda él podía ayudarla a subir. Le repitió lo que tantas veces oyera decir a su padre: «antes de vencer la montaña hay que aprender a usar el temor».

—Me espanta la altura, Jaguar, me da vértigo. Cada vez que subo a la avioneta de mi padre me enfermo… —gimió Nadia.

—Mi papá dice que el temor es bueno, es el sistema de alarma del cuerpo, nos avisa del peligro; pero a veces el peligro es inevitable y entonces hay que dominar el miedo.

—¡No puedo!

—Nadia, escúchame —dijo Alex sujetándola por los brazos y obligándola a mirarlo a los ojos—. Respira hondo, cálmate. Te enseñaré a usar el miedo. Confía en ti misma y en mí. Te ayudaré a subir, lo haremos juntos, te lo prometo.

Por toda respuesta Nadia se echó a llorar con la cabeza en el hombro de Alex. El muchacho no supo qué hacer, jamás había estado tan cerca de una chica. En sus fantasías había abrazado mil veces a Cecilia Burns, su amor de toda la vida, pero en la práctica habría salido corriendo si ella lo hubiera tocado. Cecilia Burns estaba tan lejos, que era como si no existiera: no podía recordar su cara. Sus brazos rodearon a Nadia en un gesto automático. Sintió que el corazón latía en su pecho como una estampida de búfalos, pero le alcanzó la lucidez para darse cuenta de lo absurdo de su situación. Estaba en el medio de la selva, rodeado de extraños guerreros pintarrajeados, con una pobre chica aterrada en sus brazos y ¿en qué estaba pensando? ¡En el amor! Logró reaccionar, separando a Nadia para enfrentarla con determinación.

—Deja de llorar y dile a estos señores que necesitamos una cuerda —le ordenó, señalando a los indios—. Y acuérdate que tienes la protección del talismán.

—Walimai dijo que me protegería de hombres, animales y fantasmas, pero no mencionó el peligro de caerme y partirme la nuca —explicó Nadia.

—Como dice mi abuela, de algo hay que morirse —la consoló su amigo tratando de sonreír. Y agregó—: ¿No me dijiste que hay que ver con el corazón? Ésta es una buena oportunidad para hacerlo.

Nadia se las arregló para comunicar a los indios la petición del muchacho. Cuando finalmente entendieron, varios de ellos se pusieron en acción y muy pronto confeccionaron una cuerda con lianas trenzadas. Cuando vieron que Alex ataba un extremo de la cuerda a la cintura de la chica y enrollaba el resto en torno a su propio pecho, dieron muestras de gran curiosidad. No podían imaginar por qué los forasteros hacían algo tan absurdo: si uno resbalaba arrastraría al otro.

El grupo se acercó a la catarata, que caía libremente desde una altura de más de cincuenta metros y se estrellaba abajo en una impresionante nube de agua, coronada por un magnífico arco iris. Centenares de pájaros negros cruzaban la cascada en todas direcciones. Los indios saludaron al río que bajaba del cielo esgrimiendo sus armas y dando gritos: ya estaban muy cerca de su país. Al subir a las tierras altas se sentían a salvo de cualquier peligro. Tres de ellos se alejaron en el bosque por un rato y regresaron con unas bolas, que, al ser inspeccionadas por los chicos, resultaron ser de una resina blanca, espesa y muy pegajosa. Imitando a los otros, se frotaron las palmas de las manos y los pies con esa pasta. En contacto con el suelo, el humus se pegaba en la resina, creando una suela irregular. Los primeros pasos fueron dificultosos, pero apenas se metieron bajo la llovizna de la catarata, comprendieron su utilidad: era como llevar botas y guantes de goma adhesiva.

Bordearon la laguna que se formaba abajo y pronto alcanzaron, empapados, la cascada, una cortina sólida de agua, separada de la montaña por varios metros. El rugido del agua era tal que resultaba imposible comunicarse y tampoco podían hacerlo por señas, puesto que la visibilidad era casi nula, el vapor de agua convertía el aire en espuma blanca. Tenían la impresión de avanzar a tientas en medio de una nube. Por orden de Nadia, Borobá se había pegado al cuerpo de Alex como un gran parche peludo y caliente, mientras ella avanzaba detrás porque iba sujeta de una cuerda, de otro modo habría retrocedido. Los guerreros conocían bien el terreno y proseguían lento, pero sin vacilar, calculando dónde ponían cada pie. Los muchachos los siguieron lo más cerca posible, porque bastaba separarse un par de pasos para perderlos de vista por completo. Alex imaginó que el nombre de esa tribu —gente de la neblina— provenía de la densa bruma que se formaba al reventar el agua.

Esa y otras cataratas del Alto Orinoco habían derrotado siempre a los forasteros, pero los indios las habían convertido en sus aliadas. Sabían exactamente dónde pisar, había muescas naturales o talladas por ellos que seguramente habían usado por cientos de años. Esos cortes en la montaña formaban una escalera detrás de la cascada, que subía hasta el tope. Sin conocer su existencia y su ubicación exacta, era imposible ascender por esas paredes lisas, mojadas y resbalosas, con la atronadora presencia de la cascada a la espalda. Un tropezón y la caída terminaba en muerte segura en medio del fragor de la espuma.

Antes de verse aislados por el ruido, Alex alcanzó a instruir a Nadia de no mirar hacia abajo, debía concentrarse en copiar sus movimientos, aferrándose donde él lo hacía, tal como él imitaba a Tahama, quien iba delante. También le explicó que la primera parte era más difícil por la niebla producida al estrellarse el agua contra el suelo, pero a medida que subieran seguramente sería menos resbaloso y podrían ver mejor. A Nadia eso no le dio ánimo, porque su peor problema no era la visibilidad, sino el vértigo. Trató de ignorar la altura y el rugido ensordecedor de la cascada, pensando que la resina en las manos y los pies ayudaba a adherirse a la roca mojada. La cuerda que la unía a Alex le daba algo de seguridad, aunque era fácil adivinar que un paso en falso de cualquiera de ellos lanzaría a ambos al vacío. Procuró seguir las instrucciones de Alex: concentrar la mente en el próximo movimiento, en el lugar preciso donde debía colocar el pie o la mano, uno a la vez, sin apuro y sin perder el ritmo. Apenas lograba estabilizarse, se movía con cuidado buscando una hendidura o saliente superior, enseguida tanteaba con un pie hasta dar con otra y así podía impulsar el cuerpo unos centímetros más arriba. Las fisuras en la montaña eran suficientemente profundas para apoyarse, el peligro mayor consistía en separar el cuerpo, debía moverse pegada a la roca. En un chispazo pasó por su mente Borobá: si ella iba tan aterrada, cómo estaría el infortunado mono colgando de Alex.

A medida que subían la visibilidad aumentaba, pero la distancia entre la catarata y la montaña se reducía. Los niños sentían el agua cada vez más cerca de sus espaldas. Justo cuando Alex y Nadia se preguntaban cómo harían para continuar el ascenso a la parte superior de la catarata, las muescas en la roca se desviaron hacia la derecha. El muchacho tanteó con los dedos y dio con una superficie plana; entonces sintió que lo cogían por la muñeca y tiraban hacia arriba. Se impulsó con todas sus fuerzas y aterrizó en una cueva de la montaña, donde ya estaban reunidos los guerreros. Tirando de la cuerda alzó a Nadia, que cayó de bruces encima de él, atontada por el esfuerzo y el terror. El infortunado Borobá no se movió, estaba pegado como una lapa a su espalda y congelado de terror. Frente a la boca de la cueva caía una cortina compacta de agua, que los pájaros negros atravesaban dispuestos a defender sus nidos de los invasores. Alex se admiró ante el increíble valor de los primeros indios que, tal vez en la prehistoria, se aventuraron detrás de la cascada, encontraron algunas hendiduras y tallaron otras, descubrieron la cueva y abrieron el camino para sus descendientes.

La gruta, larga y estrecha, no permitía ponerse de pie, debían gatear o arrastrarse. La claridad del sol se filtraba blanca y lechosa a través de la cascada, pero apenas alumbraba la entrada, más adentro estaba oscuro. Alex, sosteniendo a Nadia y Borobá contra su pecho, vio a Tahama llegar hasta su lado, gesticulando y señalando la caída de agua. No podía oírle, pero entendió que alguien se había resbalado o se había quedado atrás. Tahama le mostraba la cuerda y por fin comprendió que éste pretendía usarla para bajar en busca del ausente. El indio era más pesado que él y, por muy ágil que fuera, no tenía experiencia en rescate de alta montaña. Tampoco él era un experto, pero al menos había acompañado a su padre un par de veces en misiones arriesgadas, sabía usar una cuerda y había leído mucho al respecto. Escalar era su pasión, sólo comparable a su amor por la flauta. Hizo señas a los indios de que él iría hasta donde dieran las lianas. Desató a Nadia e indicó a Tahama y a los otros que lo bajaran por el precipicio.

El descenso, suspendido de una frágil cuerda en el abismo, con un mar de agua rugiendo a su alrededor, a Alex le pareció peor que la subida. Veía muy poco y ni siquiera sabía quién había resbalado ni dónde buscarlo. La maniobra era de una temeridad prácticamente inútil, puesto que cualquiera que hubiera pisado en falso durante el ascenso ya estaría hecho polvo abajo. ¿Qué haría su padre en esas circunstancias? John Cold pensaría primero en la víctima, después en sí mismo. John Cold no se daría por vencido sin intentar todos los recursos posibles. Mientras lo descendían hizo un esfuerzo por ver más allá de sus narices y respirar, pero apenas podía abrir los ojos y sentía los pulmones llenos de agua. Se balanceaba en el vacío, rogando para que la cuerda de lianas no cediera.

De pronto uno de sus pies dio con algo blando y un instante más tarde palpaba con los dedos la forma de un hombre que colgaba aparentemente de la nada. Con un sobresalto de angustia, comprendió que era el jefe Mokarita. Lo reconoció por el sombrero de plumas amarillas, que aún permanecía firme en su cabeza, a pesar de que el infeliz anciano estaba enganchado como una res en una gruesa raíz que emergía de la montaña y, milagrosamente, había detenido su caída. Alex no tenía dónde sostenerse y temía que si se apoyaba en la raíz, ésta se partiría, precipitando a Mokarita al abismo. Calculó que sólo tendría una oportunidad de agarrarlo y más valía hacerlo con precisión, sino el hombre, empapado como estaba, se le resbalaría entre los dedos como un pez.

Alexander se dio impulso, columpiándose casi a ciegas y se enroscó con piernas y brazos a la figura postrada. En la cueva los guerreros sintieron el tirón y el peso en la cuerda y comenzaron a halar con cuidado, muy lento, para evitar que el roce rompiera las lianas y el bamboleo azotara a Alex y Mokarita contra las rocas. El joven no supo cuánto demoró la operación, tal vez sólo unos minutos, pero le parecieron horas. Por último se sintió cogido por varias manos, que lo izaron a la cueva. Los indios debieron forcejear con él para que soltara a Mokarita: lo tenía abrazado con la determinación de una piraña.

El jefe se acomodó las plumas y esbozó una débil sonrisa. Hilos de sangre le brotaban por la nariz y la boca, pero por lo demás parecía intacto. Los indios se manifestaban muy impresionados por el rescate y pasaban la cuerda de mano en mano con admiración, pero a ninguno se le ocurrió atribuir el salvamento del jefe al joven forastero, más bien felicitaban a Tahama por haber tenido la idea. Agotado y adolorido, Alex echó de menos que alguien le diera las gracias, pero hasta Nadia lo ignoró. Acurrucada con Borobá en un rincón, ni cuenta se dio ella del heroísmo de su amigo, porque estaba todavía tratando de recuperarse del ascenso a la montaña.

El resto del viaje fue más fácil, porque el túnel se abría a cierta distancia del agua, en un sitio donde era posible subir con menos riesgo. Sirviéndose de la cuerda, los indios izaron a Mokarita, porque le flaqueaban las piernas, y a Nadia, porque le flaqueaba el ánimo, pero finalmente todos se encontraron en la cima.

—¿No te dije que el talismán también servía para peligros de altura? —se burló Alex.

—¡Cierto! —admitió Nadia, convencida.

Ante ellos apareció el Ojo del Mundo, como llamaba la gente de la neblina a su país. Era un paraíso de montañas y cascadas espléndidas, un bosque infinito poblado de animales, pájaros y mariposas, con un clima benigno y sin las nubes de mosquitos que atormentaban en las tierras bajas. A lo lejos se alzaban extrañas formaciones como altísimos cilindros de granito negro y tierra roja. Postrado en el suelo sin poder moverse, Mokarita los señaló con reverencia:

—Son *tepuis*, las residencias de los dioses —dijo con un hilo de voz.

Alex los reconoció al punto: esas impresionantes mesetas eran idénticas a las torres magníficas que había visto cuando enfrentó al jaguar negro en el patio de Mauro Carías.

—Son las montañas más antiguas y misteriosas de la tierra —dijo.

—¿Cómo lo sabes? ¿Las habías visto antes? —preguntó Nadia.

—Las vi en un sueño —contestó Alex.

El jefe indio no daba muestras de dolor, como correspondía a un guerrero de su categoría, pero le quedaban muy pocas fuerzas, a ratos cerraba los ojos y parecía desmayado. Alex no supo si tenía huesos rotos o incontables magulladuras internas, pero era claro que no podía ponerse de pie. Valiéndose de Nadia como intérprete, consiguió que los indios improvisaran una parihuela con dos palos largos, unas cuantas lianas atravesadas y un trozo de corteza de árbol encima. Los guerreros, desconcertados ante la debilidad del anciano que había guiado a la tribu por varias décadas, siguieron las instrucciones de Alex sin discutir. Dos de ellos cogieron los extremos de la camilla y así continuaron la marcha durante una media hora por la orilla del río, guiados por Tahama, hasta que Mokarita indicó que se detuvieran para descansar un rato.

El ascenso por las laderas de la catarata había durado varias horas y para entonces todos estaban agotados y hambrientos. Tahama y otros dos hombres se internaron en el bosque y regresaron al poco rato con unos cuantos pájaros, una armadillo y un mono, que habían cazado con sus flechas. El mono, todavía vivo, pero paralizado por el *curare*, fue despachado de un piedrazo en la cabeza, ante el horror de Borobá, quien corrió a refugiarse bajo la camiseta de Nadia. Hicieron fuego frotando un par de piedras —algo que Alex había intentado inútilmente cuando era *boy-scout*— y asaron las presas ensartadas en palos. El cazador no probaba la carne de su víctima, era mala educación y mala suerte, debía esperar que otro cazador le ofreciera de la suya. Tahama había cazado todo menos el armadillo, de modo que la cena demoró un buen rato, mientras cumplían el riguroso protocolo de intercambio de comida. Cuando por fin tuvo su porción en la mano, Alex la devoró sin fijarse en las plumas y los pelos que aún había adheridos a la carne, y le pareció deliciosa.

Todavía faltaba un par de horas para la puesta del sol y en el altiplano, donde la cúpula vegetal era menos densa, la luz del día duraba más que en el valle. Después de largas consultas con Tahama y Mokarita, el grupo se puso nuevamente en marcha.

Tapirawa-teri, la aldea de la gente de la neblina apareció de pronto en medio del bosque, como si tuviera la misma propiedad de sus habitantes para hacerse visible o invisible a voluntad. Estaba protegida por un grupo de castaños gigantes, los árboles más altos de la selva, algunos de cuyos troncos medían más de diez metros de circunferencia. Sus cúpulas cubrían la aldea como inmensos paraguas. Tapirawa-teri era diferente al típico *shabono*, lo cual confirmó la sospecha de Alex que la gente de la neblina no era como los demás indios y seguramente tenía muy poco contacto con otras tribus del Amazonas. La aldea no consistía en una sola choza circular con un patio al centro, donde vivía toda la tribu, sino de habitaciones pequeñas, hechas con barro, piedras, palos y paja, cubiertas por ramas y arbustos, de modo que se confundían perfectamente con la naturaleza. Se podía estar a pocos metros de distancia sin tener idea que allí existía una construcción humana. Alex comprendió que si era tan difícil distinguir el villorrio cuando uno se encontraba en medio de él, sería imposible verlo desde el aire, como sin duda se veía el gran techo circular y el patio despejado de vegetación de un *shabono*. Ésa debía ser la razón por la cual la gente de la neblina había logrado mantenerse completamente aislada. Su esperanza de ser rescatado por los helicópteros del Ejército o la avioneta de César Santos se esfumó.

La aldea era tan irreal como los indios. Tal como las chozas eran invisibles, también lo demás parecía difuso o transparente. Allí los objetos, como las personas, perdían sus contornos precisos y existían en el plano de la ilusión. Surgiendo del aire, como fantasmas, llegaron las mujeres y los niños a recibir a los guerreros. Eran de baja estatura, de piel más clara que los indios del valle, con ojos color ámbar; se movían con extraordinaria ligereza, flotando, casi sin consistencia material. Por todo vestido llevaban dibujos pintados en el cuerpo y algunas plumas o flores atadas en los brazos o ensartadas en las orejas. Asustados por el aspecto de los dos forasteros, los niños pequeños se echaron a llorar y las mujeres se mantuvieron distantes y temerosas, a pesar de la presencia de sus hombres armados.

—Quítate la ropa, Jaguar —le indicó Nadia, mientras se desprendía de sus pantalones cortos, su camiseta y hasta sus prendas interiores.

Alex la imitó sin pensar siquiera en lo que hacía. La idea de desnudarse en público lo hubiera horrorizado hacía un par de semanas, pero en ese lugar era natural. Andar vestido resultaba indecente cuando todos los demás estaban desnudos. Tampoco le pareció extraño ver el cuerpo de su amiga, aunque antes se habría sonrojado si cualquiera de sus hermanas se presentaba sin ropa ante él. De inmediato las mujeres y los niños perdieron el miedo y se fueron acercando poco a poco. Nunca habían visto personas de aspecto tan singular, sobre todo el muchacho americano, tan blanco en algunas partes. Alex sintió que examinaban con especial curiosidad la diferencia de color entre lo que habitualmente cubría su traje de baño y el resto del cuerpo, bronceado por el sol. Lo frotaban con los dedos para ver si era pintura y se reían a carcajadas.

Los guerreros depositaron en el suelo la camilla de Mokarita, que al punto fue rodeada por los habitantes de la aldea. Se comunicaban en susurros y en un tono melódico, imitando los sonidos del bosque, la lluvia, el agua sobre las piedras de los ríos, tal como hablaba Walimai. Maravillado, Alex se dio cuenta que podía comprender bastante bien, siempre que no hiciera un esfuerzo, debía «oír con el corazón». Según Nadia, quien tenía una facilidad asombrosa para las lenguas, las palabras no son tan importantes cuando se entienden las intenciones.

Iyomi, la esposa de Mokarita, aún más anciana que él, se aproximó. Los demás le abrieron paso con respeto y ella se arrodilló junto a su marido, sin una lágrima, murmurando palabras de consuelo en su oreja, mientras las demás mujeres formaban un coro a su alrededor, serias y en silencio, sosteniendo a la pareja con su cercanía, pero sin intervenir.

Muy pronto cayó la noche y el aire se tornó frío. Normalmente en un *shabono* había siempre bajo el gran techo común un collar de fogatas encendidas para cocinar y proveer calor, pero en Tapirawa-teri el fuego estaba disimulado, como todo lo demás. Las pequeñas hogueras se encendían sólo de noche y dentro de las chozas, sobre un altar de piedra, para no llamar la atención de los posibles enemigos o los malos espíritus. El humo escapaba por las ranuras del techo, dispersándose en el aire. Al principio Alex tuvo la impresión de que las viviendas estaban distribuidas al azar entre los árboles, pero pronto comprendió que estaban colocadas en forma vagamente circular, como un *shabono*, y conectadas por túneles o techos de ramas, dando unidad a la aldea. Sus habitantes podían trasladarse mediante esa red de senderos ocultos, protegidos en caso de ataque y resguardados de la lluvia y el sol.

Los indios se agrupaban por familias, pero los muchachos adolescentes y hombres solteros vivían separados en una habitación común, donde había hamacas colgadas de palos y esterillas en el suelo. Allí instalaron a Alex, mientras Nadia fue llevada a la morada de Mokarita. El jefe indio se había casado en la pubertad con Iyomi, su compañera de toda la vida, pero tenía además dos esposas jóvenes y un gran número de hijos y nietos. No llevaba la cuenta de la descendencia, porque en realidad tampoco importaba quiénes eran los padres: los niños se criaban todos juntos, protegidos y cuidados por los miembros de la aldea.

Nadia averiguó que entre la gente de la neblina era común tener varias esposas o varios maridos; nadie se quedaba solo. Si un hombre moría, sus hijos y esposas eran de inmediato adoptados por otro que pudiera protegerlos y proveer para ellos. Ése era el caso de Tahama, quien debía ser buen cazador, porque tenía la responsabilidad de varias mujeres y una docena de criaturas. A su vez una madre, cuyo esposo era un mal cazador, podía conseguir otros maridos para que la ayudaran a alimentar a sus hijos. Los padres solían prometer en matrimonio a las niñas cuando nacían, pero ninguna muchacha era obligada a casarse o a permanecer junto a un hombre contra su voluntad. El abuso contra mujeres y niños era tabú y quien lo violaba perdía a su familia y quedaba condenado a dormir solo, porque tampoco era aceptado en la choza de los solteros. El único castigo entre la gente de la neblina era el aislamiento: nada temían tanto como ser excluidos de la comunidad. Por lo demás, la idea de premio y castigo no existía entre ellos; los niños aprendían imitando a los adultos, porque si no lo hacían estaban destinados a perecer. Debían aprender a cazar, pescar, plantar y cosechar, respetar a la naturaleza y a los demás, ayudar, mantener su puesto en la aldea. Cada uno aprendía con su propio ritmo y de acuerdo a su capacidad.

A veces no nacían suficientes niñas en una generación, entonces los hombres partían en largas excursiones en busca de esposas. Por su parte, las muchachas de la aldea podían encontrar marido durante las raras ocasiones en que visitaban otras regiones. También se mezclaban adoptando familias de otras tribus, abandonadas después de una batalla, porque un grupo muy pequeño no podía sobrevivir en la selva. De vez en cuando había que declarar la guerra a otro *shabono*, así se hacían fuertes los guerreros y se intercambiaban parejas. Era muy triste cuando los jóvenes se despedían para ir a vivir en otra tribu, porque muy raramente volvían a ver a su familia. La gente de la neblina guardaba celosamente el secreto de su aldea, para defenderse de ser atacados y de las costumbres de los forasteros. Habían vivido igual durante miles de años y no deseaban cambiar.

En el interior de las chozas había muy poco: hamacas, calabazas, hachas de piedra, cuchillos de dientes o garras, varios animales domésticos, que pertenecían a la comunidad y entraban y salían a gusto. En el dormitorio de los solteros se guardaban arcos, flechas, cerbatanas y dardos. No había nada superfluo, tampoco objetos de arte, sólo lo esencial para la estricta supervivencia y el resto lo proveía la naturaleza. Alexander Cold no vio ni un solo objeto de metal que indicara contacto con el mundo exterior y recordó cómo la gente de la neblina no había tocado los regalos colgados por César Santos para atraerlos. En eso también se diferenciaba de las otras tribus de la región, que sucumbían una a una a la codicia por el acero y otros bienes de los forasteros.

Cuando bajó la temperatura, Alex se puso su ropa, pero igual tiritaba. Por la noche vio que sus compañeros de vivienda dormían de a dos en las hamacas o amontonados en el suelo para infundirse calor, pero él venía de una cultura donde el contacto físico entre varones no se tolera; los hombres sólo se tocan en arranques de violencia o en los deportes más rudos. Se acostó solo en un rincón sintiéndose insignificante, menos que una pulga. Ese pequeño grupo humano en una diminuta aldea de la selva era invisible en la inmensidad del espacio sideral. Su tiempo de vida era menos que una fracción de segundo en el infinito. O tal vez ni siquiera existían, tal vez los seres humanos, los planetas y el resto de la Creación eran sueños, ilusiones.

Sonrió con humildad al recordar que pocos días antes él todavía se creía el centro del universo. Tenía frío y hambre, supuso que ésa sería una noche muy larga, pero en menos de cinco minutos estaba durmiendo como si lo hubieran anestesiado.

Despertó acurrucado en el suelo sobre una esterilla de paja, apretado entre dos fornidos guerreros, que roncaban y resoplaban en su oreja como solía hacer su perro Poncho. Se desprendió con dificultad de los brazos de los indios y se levantó discretamente, pero no llegó muy lejos, porque atravesada en el umbral había una culebra gorda de más de dos metros de largo. Se quedó petrificado, sin atreverse a dar un paso, a pesar de que el reptil no daba muestras de vida: estaba muerto o dormido. Pronto los indios se sacudieron el sueño y comenzaron sus actividades con la mayor calma, pasando por encima de la culebra sin prestarle atención. Era una boa constrictor domesticada, cuya misión consistía en eliminar ratas, murciélagos, escorpiones y espantar a las serpientes venenosas. Entre la gente de la neblina había muchas mascotas: monos que se criaban con los niños, perritos que las mujeres amamantaban igual que a sus hijos, tucanes, loros, iguanas y hasta un decrépito jaguar amarillo, inofensivo, con una pata coja. Las boas, bien alimentadas y por lo general letárgicas, se prestaban para que los niños jugaran con ellas. Alex pensó en lo feliz que estaría su hermana Nicole en medio de aquella exótica fauna amaestrada.

Buena parte del día se fue en preparar la fiesta para celebrar el regreso de los guerreros y la visita de las dos «almas blancas», como llamaron a Nadia y Alex. Todos participaron, menos un hombre, que permaneció sentado en un extremo de la aldea, separado de los demás. El indio cumplía el rito de purificación

—*unokaimú*— obligatorio cuando se ha matado a otro ser humano. Alex se enteró que *unokaimú* consistía en ayuno total, silencio e inmovilidad durante varios días, de esa manera el espíritu del muerto, que había escapado por las narices del cadáver para pegarse en el esternón del asesino, iría poco a poco desprendiéndose. Si el homicida consumía cualquier alimento, el fantasma de su víctima engordaba y su peso acababa por aplastarlo. Frente al guerrero inmóvil en *unokaimú* había una larga cerbatana de bambú decorada con extraños símbolos, idénticos a los del dardo envenenado que atravesó el corazón de uno de los soldados de la expedición durante el viaje por el río.

Algunos hombres partieron a cazar y pescar, guiados por Tahama, mientras varias mujeres fueron a buscar maíz y plátanos a los pequeños huertos disimulados en el bosque y otras se dedicaron a moler mandioca. Los niños más pequeños juntaban hormigas y otros insectos para cocinarlos; los mayores recolectaron nueces y frutas, otros subieron con increíble agilidad a uno de los árboles para sacar miel de un panal, única fuente de azúcar en la selva. Desde que podían tenerse en pie, los muchachos aprendían a trepar, eran capaces de correr sobre las ramas más altas de un árbol sin perder el equilibrio. De sólo verlos suspendidos a gran altura, como simios, Nadia sentía vértigo.

Entregaron a Alex un canasto, le enseñaron a atárselo colgado de la cabeza y le indicaron que siguiera a otros jóvenes de su edad. Caminaron un buen rato bosque adentro, cruzaron el río sujetándose con pértigas y lianas, y llegaron frente a unas esbeltas palmeras cuyos troncos estaban erizados de afiladas espinas. Bajo las copas, a más de quince metros de altura, brillaban racimos de un fruto amarillo parecido al durazno. Los jóvenes amarraron unos palos para hacer dos firmes cruces, rodearon el tronco con una y pusieron la otra más arriba. Uno de ellos trepó en la primera, empujó la otra hacia arriba, se subió en ésa, estiró la mano para elevar la cruz de más abajo y así fue ascendiendo con la agilidad de un trapecista hasta la cumbre. Alex había oído hablar de esa hazaña, pero hasta que no la vio no entendió cómo se podía subir sin herirse con las espinas. Desde arriba el indio lanzó los frutos, que los demás recogieron en los canastos. Más tarde las mujeres de la aldea los molieron, mezclados con plátano, para hacer una sopa, muy apreciada entre la gente de la neblina.

A pesar de que todos estaban atareados con los preparativos, había un ambiente relajado y festivo. Nadie se apuraba y sobró tiempo para remojarse alegremente durante horas en el río. Mientras chapoteaba con otros jóvenes, Alexander Cold pensó que nunca el mundo le había parecido tan hermoso y nunca volvería a ser tan libre. Después del largo baño las muchachas de Tapirawa-teri prepararon pinturas vegetales de diferentes colores y decoraron a todos los miembros de la tribu, incluso los bebés, con intrincados dibujos. Entretanto los hombres de más edad molían y mezclaban hojas y cortezas de diversos árboles para obtener *yopo*, el polvo mágico de las ceremonias.

12
Rito de iniciación

La fiesta comenzó por la tarde y duró toda la noche. Los indios, pintados de pies a cabeza, cantaron, bailaron y comieron hasta hartarse. Era una descortesía que un invitado rechazara el ofrecimiento de comida o bebida, de manera que Alex y Nadia, imitando a los demás, se llenaron la panza hasta sufrir arcadas, lo cual se consideraba una muestra de muy buenos modales. Los niños corrían con grandes mariposas y escarabajos fosforescentes atados con largos cabellos. Las mujeres, adornadas con luciérnagas, orquídeas y plumas en las orejas y palillos atravesados en los labios, comenzaron la fiesta dividiéndose en dos bandos, que se enfrentaban cantando en una amistosa competencia. Luego invitaron a los hombres a danzar inspiradas en los movimientos de los animales cuando se emparejan en la estación de las lluvias. Finalmente los hombres se lucieron solos, primero girando en una rueda imitando monos, jaguares y caimanes, enseguida hicieron una demostración de fuerza y destreza blandiendo sus armas y dando saltos ornamentales. A Nadia y Alex les daba vueltas la cabeza, estaban mareados por el espectáculo, el tam tam de los tambores, los cánticos, los gritos, los ruidos de la selva a su alrededor.

Mokarita había sido colocado en el centro de la aldea, donde recibía los saludos ceremoniosos de todos. Aunque bebía pequeños sorbos de *masato*, no pudo probar la comida. Otro anciano, con reputación de curandero, se presentó ante él cubierto con una costra de barro seco y una resina a la cual le habían pegado plumitas blancas, dándole el aspecto de un extraño pájaro recién nacido. El curandero estuvo largo rato dando saltos y alaridos para espantar a los demonios que habían entrado en el cuerpo del jefe. Luego le chupó varias partes del vientre y el pecho, haciendo la mímica de aspirar los malos humores y escupirlos lejos. Además frotó al moribundo con una pasta de *paranary*, una planta empleada en el Amazonas para curar heridas; sin embargo, las heridas de Mokarita no eran visibles y el remedio no tuvo efecto alguno. Alex supuso que la caída había reventado algún órgano interior del jefe, tal vez el hígado, pues a medida que pasaban las horas el anciano iba poniéndose más y más débil, mientras un hilo de sangre escapaba por la comisura de sus labios.

Al amanecer Mokarita llamó a su lado a Nadia y Alex y con las pocas fuerzas que le quedaban les explicó que ellos eran los únicos forasteros que habían pisado Tapirawa-teri desde la fundación de la aldea.

—Las almas de la gente de la neblina y de nuestros antepasados habitan aquí. Los *nahab* hablan con mentiras y no conocen la justicia, pueden ensuciar nuestras almas —dijo.

Habían sido invitados, agregó, por instrucciones del gran chamán, quien les había advertido que Nadia estaba destinada a ayudarlos. No sabía qué papel jugaba Alex en los acontecimientos que vendrían, pero como compañero de la niña también era bienvenido en Tapirawa-teri. Alexander y Nadia entendieron que se refería a Walimai y a su profecía sobre el Rahakanariwa.

—¿Qué forma adopta el Rahakanariwa? —preguntó Alex.

—Muchas formas. Es un pájaro chupasangre. No es humano, actúa como un demente, nunca se sabe lo que hará, siempre está sediento de sangre, se enoja y castiga —explicó Mokarita.

—¿Han visto unos grandes pájaros? —preguntó Alex.

—Hemos visto a los pájaros que hacen ruido y viento, pero ellos no nos han visto a nosotros. Sabemos que no son el Rahakanariwa, aunque se parecen mucho, ésos son los pájaros de los *nahab*. Vuelan sólo de día, nunca de noche, por eso tenemos cuidado al encender fuego, para que el pájaro no vea el humo. Por eso vivimos escondidos. Por eso somos el pueblo invisible —replicó Mokarita.

—Los *nahab* vendrán tarde o temprano, es inevitable. ¿Qué hará la gente de la neblina entonces?

—Mi tiempo en el Ojo del Mundo se está terminando. El jefe que venga después de mí deberá decidir —replicó Mokarita débilmente.

Mokarita murió al amanecer. Un coro de lamentos sacudió a Tapirawa-teri durante horas: nadie podía recordar el tiempo anterior a ese jefe, que había guiado a la tribu durante muchas décadas. La corona de plumas amarillas, símbolo de su autoridad, fue colocada sobre un poste hasta que el sucesor fuera designado, entretanto la gente de la neblina se despojó de sus adornos y se cubrió de barro, carbón y ceniza, en signo de duelo. Reinaba gran inquietud, porque creían que la muerte rara vez se presenta por razones naturales, en general la causa es un enemigo que ha empleado magia para hacer daño. La forma de apaciguar al espíritu del muerto es encontrar el enemigo y eliminarlo, de otro modo el fantasma se queda en el mundo molestando a los vivos. Si el enemigo era de otra tribu, eso podía conducir a una batalla, pero si era de la misma aldea, se podía «matar» simbólicamente mediante una ceremonia apropiada. Los guerreros, que habían pasado la noche bebiendo *masato*, estaban muy excitados ante la idea de vencer al enemigo causante de la muerte de Mokarita. Descubrirlo y derrotarlo era una cuestión de honor. Ninguno aspiraba a reemplazarlo, porque entre ellos no existían las jerarquías, nadie era más importante que los demás, el jefe sólo tenía más obligaciones. Mokarita no era respetado por su posición de mando, sino porque era muy anciano, eso significaba más experiencia y conocimiento. Los hombres, embriagados y enardecidos, podían ponerse violentos de un momento a otro.

—Creo que ha llegado el momento de llamar a Walimai —susurró Nadia a Alex.

Se retiró a un extremo de la aldea, se quitó el amuleto del cuello y comenzó a soplarlo. El agudo graznido de lechuza que emitía el hueso tallado sonó extraño en ese lugar. Nadia imaginaba que bastaba con usar el talismán para ver aparecer a Walimai por arte de magia, pero por mucho que sopló, el chamán no se presentó.

En las horas siguientes la tensión en la aldea fue aumentando. Uno de los guerreros agredió a Tahama y éste le devolvió el gesto con un garrotazo en la cabeza, que lo dejó tirado en el suelo y sangrando; debieron intervenir varios hombres para separar y calmar a los exaltados. Finalmente decidieron resolver el conflicto mediante el *yopo*, un polvo verde que, como el *masato*, sólo usaban los varones. Se distribuyeron de a dos, cada pareja provista de una larga caña hueca y tallada en la punta, a través de la cual se soplaban el polvo unos a otros directamente en la nariz. El *yopo* se introducía hasta el cerebro con la fuerza de un mazo y el hombre caía hacia atrás gritando de dolor, enseguida empezaba a vomitar, dar saltos, gruñir y ver visiones, mientras una mucosidad verde le salía por las fosas nasales y la boca. No era un espectáculo muy agradable, pero lo usaban para transportarse al mundo de los espíritus. Unos hombres se convirtieron en demonios, otros asumieron el alma de diversos animales, otros profetizaron el futuro, pero a ninguno se le apareció el fantasma de Mokarita para designar su sucesor.

Alex y Nadia sospechaban que ese pandemónium iba a terminar con violencia y prefirieron mantenerse apartados y mudos, con la esperanza de que nadie se acordara de ellos. No tuvieron suerte, porque de pronto uno de los guerreros tuvo la visión de que el enemigo de Mokarita, el causante de su fallecimiento, era el muchacho forastero. En un instante los demás se juntaron para castigar al supuesto asesino del jefe y, enarbolando garrotes, salieron tras de Alex. Ése no era el momento de pensar en la flauta como medio para calmar los ánimos; el chico echó a correr como una gacela. Sus únicas ventajas eran la desesperación, que le daba alas, y el hecho de que sus perseguidores no estaban en las mejores condiciones. Los indios intoxicados tropezaban, se empujaban y en la confusión se daban palos unos a otros, mientras las mujeres y los niños corrían a su alrededor animándolos. Alex creyó que había llegado la hora de su muerte y la imagen de su madre pasó como un relámpago por su mente, mientras corría y corría en el bosque.

El muchacho americano no podía competir en velocidad ni destreza con esos guerreros indígenas, pero éstos estaban drogados y fueron cayendo por el camino, uno a uno. Por fin pudo refugiarse bajo un árbol, acezando, extenuado. Cuando creía que estaba a salvo, se sintió rodeado y antes que pudiera echar a

173

correr de nuevo, las mujeres de la tribu le cayeron encima. Se reían, como si haberlo cazado fuera sólo una broma pesada, pero lo sujetaron firmemente y, a pesar de sus manotazos y patadas, entre todas lo arrastraron de vuelta a Tapirawa-teri, donde lo ataron a un árbol. Más de alguna muchacha le hizo cosquillas y otras le metieron trozos de fruta en la boca, pero a pesar de esas atenciones, dejaron las ligaduras bien anudadas. Para entonces el efecto del *yopo* comenzaba a ceder y poco a poco los hombres iban abandonando sus visiones para regresar a la realidad, agotados. Pasarían varias horas antes que recuperaran la lucidez y las fuerzas.

Alex, adolorido por haber sido arrastrado por el suelo, y humillado por las burlas de las mujeres, recordó las escalofriantes historias del profesor Ludovic Leblanc. Si su teoría era acertada, se lo comerían. ¿Y qué pasaría con Nadia? Se sentía responsable por ella. Pensó que en las películas y en las novelas ése sería el momento en que llegan los helicópteros a rescatarlo y miró el cielo sin esperanza, porque en la vida real los helicópteros nunca llegan a tiempo. Entretanto Nadia se había acercado al árbol sin que nadie la detuviera, porque ninguno de los guerreros podía imaginar que una muchacha se atreviera a desafiarlos. Alex y Nadia se habían puesto su ropa al caer el frío de la primera noche y como ya la gente de la neblina se había acostumbrado a verlos vestidos, no sintieron la necesidad de quitársela. Alex llevaba el cinturón donde colgaba su flauta, su brújula y su navaja, que Nadia usó para soltarlo. En las películas también basta un movimiento para cortar una cuerda, pero ella debió aserrar un buen rato las tiras de cuero que lo sujetaban al poste, mientras él sudaba de impaciencia. Los niños y algunas mujeres de la tribu se aproximaron a ver lo que hacía, asombrados de su atrevimiento, pero ella actuó con tal seguridad, blandiendo la navaja ante las narices de los curiosos, que nadie intervino y a los diez minutos Alex estaba libre. Los dos amigos empezaron a retroceder disimuladamente, sin atreverse a echar a correr para no atraer la atención de los guerreros. Ése era el momento en que el arte de la invisibilidad les hubiera servido mucho.

Los jóvenes forasteros no alcanzaron a llegar muy lejos, porque Walimai hizo su entrada a la aldea. El anciano brujo apareció con su colección de bolsitas colgadas del bastón, su corta lanza y el cilindro de cuarzo que sonaba como un cascabel. Contenía piedrecillas recogidas en el sitio donde había caído un rayo, era el símbolo de los curanderos y chamanes y representaba el poder del Sol Padre. Venía acompañado por una muchacha joven, con el cabello como un manto negro colgando hasta la cintura, las cejas depiladas, collares de cuentas y unos palillos pulidos atravesados en las mejillas y la nariz. Era muy bella y parecía alegre, aunque no decía ni una palabra, siempre estaba sonriendo. Alex comprendió que era la esposa ángel del chamán y celebró que ahora podía verla, eso significaba que algo se había abierto en su entendimiento o en su intuición. Tal como le había enseñado Nadia: había que «ver con el corazón». Ella le había contado que muchos años atrás, cuando Walimai era aún joven, se vio obligado a matar a la muchacha, hiriéndola con su cuchillo envenenado, para librarla de la esclavitud. No fue un crimen, sino un favor que él le hizo, pero de todos modos el alma de ella se le pegó en el pecho. Walimai huyó a lo más profundo de la selva, llevándose el alma de la joven donde nadie pudiera encontrarla jamás. Allí cumplió con los ritos de purificación obligatorios, el ayuno y la inmovilidad. Sin embargo, durante el viaje él y la mujer se habían enamorado y, una vez terminado el rito del *unokaimú*, el espíritu de ella no quiso despedirse y prefirió quedarse en este mundo junto al hombre que amaba. Eso había sucedido hacía casi un siglo y desde entonces acompañaba a Walimai siempre, esperando el momento en que él pudiera volar con ella convertido también en espíritu.

La presencia de Walimai alivió la tensión en Tapirawa-teri y los mismos guerreros que poco antes estaban dispuestos a masacrar a Alex ahora lo trataban con amabilidad. La tribu respetaba y temía al gran chamán porque poseía la habilidad sobrenatural de interpretar signos. Todos soñaban y tenían visiones, pero sólo aquellos elegidos, como Walimai, viajaban al mundo de los espíritus superiores, donde aprendían el significado de las visiones y podían guiar a los demás y cambiar el rumbo de los desastres naturales.

El anciano anunció que el muchacho tenía el alma del jaguar negro, animal sagrado, y había venido de muy lejos a ayudar a la gente de la neblina. Explicó que ésos eran tiempos muy extraños, tiempos en que la frontera entre el mundo de aquí y el mundo de allá era difusa, tiempos en que el Rahakanariwa podía devorarlos a todos. Les recordó la existencia de los *nahab*, que la mayoría de ellos sólo conocía por los cuentos que contaban sus hermanos de otras tribus de las tierras bajas. Los guerreros de Tapirawa-teri habían espiado durante días a la expedición del *International Geographic*, pero ninguno comprendía las acciones ni los hábitos de esos extraños forasteros. Walimai, quien en su siglo de vida había visto mucho, les contó lo que sabía.

—Los *nahab* están como muertos, se les ha escapado el alma del pecho —dijo—. Los *nahab* no saben nada de nada, no pueden clavar un pez con una lanza, ni acertar con un dardo a un mono, ni trepar a un árbol. No andan vestidos de aire y luz, como nosotros, sino que usan ropas hediondas. No se bañan en el río, no conocen las reglas de la decencia o la cortesía, no comparten su casa, su comida, sus hijos o sus mujeres. Tienen los huesos blandos y basta un pequeño garrotazo para partirles el cráneo. Matan animales y no se los comen, los dejan tirados para que se pudran. Por donde pasan dejan un rastro de basura y veneno, incluso en el agua. Los *nahab* son tan locos que pretenden llevarse las piedras del suelo, la arena de los ríos y los árboles del bosque. Algunos quieren la tierra. Les decimos que la selva no se puede cargar a la espalda como un tapir muerto, pero no escuchan. Nos hablan de sus dioses y no quieren escuchar de los nuestros. Son insaciables, como los caimanes. Esas cosas terribles he visto con mis propios ojos y he escuchado con mis propias orejas y he tocado con mis propias manos.

—Jamás permitiremos que esos demonios lleguen hasta el Ojo del Mundo, los mataremos con nuestros dardos y flechas cuando suban por la catarata, como hemos hecho con todos los forasteros que lo han intentado antes, desde los tiempos de los abuelos de nuestros abuelos —anunció Tahama.

—Pero vendrán de todos modos. Los *nahab* tienen pájaros de ruido y viento, pueden volar por encima de las montañas. Vendrán porque quieren las piedras y los árboles y la tierra —interrumpió Alex.

—Cierto —admitió Walimai.

—Los *nahab* también pueden matar con enfermedades. Muchas tribus han muerto así, pero la gente de la neblina puede salvarse —dijo Nadia.

—Esta niña color de miel sabe lo que dice, debemos oírla. El Rahakanariwa suele adoptar la forma de enfermedades mortales —aseguró Walimai.

—¿Ella es más poderosa que el Rahakanariwa? —preguntó Tahama incrédulo.

—Yo no, pero hay otra mujer que es muy poderosa. Ella tiene las vacunas que pueden evitar las epidemias —dijo la chica.

Nadia y Alex pasaron la hora siguiente tratando de convencer a los indios que no todos los *nahab* eran demonios nefastos, había algunos que eran amigos, como la doctora Omayra Torres. A las limitaciones del lenguaje se sumaban las diferencias culturales. ¿Cómo explicarles en qué consistía una vacuna? Ellos mismos no lo entendían del todo, así es que optaron por decir que era una magia muy fuerte.

—La única salvación es que venga esa mujer a vacunar a toda la gente de la neblina —argumentó Nadia. «De ese modo, aunque vengan los *nahab* o el Rahakanariwa sedientos de sangre, no podrán hacerles daño con enfermedades.»

—Pueden amenazarnos de otras maneras. Entonces iremos a la guerra —afirmó Tahama.

—La guerra contra los *nahab* es mala idea… —aventuró Nadia.

—El próximo jefe tendrá que decidir —concluyó Tahama.

Walimai se encargó de dirigir los ritos funerarios de Mokarita de acuerdo a las más antiguas tradiciones. A pesar del peligro de ser vistos desde el aire, los indios encendieron una gran fogata para cremar el cuerpo y durante horas se consumieron los restos del jefe, mientras los habitantes de la aldea lamentaban su partida. Walimai preparó una poción mágica, la poderosa *ayahuasca*, para ayudar a los hombres de la tribu a ver el fondo de sus corazones. Los jóvenes forasteros fueron invitados porque debían cumplir una misión heroica más importante que sus vidas, para la cual no sólo necesitarían la ayuda de los dioses, también debían conocer sus propias fuerzas. Ellos no se atrevieron a negarse, aunque el sabor de aquella poción era asqueroso y debieron hacer un gran esfuerzo por tragarla y retenerla en el estómago. No sintieron los efectos hasta un buen rato más tarde, cuando de súbito el suelo se deshizo bajo sus pies y el cielo se llenó de figuras geométricas y colores brillantes, sus cuerpos comenzaron a girar y disolverse y el pánico los invadió hasta la última fibra. Justo cuando creían haber alcanzado la muerte, se sintieron impulsados a vertiginosa velocidad a través de innumerables cámaras de luz y de pronto las puertas del reino de los dioses totémicos se abrieron, conminándolos a entrar.

Alex sintió que se alargaban sus extremidades y un calor ardiente lo invadía por dentro. Se miró las manos y vio que eran dos patas terminadas en garras afiladas. Abrió la boca para llamar y un rugido temible brotó de su vientre. Se vio transformado en un felino grande, negro y lustroso: el magnífico jaguar macho que había visto en el patio de Mauro Carías. El animal no estaba en él, ni él en el animal, sino que los dos se fundían en un solo ser; ambos eran el muchacho y la fiera simultáneamente. Alex dio unos pasos estirándose, probando sus músculos, y comprendió que poseía la ligereza, la velocidad y la fuerza del jaguar. Corrió a grandes brincos de gato por el bosque, poseído de una energía sobrenatural. De un salto trepó a la rama de un árbol y desde allí observó el paisaje con sus ojos de oro, mientras movía lentamente su cola negra en el aire. Se supo poderoso, temido, solitario, invencible, el rey de la selva sudamericana. No había otro animal tan fiero como él.

Nadia se elevó al cielo y por unos instantes perdió el miedo a la altura, que la había agobiado siempre. Sus poderosas alas de águila hembra apenas se movían; el aire frío la sostenía y bastaba el más leve movimiento para cambiar el rumbo o la velocidad del viaje. Volaba a gran altura, tranquila, indiferente, desprendida, observando sin curiosidad la tierra muy abajo. Desde arriba veía la selva y las cumbres planas de los *tepuis*, muchos cubiertos de nubes como si estuvieran coronados de espuma; veía también la débil columna de humo de la hoguera donde ardían los restos del jefe Mokarita. Suspendida en el viento, el águila era tan invencible como el jaguar lo era en tierra: nada podía alcanzarla. La niña pájaro dio varias vueltas olímpicas sobrevolando el Ojo del Mundo, examinando desde arriba las vidas de los indios. Las plumas de su cabeza se erizaron como cientos de antenas, captando el calor del sol, la vastedad de viento, la dramática emoción de la altura. Supo que ella era la protectora de esos indios, la madre águila de la gente de la neblina. Voló sobre la aldea de Tapirawa-teri y la sombra de sus magníficas alas cubrieron como un manto los techos casi invisibles de las pequeñas viviendas ocultas en el bosque. Finalmente el gran pájaro se dirigió a la cima de un *tepui*, la montaña más alta, donde en su nido, expuesto a todos los vientos, brillaban tres huevos de cristal.

A la mañana del día siguiente, cuando los muchachos regresaron del mundo de los animales totémicos, cada uno contó su experiencia.

—¿Qué significan esos tres huevos? —preguntó Alex.

—No sé, pero son muy importantes. Esos huevos no son míos, Jaguar, pero tengo que conseguirlos para salvar a la gente de la neblina.

—No entiendo. ¿Qué tienen que ver esos huevos con los indios?

—Creo que tienen todo que ver... —replicó Nadia, tan confundida como él.

Cuando entibiaron las brasas de la pira funeraria, Iyomi, la esposa de Mokarita, separó los huesos calcinados, los molió con una piedra hasta convertirlos en polvo fino y los mezcló con agua y plátano para hacer una sopa. La calabaza con ese líquido gris pasó de mano en mano y todos, hasta los niños, bebieron un sorbo. Luego enterraron la calabaza y el nombre del jefe fue olvidado, para que nadie volviera a pronunciarlo jamás. La memoria del hombre, así como las partículas de su valor y su sabiduría que habían quedado en las cenizas, pasaron a sus descendientes y amigos. De ese modo, una parte suya permanecería siempre entre los vivos. A Nadia y Alex también les dieron a beber la sopa de huesos, como una forma de bautizo: ahora pertenecían a la tribu. Al llevársela a los labios, el muchacho recordó que había leído sobre una enfermedad causada por «comer el cerebro de los antepasados». Cerró los ojos y bebió con respeto.

Una vez concluida la ceremonia del funeral, Walimai conminó a la tribu a elegir el nuevo jefe. De acuerdo a la tradición, sólo los hombres podían aspirar a esa posición, pero Walimai explicó que esta vez se debía escoger con extrema prudencia, porque vivían tiempos muy extraños y se requería un jefe capaz de comprender los misterios de otros mundos, comunicarse con los dioses y mantener a raya al Rahakanariwa. Dijo que eran tiempos de seis lunas en el firmamento, tiempos en que los dioses se habían visto obligados a abandonar su morada. A la mención de los dioses los indios se llevaron las manos a la cabeza y comenzaron a balancearse hacia delante y hacia atrás, salmodiando algo que a los oídos de Nadia y Alex sonaba como una oración.

—Todos en Tapirawa-teri, incluso los niños, deben participar en la elección del nuevo jefe —instruyó Walimai a la tribu.

El día entero estuvo la tribu proponiendo candidatos y negociando. Al atardecer Nadia y Alex se durmieron, agotados, hambrientos y aburridos. El muchacho americano había tratado en vano de explicar la forma de escoger mediante votos, como en una democracia, pero los indios no sabían contar y el concepto de una votación les resultó tan incomprensible como el de las vacunas. Ellos elegían por «visiones».

Los jóvenes fueron despertados por Walimai bien entrada la noche, con la noticia de que la visión más fuerte había sido Iyomi, de modo que la viuda de Mokarita era ahora el jefe en Tapirawa-teri. Era la primera vez desde que podían recordar que una mujer ocupaba ese cargo.

La primera orden que dio la anciana Iyomi cuando se colocó el sombrero de plumas amarillas, que por tantos años usara su marido, fue preparar comida. La orden fue acatada de inmediato, porque la gente de la neblina llevaba dos días sin comer más que un sorbo de sopa de huesos. Tahama y otros cazadores partieron con sus armas a la selva y unas horas más tarde regresaron con un oso hormiguero y un venado, que destazaron y asaron sobre las brasas. Entretanto las mujeres habían hecho pan de mandioca y cocido de plátano. Cuando todos los estómagos estuvieron saciados, Iyomi invitó a su pueblo a sentarse en un círculo y promulgó su segundo edicto.

—Voy a nombrar otros jefes. Un jefe para la guerra y la caza: Tahama. Un jefe para aplacar al Rahakanariwa: la niña color de miel llamada Águila. Un jefe para negociar con los *nahab* y sus pájaros de ruido y viento: el forastero llamado Jaguar. Un jefe para visitar a los dioses: Walimai. Un jefe para los jefes: Iyomi.

De ese modo la sabia mujer distribuyó el poder y organizó

a la gente de la neblina para enfrentar los tiempos terribles que se avecinaban. Y de ese modo Nadia y Alex se vieron investidos de una responsabilidad para la cual ninguno de los dos se sentía capacitado.

Iyomi dio su tercera orden allí mismo. Dijo que la niña Águila debía mantener su «alma blanca» para enfrentar al Rahakanariwa, única forma de evitar que fuera devorada por el pájaro caníbal, pero que el joven forastero, Jaguar, debía convertirse en hombre y recibir sus armas de guerrero. Todo varón, antes de empuñar sus armas o pensar en casarse, debía morir como niño y nacer como hombre. No había tiempo para la ceremonia tradicional, que duraba tres días y normalmente incluía a todos los muchachos de la tribu que habían alcanzado la pubertad. En el caso de Jaguar deberían improvisar algo más breve, dijo Iyomi, porque el joven acompañaría a Águila en el viaje a la montaña de los dioses. La gente de la neblina peligraba, sólo esos dos forasteros podrían traer la salvación y estaban obligados a partir pronto.

A Walimai y Tahama les tocó organizar el rito de iniciación de Alex, en el cual sólo participaban los hombres adultos. Después el muchacho contó a Nadia que si él hubiera sabido en qué consistía la ceremonia, tal vez la experiencia hubiera sido menos terrorífica. Bajo la dirección de Iyomi, las mujeres le afeitaron la coronilla con una piedra afilada, método bastante doloroso, porque tenía un corte que aún no cicatrizaba, donde le habían dado un golpe al raptarlo. Al pasar la piedra de afeitar se abrió la herida, pero le aplicaron un poco de barro y al poco rato dejó de sangrar. Luego las mujeres lo pintaron de negro de pies a cabeza con una pasta de cera y carbón. Enseguida debió despedirse de su amiga y de Iyomi, porque las mujeres no podían estar presentes durante la ceremonia y se fueron a pasar el día al bosque con los niños. No regresarían a la aldea hasta la noche, cuando los guerreros se lo hubieran llevado para la prueba parte de su iniciación.

Tahama y sus hombres desenterraron del lodo del río los instrumentos musicales sagrados, que sólo se usaban en las ceremonias viriles. Eran unos gruesos tubos de metro y medio de largo, que al soplarse producían un sonido ronco y pesado, como bufidos de toro. Las mujeres y los muchachos que aún no habían sido iniciados no podían verlos, bajo pena de enfermarse y morir por medios mágicos. Esos instrumentos representaban el poder masculino en la tribu, el nexo entre los padres y los hijos varones. Sin esas trompetas, todo el poder estaría en las mujeres, quienes poseían la facultad divina de tener hijos o «hacer gente», como decían.

El rito comenzó en la mañana y habría de durar todo el día y toda la noche. Le dieron de comer unas moras amargas y lo dejaron ovillado en el suelo, en posición fetal; luego, dirigidos por Walimai, pintados y decorados con los atributos de los demonios, se distribuyeron a su alrededor en apretado círculo, golpeando la tierra con los pies y fumando cigarros de hojas. Entre las moras amargas, el susto y el humo, Alex pronto se sintió bastante enfermo.

Por largo rato los guerreros bailaron y salmodiaron cánticos en torno a él, soplando las pesadas trompetas sagradas, cuyos extremos tocaban el suelo. El sonido retumbaba dentro del cerebro confundido del muchacho. Durante horas escuchó los cantos repitiendo la historia del Sol Padre, que estaba más allá del sol cotidiano que alumbra el cielo, era un fuego invisible de donde provenía la Creación; escuchó de la gota de sangre que se desprendió de la Luna para dar origen al primer hombre; cantaron sobre el Río de Leche, que contenía todas las semillas de la vida, pero también putrefacción y muerte; ese río conducía al reino donde los chamanes, como Walimai, se encontraban con los espíritus y otros seres sobrenaturales para recibir sabiduría y poder de curar. Dijeron que todo lo que existe es soñado por la Tierra Madre, que cada estrella sueña a sus habitantes y todo lo que ocurre en el universo es una ilusión, puros sueños dentro de otros sueños. En medio de su aturdimiento, Alexander Cold sintió que esas palabras se referían a conceptos que él mismo había presentido, entonces dejó de razonar y se abandonó a la extraña experiencia de «pensar con el corazón».

Pasaron las horas y el muchacho fue perdiendo el sentido del tiempo, del espacio, de su propia realidad y hundiéndose en un estado de terror y profunda fatiga. En algún momento sintió que lo levantaban y lo obligaban a marchar, recién entonces se dio cuenta que había caído la noche. Se dirigieron en procesión hacia el río, tocando sus instrumentos y blandiendo sus armas, allí lo hundieron en el agua varias veces, hasta que creyó morir ahogado. Lo frotaron con hojas abrasivas para desprender la pintura negra y luego le pusieron pimienta sobre la piel ardiente. En medio de un griterío ensordecedor lo golpearon con varillas en las piernas, los brazos, el pecho y el vientre, pero sin ánimo de hacerle daño; lo amenazaron con sus lanzas, tocándolo a veces con las puntas, pero sin herirlo. Intentaban asustarlo por todos los medios posibles y lo lograron, porque el muchacho americano no entendía lo que estaba sucediendo y temía que en cualquier momento a sus atacantes se les fuera la mano y lo asesinaran de verdad. Procuraba defenderse de los manotazos y empujones de los guerreros de Tapirawa-teri, pero el instinto le indicó que no intentara escapar, porque sería inútil, no había adónde ir en ese territorio desconocido y hostil. Fue una decisión acertada, porque de haberlo hecho habría quedado como un cobarde, el más imperdonable defecto de un guerrero.

Cuando Alex estaba a punto de perder el control y ponerse histérico, recordó de pronto su animal totémico. No tuvo que hacer un esfuerzo extraordinario para entrar en el cuerpo del jaguar negro, la transformación ocurrió con rapidez y facilidad: el rugido que salió de su garganta fue el mismo que había experimentado antes, los zarpazos de sus garras ya los conocía, el salto sobre las cabezas de sus enemigos fue un acto natural. Los indios celebraron la llegada del jaguar con una algarabía ensordecedora y enseguida lo condujeron en solemne procesión hasta el árbol sagrado, donde aguardaba Tahama con la prueba final.

Amanecía en la selva. Las hormigas de fuego estaban atrapadas en un tubo o manga de paja trenzada, como las que se usaban para exprimir el ácido prúsico de la mandioca, que Tahama sostenía mediante dos varillas, para evitar el contacto con los insectos. Alex, agotado después de aquella larga y aterradora noche, demoró un momento en entender lo que se esperaba de él. Entonces aspiró una bocanada profunda, llenándose de aire frío los pulmones, convocó en su ayuda el valor de su padre, escalador de montañas, y la resistencia de su madre, que jamás se daba por vencida, y la fuerza de su animal totémico y enseguida introdujo el brazo izquierdo hasta el codo en el tubo.

Las hormigas de fuego se pasearon por su piel durante unos segundos antes de picarlo. Cuando lo hicieron, sintió como si lo quemaran con ácido hasta el hueso. El espantoso dolor lo aturdió por unos instantes, pero mediante un esfuerzo brutal de la voluntad no retiró el brazo de la manga. Se acordó de las palabras de Nadia cuando trataba de enseñarle a convivir con los mosquitos: no te defiendas, ignóralos. Era imposible ignorar a las hormigas de fuego, pero después de unos cuantos minutos de absoluta desesperación, en los cuales estuvo a punto de echar a correr para lanzarse al río, se dio cuenta de que era posible controlar el impulso de huida, atajar el alarido en el pecho, abrirse al sufrimiento sin oponerle resistencia, permitiendo que lo penetrara por completo hasta la última fibra de su ser y de su conciencia. Y entonces el quemante dolor lo traspasó como una espada, le salió por la espalda y, milagrosamente, pudo soportarlo. Alex nunca podría explicar la impresión de poder que lo invadió durante ese suplicio. Se sintió tan fuerte e invencible como lo había estado en la forma del jaguar negro, al beber la poción mágica de Walimai. Ésa fue su recompensa por haber sobrevivido a la prueba. Supo que en verdad su infancia había quedado atrás y que a partir de esa noche podría valerse solo.

—Bienvenido entre los hombres —dijo Tahama, retirando la manga del brazo de Alex.

Los guerreros condujeron al joven semiinconsciente de vuelta a la aldea.

13
La montaña sagrada

Bañado en transpiración, adolorido y ardiendo de fiebre, Alexander Cold, Jaguar, recorrió un largo pasillo verde, cruzó un umbral de aluminio y vio a su madre. Lisa Cold estaba reclinada entre almohadas en un sillón, cubierta por una sábana, en una pieza donde la luz era blanca, como claridad de luna. Llevaba un gorro de lana azul sobre su cabeza calva y audífonos en las orejas, estaba muy pálida y demacrada, con sombras oscuras en torno a los ojos. Tenía una delgada sonda conectada a una vena bajo la clavícula, por donde goteaba un líquido amarillo de una bolsa de plástico. Cada gota penetraba como el fuego de las hormigas directo al corazón de su madre.

A miles de millas de distancia, en un hospital en Texas, Lisa Cold recibía su quimioterapia. Procuraba no pensar en la droga que, como un veneno, entraba en sus venas para combatir el veneno peor de su enfermedad. Para distraerse se concentraba en cada nota del concierto de flauta que estaba escuchando, el mismo que tantas veces le oyó ensayar a su hijo. En el mismo momento en que Alex, delirante, soñaba con ella en plena selva, Lisa Cold vio a su hijo con toda nitidez. Lo vio de pie en el umbral de la puerta de su pieza, más alto y fornido, más

189

maduro y más guapo de lo que recordaba. Lisa lo había llamado tanto con el pensamiento, que no le extrañó verlo llegar. No se preguntó cómo ni por qué venía, simplemente se abandonó a la felicidad de tenerlo a su lado. *Alexander... Alexander...* murmuró. Estiró las manos y él avanzó hasta tocarla, se arrodilló junto al sillón y puso la cabeza sobre sus rodillas. Mientras Lisa Cold repetía el nombre de su hijo y le acariciaba la nuca, oyó por los audífonos, entre las notas diáfanas de la flauta, la voz de él pidiéndole que luchara, que no se rindiera ante la muerte, diciéndole una y otra vez *te quiero, mamá.*

El encuentro de Alexander Cold con su madre puede haber durado un instante o varias horas, ninguno de los dos lo supo con certeza. Cuando por fin se despidieron, los dos regresaron al mundo material fortalecidos. Poco después John Cold entró a la habitación de su mujer y se sorprendió al verla sonriendo y con color en las mejillas.

—¿Cómo te sientes, Lisa? —preguntó, solícito.

—Contenta, John, porque vino Alex a verme —contestó ella.

—Lisa, qué dices... Alexander está en el Amazonas con mi madre, ¿no te acuerdas? —murmuró su marido, aterrado ante el efecto que los medicamentos podían tener en su esposa.

—Sí lo recuerdo, pero eso no quita que estuvo aquí hace un momento.

—No puede ser... —la rebatió su marido.

—Ha crecido, se ve más alto y fuerte, pero tiene el brazo izquierdo muy hinchado... —le contó ella, cerrando los ojos para descansar.

En el centro del continente sudamericano, en el Ojo del Mundo, Alexander Cold despertó de la fiebre. Tardó unos minutos en reconocer a la muchacha dorada que se inclinaba a su lado para darle agua.

—Ya eres un hombre, Jaguar —dijo Nadia, sonriendo aliviada al verlo de vuelta entre los vivos.

Walimai preparó una pasta de plantas medicinales y la aplicó sobre el brazo de Alex, con la cual en pocas horas cedieron la fiebre y la hinchazón. El chamán le explicó que, tal como en la selva hay venenos que matan sin dejar huella, existen miles y miles de remedios naturales. El muchacho le describió la enfermedad de su madre y le preguntó si conocía alguna planta capaz de aliviarla.

—Hay una planta sagrada, que debe mezclarse con el agua de la salud —replicó el chamán.

—¿Puedo conseguir esa agua y esa planta?

—Puede ser y puede no ser. Hay que pasar por muchos trabajos.

—¡Haré todo lo que sea necesario! —exclamó Alex.

Al día siguiente el joven estaba magullado y en cada picadura de hormiga lucía una pepa roja, pero estaba en pie y con apetito. Cuando le contó su experiencia a Nadia, ella le dijo que las niñas de la tribu no pasaban por una ceremonia de iniciación, porque no la necesitaban; las mujeres saben cuándo han dejado atrás la niñez porque su cuerpo sangra y así les avisa.

Ése era uno de aquellos días en que Tahama y sus compañeros no habían tenido suerte con la caza y la tribu sólo dispuso de maíz y unos cuantos peces. Alex decidió que si antes fue capaz de comer anaconda asada, bien podía probar ese pescado, aunque estuviera lleno de escamas y espinas. Sorprendido, descubrió que le gustaba mucho. ¡Y pensar que me he privado de este plato delicioso por más de quince años!, exclamó al segundo bocado. Nadia le indicó que comiera bastante, porque al día siguiente partían con Walimai en un viaje al mundo de los espíritus, donde tal vez no habría alimento para el cuerpo.

—Dice Walimai que iremos a la montaña sagrada, donde viven los dioses —dijo Nadia.

—¿Qué haremos allí?

—Buscaremos los tres huevos de cristal que aparecieron en mi visión. Walimai cree que los huevos salvarán a la gente de la neblina.

El viaje comenzó al amanecer, apenas salió el primer rayo de luz en el firmamento. Walimai marchaba delante, acompañado por su bella esposa ángel, quien a ratos iba de la mano del chamán y a ratos volaba como una mariposa por encima de su cabeza, siempre silenciosa y sonriente. Alexander Cold lucía orgulloso un arco y flechas, las nuevas armas entregadas por Tahama al término del rito de iniciación. Nadia llevaba una calabaza con sopa de plátano y unas tortas de mandioca, que Iyomi les había dado para el camino. El brujo no necesitaba provisiones, porque a su edad se comía muy poco, según dijo. No parecía humano: se alimentaba con sorbos de agua y unas cuantas nueces que chupaba largamente con sus encías desdentadas, dormía apenas y le sobraban fuerzas para seguir caminando cuando los jóvenes se caían de cansancio.

Echaron a andar por las llanuras boscosas del altiplano en dirección al más alto de los *tepuis*, una torre negra y brillante, como una escultura de obsidiana. Alex consultó su brújula y vio que siempre se dirigían hacia el este. No existía un sendero visible, pero Walimai se internaba en la vegetación con pasmosa seguridad, ubicándose entre los árboles, valles, colinas, ríos y cascadas como si llevara un mapa en la mano.

A medida que avanzaban la naturaleza cambiaba. Walimai señaló el paisaje diciendo que ése era el reino de la Madre de las Aguas y en verdad había una increíble profusión de cataratas y caídas de agua. Hasta allí todavía no habían llegado aún los *garimpeiros* buscando oro y piedras preciosas, pero todo era cuestión de tiempo. Los mineros actuaban en grupos de cuatro o cinco y eran demasiado pobres para disponer de transporte aéreo, se movían a pie por un terreno lleno de obstáculos o en canoa por los ríos. Sin embargo, había hombres como Mauro Carías, que conocían las inmensas riquezas de la zona y contaban con recursos modernos. Lo único que los atajaba de explotar las minas con chorros de agua a presión capaces de pulverizar el bosque y transformar el paisaje en un lodazal eran las nuevas leyes de protección del medio ambiente y de los indígenas. Las primeras se violaban constantemente, pero ya no era tan fácil hacer lo mismo con las segundas, porque los ojos del mundo estaban puestos en esos indios del Amazonas, últimos sobrevivientes de la Edad de Piedra. Ya no podían exterminarlos a bala y fuego, como habían hecho hasta hacía muy pocos años, sin provocar una reacción internacional.

Alex calculó una vez más la importancia de las vacunas de la doctora Omayra Torres y del reportaje para el *International Geographic* de su abuela, que alertaría a otros países sobre la situación de los indios. ¿Qué significaban los tres huevos de cristal que Nadia había visto en su sueño? ¿Por qué debían emprender ese viaje con el chamán? Le parecía más útil tratar de reunirse con la expedición, recuperar las vacunas y que su abuela publicara su artículo. Él había sido designado por Iyomi «jefe para negociar con los *nahab* y sus pájaros de ruido y viento», pero en vez de cumplir su cometido, estaba alejándose más y más de la civilización. No había lógica alguna en lo que estaban haciendo, pensó con un suspiro. Ante él se alzaban los misteriosos y solitarios *tepuis* como construcciones de otro planeta.

Los tres viajeros caminaron de sol a sol a buen paso, deteniéndose para refrescar los pies y beber agua en los ríos. Alex intentó cazar un tucán que descansaba a pocos metros sobre una rama, pero su flecha no dio en el blanco. Luego apuntó a un mono que estaba tan cerca que podía ver su dentadura amarilla, y tampoco logró cazarlo. El mono le devolvió el gesto con morisquetas, que le parecieron francamente sarcásticas. Pensó cuán poco le servían sus flamantes armas de guerrero; si sus compañeros dependían de él para alimentarse, morirían de hambre. Walimai señaló unas nueces, que resultaron sabrosas, y los frutos de un árbol que el chico no logró alcanzar.

Los indios tenían los dedos de los pies muy separados, fuertes y flexibles, podían subir con agilidad increíble por palos lisos. Esos pies, aunque callosos como cuero de cocodrilo, eran también muy sensibles: los utilizaban incluso para tejer canastos o cuerdas. En la aldea los niños comenzaban a ejercitarse en trepar apenas podían ponerse de pie; en cambio Alexander, con toda su experiencia en escalar montañas, no fue capaz de encaramarse al árbol para sacar la fruta. Walimai, Nadia y Boroba lloraban de risa con sus fallidos esfuerzos y ninguno demostró ni un ápice de simpatía cuando aterrizó sentado desde una buena altura, machucándose las asentaderas y el orgullo. Se sentía pesado y torpe como un paquidermo.

Al atardecer, después de muchas horas de marcha, Walimai indicó que podían descansar. Se introdujo al río con el agua hasta las rodillas, inmóvil y silencioso, hasta que los peces olvidaron su presencia y empezaron a rondarlo. Cuando tuvo una presa al alcance de su arma, la ensartó con su corta lanza y entregó a Nadia un hermoso pez plateado, todavía coleando.

—¿Cómo lo hace con tanta facilidad? —quiso saber Alex, humillado por sus fracasos anteriores.

—Le pide permiso al pez, le explica que debe matarlo por necesidad; después le da las gracias por ofrecer su vida para que nosotros vivamos —aclaró la chica.

Alexander pensó que al principio del viaje se hubiera reído de la idea, pero ahora escuchaba con atención lo que decía su amiga.

—El pez entiende porque antes se comió a otros; ahora es su turno de ser comido. Así son las cosas —añadió ella.

El chamán preparó una pequeña fogata para asar la cena, que les devolvió las fuerzas, pero él no probó sino agua. Los muchachos durmieron acurrucados entre las fuertes raíces de un árbol para defenderse del frío, pues no hubo tiempo de preparar hamacas con cortezas, como habían visto en la aldea; estaban cansados y debían seguir viaje muy temprano. Cada vez que uno se movía el otro se acomodaba para estar lo más pegados posible, así se infundieron calor durante la noche. Entretanto el viejo Walimai, en cuclillas e inmóvil, pasó esas horas observando el firmamento, mientras a su lado velaba su esposa como un hada transparente, vestida sólo con sus cabellos oscuros. Cuando los jóvenes despertaron, el indio estaba exactamente en la misma posición en que lo habían visto la noche anterior: invulnerable al frío y la fatiga. Alex le preguntó cuánto había vivido, de dónde sacaba su energía y su formidable salud. El anciano explicó que había visto nacer a muchos niños que luego se convertían en abuelos, también había visto morir a esos abuelos y nacer a sus nietos. ¿Cuántos años? Se encogió de hombros: no importaba o no sabía. Dijo que era el mensajero de los dioses, solía ir al mundo de los inmortales donde no existían las enfermedades que matan a los hombres. Alex recordó la leyenda de El Dorado, que no sólo contenía fabulosas riquezas, sino también la fuente de la eterna juventud.

—Mi madre está muy enferma… —murmuró Alex, conmovido por el recuerdo. La experiencia de haberse trasladado mentalmente al hospital en Texas para estar con ella había sido tan real, que no podía olvidar los detalles, desde el olor a medicamento de la habitación hasta las delgadas piernas de Lisa Cold bajo la sábana, donde él había apoyado la frente.

—Todos morimos —dijo el chamán.

—Sí, pero ella es joven.

—Unos se van jóvenes, otros ancianos. Yo he vivido demasiado, me gustaría que mis huesos descansaran en la memoria de otros —dijo Walimai.

Al mediodía siguiente llegaron a la base del más alto *tepui* del Ojo del Mundo, un gigante cuya cima se perdía en una corona espesa de nubes blancas. Walimai explicó que la cumbre jamás se despejaba y nadie, ni siquiera el poderoso Rahakanariwa había visitado ese lugar sin ser invitado por los dioses. Agregó que desde hacía miles de años, desde el comienzo de la vida, cuando los seres humanos fueron fabricados con el calor del Sol Padre, la sangre de la Luna y el barro de la Tierra Madre, la gente de la neblina conocía la existencia de la morada de los dioses en la montaña. En cada generación había una persona, siempre un chamán que había pasado por muchos trabajos de expiación, quien era designado para visitar el *tepui* y servir de mensajero. Ese papel le había tocado a él, había estado allí muchas veces, había vivido con los dioses y conocía sus costumbres. Estaba preocupado, les contó, porque aún no había entrenado a su sucesor. Si él moría, ¿quién sería el mensajero? En cada uno de sus viajes espirituales lo había buscado, pero ninguna visión había venido en su ayuda. Cualquier persona no podía ser entrenada, debía ser alguien nacido con alma de chamán, alguien que tuviera el poder de curar, dar consejo e interpretar los sueños. Esa persona demostraba desde joven su talento; debía ser muy disciplinado para vencer tentaciones y controlar su cuerpo: un buen chamán carecía de deseos y necesidades. Esto es en breve lo que los jóvenes comprendieron del largo discurso del brujo, quien hablaba en círculos, repitiendo, como si recitara un interminable poema. Les quedó claro, sin embargo, que nadie más que él estaba autorizado para cruzar el umbral del mundo de los dioses, aunque en un par de ocasiones extraordinarias otros indios entraron también. Ésta sería la primera vez que se admitían visitantes forasteros desde el comienzo de los tiempos.

—¿Cómo es el recinto de los dioses? —preguntó Alex.

—Más grande que el más grande de los *shabonos*, brillante y amarillo como el sol.

—¡El Dorado! ¿Será ésa la legendaria ciudad de oro que buscaron los conquistadores? —preguntó ansioso el muchacho.

—Puede ser y puede no ser —contestó Walimai, quien carecía de referencias para saber lo que era una ciudad, reconocer el oro o imaginar a los conquistadores.

—¿Cómo son los dioses? ¿Son como la criatura que nosotros llamamos la Bestia?

—Pueden ser y pueden no ser.

—¿Por qué nos ha traído hasta aquí?

—Por las visiones. La gente de la neblina puede ser salvada

por un águila y un jaguar, por eso ustedes han sido invitados a la morada secreta de los dioses.

—Seremos dignos de esa confianza. Nunca revelaremos la entrada… —prometió Alex.

—No podrán. Si salen vivos, lo olvidarán —replicó simplemente el indio.

Si salgo vivo… Alexander nunca se había puesto en el caso de morir joven. En el fondo consideraba la muerte como algo más bien desagradable que les ocurría a los demás. A pesar de los peligros enfrentados en las últimas semanas, no dudó que volvería a reunirse con su familia. Incluso preparaba las palabras para contar sus aventuras, aunque tenía pocas esperanzas de ser creído. ¿Cuál de sus amigos podría imaginar que él estaba entre seres de la Edad de Piedra y que incluso podría encontrar El Dorado?

Al pie del *tepui*, se dio cuenta de que la vida estaba llena de sorpresas. Antes no creía en el destino, le parecía un concepto fatalista, creía que cada uno es libre de hacer su vida como se le antoja y él estaba decidido a hacer algo muy bueno de la suya, a triunfar y ser feliz. Ahora todo eso le parecía absurdo. Ya no podía confiar sólo en la razón, había entrado al territorio incierto de los sueños, la intuición y la magia. Existía el destino y a veces había que lanzarse a la aventura y salir a flote improvisando de cualquier manera, tal como hizo cuando su abuela lo empujó al agua a los cuatro años y tuvo que aprender a nadar. No quedaba más remedio que zambullirse en los misterios que lo rodeaban. Una vez más tuvo conciencia de los riesgos. Se encontraba solo en medio de la región más remota del planeta, donde no funcionaban las leyes conocidas. Debía admitirlo: su abuela le había hecho un inmenso favor al arrancarlo de la seguridad de California y lanzarlo a ese extraño mundo. No sólo Tahama y sus hormigas de fuego lo habían iniciado como adulto, también lo había hecho la inefable Kate Cold.

Walimai dejó a sus dos compañeros de viaje descansando junto a un arroyo, con instrucciones de esperarlo, y partió solo. En esa zona del altiplano la vegetación era menos densa y el sol del mediodía caía como plomo sobre sus cabezas. Nadia y Alex se tiraron al agua, espantando a las anguilas eléctricas y las tortugas que reposaban en el fondo, mientras Borobá cazaba moscas y se rascaba las pulgas en la orilla. El muchacho se sentía absolutamente cómodo con esa chica, se divertía con ella y le tenía confianza, porque en ese ambiente era mucho más sabia que él. Le parecía raro sentir tanta admiración por alguien de la edad de su hermana. A veces caía en la tentación de compararla con Cecilia Burns, pero no había por dónde empezar a hacerlo: eran totalmente distintas.

Cecilia Burns estaría tan perdida en la selva como Nadia Santos lo estaría en una ciudad. Cecilia se había desarrollado temprano y a los quince años ya era una joven mujer; él no era su único enamorado, todos los chicos de la escuela tenían las mismas fantasías. Nadia, en cambio, todavía era larga y angosta como un junco, sin formas femeninas, puro hueso y piel bronceada, un ser andrógino con olor a bosque. A pesar de su aspecto infantil, inspiraba respeto: poseía aplomo y dignidad. Tal vez porque carecía de hermanas o amigas de su edad, actuaba como un adulto; era seria, silenciosa, concentrada, no tenía la actitud chinchosa que a Alex tanto le molestaba de otras niñas. Detestaba cuando las chicas cuchicheaban y se reían entre ellas, se sentía inseguro, pensaba que se burlaban de él. «No hablamos siempre de ti, Alexander Cold, hay otros temas más interesantes», le había dicho una vez Cecilia Burns delante de toda la clase. Pensó que Nadia nunca lo humillaría de ese modo.

El viejo chamán regresó unas horas más tarde, fresco y sereno como siempre, con dos palos untados en una resina similar a la que emplearon los indios para subir por los costados de la cascada. Anunció que había hallado la entrada a la montaña de los dioses y, después de ocultar el arco y las flechas, que no podrían usar, los invitó a seguirlo.

A los pies del *tepui* la vegetación consistía en inmensos helechos, que crecían enmarañados como estopa. Debían avanzar con mucho cuidado y lentitud, separando las hojas y abriéndose camino con dificultad. Una vez que se internaron bajo esas gigantescas plantas, el cielo desapareció, se hundieron en un universo vegetal, el tiempo se detuvo y la realidad perdió sus formas conocidas. Entraron a un dédalo de hojas palpitantes, de rocío perfumado de almizcle, de insectos fosforescentes y flores suculentas que goteaban una miel azul y espesa. El aire se tornó pesado como aliento de fiera, había un zumbido constante, las piedras ardían como brasas y la tierra tenía color de sangre. Alexander se agarró con una mano del hombro de Walimai y con la otra sujetó a Nadia, consciente de que, si se separaban unos centímetros, los helechos se los tragarían y no volverían a encontrarse más. Borobá iba aferrado al cuerpo de su ama, silencioso y atento. Debían apartar de sus ojos las delicadas telarañas bordadas de mosquitos y gotas de rocío que se extendían como encaje entre las hojas. Apenas alcanzaban a verse los pies, así es que dejaron de preguntarse qué era esa materia colorada, viscosa y tibia donde se hundían hasta el tobillo.

El muchacho no imaginaba cómo el chamán reconocía el camino, tal vez lo guiaba su esposa espíritu; a ratos estaba seguro de que daban vueltas en el mismo sitio, sin avanzar ni un paso. No había puntos de referencia, sólo la voraz vegetación envolviéndolos en su reluciente abrazo. Quiso consultar su brújula, pero la aguja vibraba enloquecida, acentuando la impresión de que andaban en círculos. De pronto Walimai se detuvo, apartó un helecho que en nada se diferenciaba de los otros y se encontraron ante una apertura en la ladera del cerro, como una guarida de zorros.

El brujo entró gateando y ellos lo siguieron. Era un pasaje angosto de unos tres o cuatro metros de largo, que se abría a una cueva espaciosa, alumbrada apenas por un rayo de luz que provenía del exterior, donde pudieron ponerse de pie. Walimai procedió a frotar sus piedras para hacer fuego con paciencia, mientras Alex pensaba que nunca más saldría de su casa sin fósforos. Por fin la chispa de las piedras prendió una paja, que Walimai usó para encender la resina de una de las antorchas.

En la luz vacilante vieron elevarse una nube oscura y compacta de miles y miles de murciélagos. Estaban en una caverna de roca, rodeados de agua que chorreaba por las paredes y cubría el suelo como una laguna oscura. Varios túneles naturales salían en diferentes direcciones, unos más amplios que otros, formando un intrincado laberinto subterráneo. Sin vacilar, el indio se dirigió a uno de los pasadizos, con los muchachos pisándole los talones.

Alex recordó la historia del hilo de Ariadna, que, según la mitología griega, permitió a Teseo regresar de las profundidades del laberinto, después de matar al feroz minotauro. Él no contaba con un rollo de hilo para señalar el camino y se preguntó cómo saldrían de allí en caso que fallara Walimai. Como la aguja de su brújula vibraba sin rumbo, dedujo que se hallaban en un campo magnético. Quiso dejar marcas con su navaja en las paredes, pero la roca era dura como granito y habría necesitado horas para tallar una muesca. Avanzaban de un túnel a otro, siempre ascendiendo por el interior del *tepui*, con la improvisada antorcha como única defensa contra las tinieblas absolutas que los rodeaban. En las entrañas de la tierra no reinaba un silencio de tumba, como él hubiera imaginado, sino que oían aleteo de murciélagos, chillidos de ratas, carreras de pequeños animales, goteo de agua y un sordo golpe rítmico, el latido de un corazón, como si se encontraran dentro de un organismo vivo, un enorme animal en reposo. Ninguno habló, pero a veces Borobá lanzaba un grito asustado y entonces el eco del laberinto les devolvía el sonido multiplicado. El muchacho se preguntó qué clase de criaturas albergarían esas profundidades, tal vez serpientes o escorpiones venenosos, pero decidió no pensar en ninguna de esas posibilidades y mantener la cabeza fría, como parecía tenerla Nadia, quien marchaba tras Walimai muda y confiada.

Poco a poco vislumbraron el fin del largo pasadizo. Vieron una tenue claridad verde y al asomarse se encontraron en una gran caverna cuya hermosura era casi imposible describir. Por alguna parte entraba suficiente luz para alumbrar un vasto espacio, tan grande como una iglesia, donde se alzaban maravillosas formaciones de roca y minerales, como esculturas. El laberinto que habían dejado atrás era de piedra oscura, pero ahora estaban en una sala circular, iluminada, bajo una bóveda de catedral, rodeados de cristales y piedras preciosas. Alex sabía muy poco de minerales, pero pudo reconocer ópalos, topacios, ágatas, trozos de cuarzo y alabastro, jade y turmalina. Vio cristales como diamantes, otros lechosos, unos que parecían iluminados por dentro, otros veteados de verde, morado y rojo, como si estuvieran incrustados de esmeraldas, amatistas y rubíes. Estalactitas transparentes pendían del techo como puñales de hielo, goteando agua calcárea. Olía a humedad y, sorprendentemente, a flores. La mezcla era un aroma rancio, intenso y penetrante, un poco nauseabundo, mezcla de perfume y tumba. El aire era frío y crujiente, como suele serlo en invierno, después de nevar.

De pronto vieron que algo se movía en el otro extremo de la gruta y un instante después se desprendió de una roca de cristal azul algo que parecía un extraño pájaro, algo así como un reptil alado. El animal estiró las alas, disponiéndose a volar, y entonces Alex lo vio claramente: era similar a los dibujos que había visto de los legendarios dragones, sólo que del tamaño de un gran pelícano y muy bello. Los terribles dragones de las leyendas europeas, que siempre guardaban un tesoro o una doncella prisionera, eran definitivamente repelentes. El que tenía ante los ojos, sin embargo, era como los dragones que había visto en las festividades del barrio chino en San Francisco: pura alegría y vitalidad. De todos modos abrió su navaja del Ejército suizo y se dispuso a defenderse, pero Walimai lo tranquilizó con un gesto.

La mujer espíritu del chamán, liviana como una libélula, cruzó volando la gruta y fue a posarse entre las alas del animal, cabalgándolo. Borobá chilló aterrado y mostró los dientes, pero Nadia lo hizo callar, embobada ante el dragón. Cuando logró reponerse lo suficiente empezó a llamar en el lenguaje de las aves y de los reptiles con la esperanza de atraerlo, pero el fabuloso animal examinó de lejos a los visitantes con sus pupilas coloradas e ignoró el llamado de Nadia. Luego levantó el vuelo, elegante y ligero, para dar una vuelta olímpica por la bóveda de la gruta, con la esposa de Walimai en el lomo, como si quisiera simplemente mostrar la belleza de sus líneas y de sus escamas fosforescentes. Por último regresó a posarse sobre la roca de cristal azul, dobló sus alas y aguardó con la actitud impasible de un gato.

El espíritu de la mujer volvió donde su marido y allí quedó flotando, suspendida en el aire. Alex pensó cómo podría describir después lo que ahora veían sus ojos; habría dado cualquier cosa por tener la cámara de su abuela para dejar prueba de que ese lugar y esos seres existían de verdad, que él no había naufragado en la tempestad de sus propias alucinaciones.

Dejaron la caverna encantada y el dragón alado con cierta lástima, sin saber si acaso volverían a verlos. Alex todavía procuraba encontrar explicaciones racionales para lo que sucedía, en cambio Nadia aceptaba lo maravilloso sin hacer preguntas. El muchacho supuso que esos *tepuis*, tan aislados del resto del planeta, eran los últimos enclaves de la era paleolítica, donde se habían preservado intactas la flora y la fauna de miles y miles de años atrás. Posiblemente se encontraban en una especie de isla de las Galápagos, donde las especies más antiguas habían escapado de las mutaciones o de la extinción. Ese dragón debía ser sólo un pájaro desconocido. En los cuentos folklóricos y la mitología de lugares muy diversos aparecían esos seres. Los había en la China, donde eran símbolo de buena suerte, tanto como en Inglaterra, donde servían para probar el valor de los caballeros como San Jorge. Posiblemente, concluyó, fueron animales que convivieron con los primeros seres humanos del planeta, a quienes la superstición popular recordaba como gigantescos reptiles que echaban fuego por las narices. El dragón de la gruta no emanaba llamaradas, sino un perfume penetrante de cortesana. Sin embargo no se le ocurría una explicación para la esposa de Walimai, esa hada de aspecto humano que los acompañaba en su extraño viaje. Bueno, tal vez encontraría una después…

Siguieron a Walimai por nuevos túneles, mientras la luz de la antorcha iba haciéndose cada vez más débil. Pasaron por otras grutas, pero ninguna tan espectacular como la primera, y vieron otras extrañas criaturas: aves de plumaje rojo con cuatro alas, que gruñían como perros, y unos gatos blancos de ojos ciegos, que estuvieron a punto de atacarlos, pero retrocedieron cuando Nadia los calmó en la lengua de los felinos. Al pasar por una cueva inundada debieron caminar con el agua al cuello, llevando a Borobá montado sobre la cabeza de su ama, y vieron unos peces dorados con alas, que nadaban entre sus piernas y de repente emprendían el vuelo, perdiéndose en la oscuridad de los túneles.

En otra cueva, que exhalaba una densa niebla púrpura, como la de ciertos crepúsculos, crecían inexplicables flores sobre la roca viva. Walimai rozó una de ellas con su lanza y de inmediato salieron de entre los pétalos unos carnosos tentáculos, que se extendieron buscando a su presa. En un recodo de uno de los pasadizos vieron, a la luz anaranjada y vacilante de la antorcha, un nicho en la pared, donde había algo parecido a un niño petrificado en resina, como esos insectos que quedan atrapados en un trozo de ámbar. Alex imaginó que esa criatura había permanecido en su hermética tumba desde los albores de la humanidad y seguiría intacta en el mismo lugar dentro de miles y miles de años. ¿Cómo había llegado allí? ¿Cómo había muerto?

Finalmente el grupo alcanzó al último pasaje de aquel inmenso laberinto. Asomaron a un espacio abierto, donde un chorro de luz blanca los cegó por unos instantes. Entonces vieron que estaban en una especie de balcón, un saliente de roca asomado en el interior de una montaña hueca, como el cráter de un volcán. El laberinto que habían recorrido penetraba en las profundidades del *tepui*, uniendo el exterior con el fabuloso mundo encerrado en su interior. Comprendieron que habían ascendido muchos metros por los túneles. Hacia arriba se extendían las laderas verticales del cerro, cubiertas de vegetación, perdiéndose entre las nubes. No se veía el cielo, sólo un techo espeso y blanco como algodón, por donde se filtraba la luz del sol creando un extraño fenómeno óptico: seis lunas transparentes flotando en un firmamento de leche. Eran las lunas que Alex había visto en sus visiones. En el aire volaban pájaros nunca vistos, algunos traslúcidos y livianos como medusas, otros pesados como negros cóndores, algunos como el dragón que habían visto en la gruta.

Varios metros más abajo había un gran valle redondo, que desde la altura donde se encontraban aparecía como un jardín verdeazul envuelto en vapor. Cascadas, hilos de agua y riachuelos se deslizaban por las laderas alimentando las lagunas del valle, tan simétricas y perfectas, que no parecían naturales. Y en el centro, centelleante como una corona, se alzaba orgulloso El Dorado. Nadia y Alex ahogaron una exclamación, cegados por el resplandor increíble de la ciudad de oro, la morada de los dioses.

Walimai dio tiempo a los muchachos de reponerse de la sorpresa y luego les señaló las escalinatas talladas en la montaña, que descendían culebreando desde el saliente donde se encontraban hasta el valle. A medida que bajaban se dieron cuenta de que la flora era tan extraordinaria como la fauna que habían vislumbrado; las plantas, flores y arbustos de las laderas eran únicos. Al descender aumentaba el calor y la humedad, la vegetación se volvía más densa y exuberante, los árboles más altos y frondosos, las flores más perfumadas, los frutos más suculentos. La impresión, aunque de gran belleza, no resultaba apacible, sino vagamente amenazante, como un misterioso paisaje de Venus. La naturaleza latía, jadeaba, crecía ante sus ojos, acechaba. Vieron moscas amarillas y transparentes como topacios, escarabajos azules provistos de cuernos, grandes caracoles tan coloridos que de lejos parecían flores, exóticos lagartos rayados, roedores con afilados colmillos curvos, ardillas sin pelo saltando como gnomos desnudos entre las ramas.

Al llegar al valle y acercarse a El Dorado, los viajeros comprendieron que no era una ciudad y tampoco era de oro. Se trataba de una serie de formaciones geométricas naturales, como los cristales que habían visto en las grutas. El color dorado provenía de mica, un mineral sin valor, y pirita, bien llamada «oro de tontos». Alex esbozó una sonrisa, pensando que si los conquistadores y tantos otros aventureros hubieran logrado vencer los increíbles obstáculos del camino para alcanzar El Dorado habrían salido más pobres de lo que llegaron.

14
Las bestias

Minutos después Alex y Nadia vieron a la Bestia. Estaba a media cuadra de distancia, dirigiéndose hacia la ciudad. Parecía un gigantesco hombre mono, de más de tres metros de altura, erguido sobre dos patas, con poderosos brazos que colgaban hasta el suelo y una cabecita de rostro melancólico, demasiado chica para el porte del cuerpo. Estaba cubierto de pelo hirsuto como alambre y tenía tres largas garras afiladas como cuchillos curvos en cada mano. Se movía con tan increíble lentitud, que era como si no se moviera en absoluto. Nadia reconoció a la Bestia de inmediato, porque la había visto antes. Paralizados de terror y sorpresa, permanecieron inmóviles estudiando a la criatura. Les recordaba un animal conocido, pero no podían ubicarlo en la memoria.

—Parece una pereza —dijo Nadia finalmente en un susurro.

Y entonces Alex se acordó que había visto en el zoológico de San Francisco un animal parecido a un mono o un oso, que vivía en los árboles y se movía con la misma lentitud de la Bestia, de allí provenía su nombre de pereza o perezoso. Era un ser indefenso, porque le faltaba velocidad para atacar, escapar o protegerse, pero tenía pocos predadores: su piel gruesa y su carne agria no era plato apetecible ni para el más hambriento de los carnívoros.

—¿Y el olor? La Bestia que yo vi tenía un olor espantoso —dijo Nadia sin levantar la voz.

—Ésta no es hedionda, al menos no podemos olerla desde aquí... —comentó Alex—. Debe tener una glándula, como los zorrillos, y expele el olor a voluntad, para defenderse o inmovilizar a su presa.

Los susurros de los muchachos llegaron a oídos de la Bestia, que se volvió muy despacio para ver de qué se trataba. Alex y Nadia retrocedieron, pero Walimai se adelantó pausadamente, como si imitara la pasmosa apatía de la criatura, seguido a un paso de distancia por su esposa espíritu. El chamán era un hombre pequeño, llegaba a la altura de la cadera de la Bestia, que se elevaba como una torre frente al anciano. Su esposa y él cayeron de rodillas al suelo, postrados ante ese ser extraordinario, y entonces los chicos oyeron claramente una voz profunda y cavernosa que pronunciaba unas palabras en la lengua de la gente de la neblina.

—¡Habla como un ser humano! —murmuró Alex, convencido de que soñaba.

—El padre Valdomero tenía razón, Jaguar.

—Eso significa que posee inteligencia humana. ¿Crees que puedes comunicarte con ella?

—Si Walimai puede, yo también, pero no me atrevo a acercarme —susurró Nadia.

Esperaron un buen rato, porque las palabras salían de la boca de la criatura una a una, con la misma cachaza con que ésta se movía.

—Pregunta quiénes somos —tradujo Nadia.

—Eso lo entendí. Entiendo casi todo... —murmuró Alex adelantándose un paso. Walimai lo detuvo con un gesto.

El diálogo entre el chamán y la Bestia continuó con la misma angustiosa parsimonia, sin que nadie se moviera, mientras la luz cambiaba en el cielo blanco, tornándose color naranja. Los muchachos supusieron que afuera de ese cráter el sol debía comenzar su descenso en el horizonte. Por fin Walimai se puso de pie y regresó donde ellos.

—Habrá un consejo de los dioses —anunció.

—¿Cómo? ¿Hay más de estas criaturas? ¿Cuántas hay? —preguntó Alex, pero Walimai no pudo aclarar sus dudas, porque no sabía contar.

El brujo los guió bordeando el valle por el interior del *tepui* hasta una pequeña caverna natural en la roca, donde se acomodaron lo mejor posible, luego partió en busca de comida. Regresó con unas frutas muy aromáticas, que ninguno de los chicos había visto antes, pero estaban tan hambrientos que las devoraron sin hacer preguntas. La noche se dejó caer de súbito y se vieron rodeados de la más profunda oscuridad; la ciudad de oro falso, que antes resplandecía encandilándolos, desapareció en las sombras. Walimai no intentó encender su segunda antorcha, que seguramente guardaba para el regreso por el laberinto, y no había luz por parte alguna. Alex dedujo que esas criaturas, aunque humanas en su lenguaje y tal vez en ciertas conductas, eran más primitivas que los hombres de las cavernas, pues aún no habían descubierto el fuego. Comparados con las Bestias, los indios resultaban muy sofisticados. ¿Por qué la gente de la neblina las consideraba dioses, si ellos eran mucho más evolucionados?

El calor y la humedad no habían disminuido, porque emanaban de la montaña misma, como si en realidad estuvieran en el cráter apagado de un volcán. La idea de hallarse sobre una delgada costra de tierra y roca, mientras más abajo ardían las llamas del infierno, no era tranquilizadora, pero Alex dedujo que si el volcán había estado inactivo por miles de años, como probaba la lujuriosa vegetación de su interior, sería muy mala suerte que explotara justo la noche en que él estaba de visita. Las horas siguientes transcurrieron muy lentas. Los jóvenes apenas lograron dormir en ese lugar desconocido. Recordaban muy bien el aspecto del soldado muerto. La Bestia debió usar sus enormes garras para destriparlo de esa manera horrenda. ¿Por qué el hombre no escapó o disparó su arma? La tremenda lentitud de la criatura le habría dado tiempo sobrado. La explicación sólo podía estar en la fetidez paralizante que emanaba. No había forma de protegerse si las criaturas decidían usar sus glándulas odoríficas contra ellos. No bastaba taparse la nariz, el hedor penetraba por cada poro del cuerpo, apoderándose del cerebro y la voluntad; era un veneno tan mortal como el *curare*.

—¿Son humanos o animales? —preguntó Alex, pero Walimai tampoco pudo contestar porque para él no había diferencia.

—¿De dónde vienen?

—Siempre han estado aquí, son dioses.

Alex imaginó que el interior del *tepui* era un archivo ecológico donde sobrevivían especies desaparecidas en el resto de la tierra. Le dijo a Nadia que seguro se trataba de antepasados de las perezas que ellos conocían.

—No parecen humanos, Águila. No hemos visto viviendas, herramientas o armas, nada que sugiera una sociedad —añadió.

—Pero hablan como personas, Jaguar —dijo ella.

—Deben ser animales con el metabolismo muy lento, seguramente viven cientos de años. Si tienen memoria, en esa larga vida pueden aprender muchas cosas, incluso a hablar, ¿no crees? —aventuró Alex.

—Hablan la lengua de la gente de la neblina. ¿Quién la inventó? ¿Los indios se la enseñaron a las Bestias? ¿O las Bestias se la enseñaron a los indios?

—De cualquier forma, se me ocurre que los indios y las perezas han tenido por siglos una relación simbiótica —dijo Alex.

—¿Qué? —preguntó ella, quien nunca había oído esa palabra.

—Es decir, se necesitan mutuamente para sobrevivir.

—¿Por qué?

—No lo sé, pero voy a averiguarlo. Una vez leí que los dioses necesitan a la humanidad tanto como la humanidad necesita a sus dioses —dijo Alex.

—El consejo de las Bestias seguro será muy largo y muy fastidioso. Mejor tratamos de descansar un poco ahora, así estaremos frescos mañana —sugirió Nadia, disponiéndose a dormir. Tuvo que desprender a Borobá de su lado y obligarlo a echarse más lejos, porque no aguantaba su calor. El mono era como una extensión de su ser; estaban ambos tan acostumbrados al contacto de sus cuerpos, que una separación, por breve que fuera, la sentían como una premonición de muerte.

Con el amanecer despertó la vida en la ciudad de oro y se iluminó el valle de los dioses en todos los tonos de rojo, naranja y rosado. Las Bestias, sin embargo, demoraron muchas horas en espabilar el sueño y surgir una a una de sus guaridas entre las formaciones de roca y cristal. Alex y Nadia contaron once criaturas, tres machos y ocho hembras, unas más altas que otras, pero todas adultas. No vieron ejemplares jóvenes de aquella singular especie y se preguntaron cómo se reproducían. Walimai dijo que rara vez nacía uno de ellos, en los años de su vida nunca había sucedido, y agregó que tampoco los había visto morir, aunque sabía de una gruta en el laberinto donde yacían sus esqueletos. Alex concluyó que eso calzaba con su teoría de que vivían por siglos, e imaginó que esos mamíferos prehistóricos debían tener una o dos crías en sus vidas; por lo mismo, asistir al nacimiento de una debía ser un acontecimiento muy raro. Al observar a las criaturas de cerca, comprendió que dada su limitación para moverse, no podían cazar y debían ser vegetarianas. Las tremendas garras no estaban hechas para matar, sino para trepar. Así se explicó que pudieran bajar y subir por el camino vertical que ellos habían escalado en la catarata. Las perezas utilizaban las mismas muescas, salientes y grietas en la roca que servían a los indios para escalar. ¿Cuántas de ellas habría afuera? ¿Una sola o varias? ¡Cómo le gustaría llevar de vuelta pruebas de lo que veía!

Muchas horas después comenzó el consejo. Las Bestias se reunieron en semicírculo en el centro de la ciudad de oro, y Walimai y los muchachos se colocaron al frente. Se veían minúsculos entre aquellos gigantes. Tuvieron la impresión de que los cuerpos de las criaturas vibraban y sus contornos eran difusos, luego comprendieron que en su piel centenaria anidaban pueblos enteros de insectos de diversas clases, algunos de los cuales volaban a su alrededor como moscas de la fruta. El vapor del aire creaba la ilusión de que una nube envolvía a las Bestias. Estaban a pocos metros de ellas, a suficiente distancia para verlas en detalle, pero también para escapar en caso de necesidad, aunque ambos sabían que, si cualquiera de esos once gigantes decidía expeler su olor, no habría poder en el mundo capaz de salvarlos. Walimai actuaba con gran solemnidad y reverencia, pero no parecía asustado.

—Éstos son Águila y Jaguar, forasteros amigos de la gente de

214

la neblina. Vienen a recibir instrucciones —dijo el anciano.

Un silencio eterno acogió esta introducción, como si las palabras tardaran mucho en hacer impacto en los cerebros de esos seres. Luego Walimai recitó un largo poema dando las noticias de la tribu, desde los últimos nacimientos hasta la muerte del jefe Mokarita, incluyendo las visiones en que aparecía el Rahakanariwa, la visita a las tierras bajas, la llegada de los forasteros y la elección de Iyomi como jefe de los jefes. Empezó un diálogo lentísimo entre el brujo y las criaturas, que Nadia y Alex entendieron sin dificultad, porque había tiempo para meditar y consultarse después de cada palabra. Así se enteraron de que por siglos y siglos la gente de la neblina conocía la ubicación de la ciudad de oro y había guardado celosamente el secreto, protegiendo a los dioses del mundo exterior, mientras a su vez esos seres extraordinarios cuidaban cada palabra de la historia de la tribu. Hubo momentos de grandes cataclismos, en los cuales la burbuja ecológica del *tepui* sufrió graves trastornos y la vegetación no alcanzó para satisfacer las necesidades de las especies que habitaban en su interior. En esas épocas los indios traían «sacrificios»: maíz, papas, mandioca, frutas, nueces. Colocaban sus ofrecimientos en las cercanías del *tepui*, sin internarse a través del laberinto secreto, y enviaban al mensajero a avisar a los dioses. Los ofrecimientos incluían huevos, peces y animales cazados por los indios; con el transcurso del tiempo cambió la dieta vegetariana de las Bestias.

Alexander Cold pensó que si esas antiguas criaturas de lenta inteligencia tuvieran necesidad de lo divino, seguramente sus dioses serían los indios invisibles de Tapirawa-teri, los únicos seres humanos que conocían. Para ellas los indios eran mágicos: se movían deprisa, podían reproducirse con facilidad, poseían armas y herramientas, eran dueños del fuego y del vasto universo externo, eran todopoderosos. Pero las gigantescas perezas no habían alcanzado aún la etapa de evolución en la cual se contempla la propia muerte y no necesitaban dioses. Sus larguísimas vidas transcurrían en el plano puramente material.

La memoria de las Bestias contenía toda la información que los mensajeros de los hombres les habían entregado: eran archivos vivientes. Los indios no conocían la escritura, pero su historia no se perdía, porque las perezas nada olvidaban. Interrogándolas con paciencia y tiempo, se podría obtener de ellas el pasado de la tribu desde la primera época, veinte mil años atrás. Los chamanes como Walimai las visitaban para mantenerlas al día mediante los poemas épicos que recitaban con la historia pasada y reciente de la tribu. Los mensajeros morían y eran reemplazados por otros, pero cada palabra de esos poemas quedaba almacenada en los cerebros de las Bestias.

Sólo dos veces había penetrado la tribu al interior del *tepui* desde los comienzos de la historia y en ambas ocasiones lo había hecho para huir de un enemigo poderoso. La primera vez fue cuatrocientos años antes, cuando la gente de la neblina debió ocultarse durante varias semanas de una partida de soldados españoles, que lograron llegar hasta el Ojo del Mundo. Cuando los guerreros vieron que los extranjeros mataban de lejos con unos palos de humo y ruido, sin ningún esfuerzo, comprendieron que sus armas eran inútiles contra las de ellos. Entonces desarmaron sus chozas, enterraron sus escasas pertenencias, cubrieron los restos de la aldea con tierra y ramas, borraron sus huellas y se retiraron con las mujeres y los niños al *tepui* sagrado. Allí fueron amparados por los dioses hasta que los extranjeros murieron uno a uno. Los soldados buscaban El Dorado, estaban ciegos de codicia y acabaron asesinándose unos a otros. Los que quedaron fueron exterminados por las Bestias y los guerreros indígenas. Sólo uno salió vivo de allí y de alguna manera logró volver a reunirse con sus compatriotas. Pasó el resto de su vida loco, atado a un poste en un asilo de Navarra, perorando sobre gigantes mitológicos y una ciudad de oro puro. La leyenda perduró en las páginas de los cronistas del imperio español, alimentando la fantasía de aventureros hasta el día de hoy. La segunda vez había sido tres años antes, cuando los grandes pájaros de ruido y viento de los *nahab* aterrizaron en el Ojo del Mundo. Nuevamente se ocultó la gente de la neblina hasta que los extranjeros partieron, desilusionados, porque no encontraron las minas que buscaban. Sin embargo, los indios, advertidos por las visiones de Walimai, se preparaban para su regreso. Esta vez no pasarían cuatrocientos años antes que los *nahab* se aventuraran de nuevo al altiplano, porque ahora podían volar. Entonces las Bestias decidieron salir a matarlos, sin sospechar que había millones y millones de ellos. Acostumbrados al número reducido de su especie, creían poder exterminar a los enemigos uno a uno.

Alex y Nadia escucharon a las Bestias contar su historia y fueron sacando muchas conclusiones.

—Por eso no ha habido indios muertos, sólo forasteros —apuntó Alex, maravillado.

—¿Y el padre Valdomero? —le recordó Nadia.

—El padre Valdomero vivió con los indios. Seguramente la Bestia identificó el olor y por eso no lo atacó.

—¿Y yo? Tampoco me atacó aquella noche… —agregó ella.

—Íbamos con los indios. Si la Bestia nos hubiera visto cuando estábamos con la expedición, habríamos muerto como el soldado.

—Si entiendo bien, las Bestias han salido a castigar a los forasteros —concluyó Nadia.

217

—Exacto, pero han obtenido el resultado opuesto. Ya ves lo que ha pasado: han atraído atención sobre los indios y sobre el Ojo del Mundo. Yo no estaría aquí si mi abuela no hubiera sido contratada por una revista para descubrir a la Bestia —dijo Alex.

Cayó la tarde y luego la noche sin que los participantes del consejo alcanzaran algún acuerdo. Alex preguntó cuántos dioses habían salido de la montaña y Walimai dijo que dos, lo cual no era un dato fiable, igual podían ser media docena. El chico logró explicar a las Bestias que la única esperanza de salvación para ellas era permanecer dentro del *tepui* y para los indios era establecer contacto con la civilización en forma controlada. El contacto era inevitable, dijo, tarde o temprano los helicópteros aterrizarían de nuevo en el Ojo del Mundo y esta vez los *nahab* vendrían a quedarse. Había unos *nahab* que deseaban destruir a la gente de la neblina y apoderarse del Ojo del Mundo. Fue muy difícil aclarar este punto, porque ni las Bestias ni Walimai comprendían cómo alguien podía apropiarse de la tierra. Alex dijo que había otros *nahab* que deseaban salvar a los indios y que seguramente harían cualquier cosa por preservar a los dioses también, porque eran los últimos de su especie en el planeta. Recordó al chamán que él había sido nombrado por Iyomi jefe para negociar con los *nahab* y pidió permiso y ayuda para cumplir su misión.

—No creemos que los *nahab* sean más poderosos que los dioses —dijo Walimai.

—A veces lo son. Los dioses no podrán defenderse de ellos y la gente de la neblina tampoco. Pero los *nahab* pueden detener a otros *nahab* —replicó Alex.

—En mis visiones el Rahakanariwa anda sediento de sangre —dijo Walimai.

—Yo he sido nombrada jefe para aplacar al Rahakanariwa —dijo Nadia.

—No debe haber más guerra. Los dioses deben volver a la montaña. Nadia y yo conseguiremos que la gente de la neblina y la morada de los dioses sean respetados por los *nahab* —prometió Alex, procurando sonar convincente.

En realidad no sospechaba cómo podría vencer a Mauro Carías, el capitán Ariosto y tantos otros aventureros que codiciaban las riquezas de la región. Ni siquiera conocía el plan de Mauro Carías ni el papel que les tocaría jugar a los miembros de la expedición del *International Geographic* en el exterminio de los indios. El empresario había dicho claramente que ellos serían testigos, pero no lograba imaginar de qué lo serían.

Para sus adentros, el muchacho pensó que habría una conmoción mundial cuando su abuela informara sobre la existencia de las Bestias y el paraíso ecológico que contenía el *tepui*. Con suerte y manejando la prensa con habilidad, Kate Cold podría obtener que el Ojo del Mundo fuera declarado reserva natural y protegido por los gobiernos. Sin embargo, esa solución podría llegar muy tarde. Si Mauro Carías salía con la suya, «en tres meses los indios serían exterminados», como había dicho en su conversación con el capitán Ariosto. La única esperanza era que la protección internacional llegara antes. Aunque no podría evitarse la curiosidad de los científicos ni las cámaras de televisión, al menos se podría detener la invasión de aventureros y colonos dispuestos a domar la selva y exterminar a sus habitantes. También pasó por su mente la terrible premonición del empresario de Hollywood convirtiendo el *tepui* en una especie de Disneyworld o Jurassic Park. Esperaba que la presión creada por los reportajes de su abuela pudiera postergar o evitar esa pesadilla.

Las Bestias ocupaban diferentes salas en la fabulosa ciudad. Eran seres solitarios, que no compartían su espacio. A pesar de su enorme tamaño, comían poco, masticando durante horas, vegetales, frutas, raíces y de vez en cuando un animal pequeño que caía muerto o herido a sus pies. Nadia pudo comunicarse con ellas mejor que Walimai. Un par de las criaturas hembras demostraron cierto interés en ella y le permitieron acercarse, porque lo que más deseaba la chica era tocarlas. Al poner la mano sobre el duro pelaje, un centenar de insectos de diversas clases subió por su brazo, cubriéndola entera. Se sacudió desesperada, pero no pudo desprenderse de muchos de ellos, que quedaron adheridos a su ropa y su pelo. Walimai le señaló una de las lagunas de la ciudad y ella se zambulló en el agua, que resultó ser tibia y gaseosa. Al hundirse sentía en la piel el cosquilleo de las burbujas de aire. Invitó a Alex, y los dos se remojaron largo rato, limpios al fin, después de tantos días arrastrándose por el suelo y sudando.

Entretanto Walimai había aplastado en una calabaza la pulpa de una fruta con grandes pepas negras, que enseguida mezcló con el jugo de unas uvas azules y brillantes. El resultado fue una pasta morada con la consistencia de la sopa de huesos que habían bebido durante el funeral de Mokarita, pero con un sabor delicioso y un aroma persistente de miel y néctar de flores. El chamán la ofreció a las Bestias, luego bebió él y les dio a los muchachos y a Borobá. Aquel alimento concentrado les aplacó el hambre de inmediato y se sintieron un poco mareados, como si hubieran bebido alcohol.

Esa noche fueron instalados en una de las cámaras de la ciudad de oro, donde el calor era menos oprimente que en la cueva de la noche anterior. Entre las formaciones minerales crecían orquídeas desconocidas afuera, algunas tan fragantes que apenas se podía respirar en su proximidad. Por largo rato cayó la lluvia, caliente y densa como una ducha, empapando todo, corría como río entre las grietas de cristal, con un sonido persistente de tambores. Cuando finalmente cesó, el aire refrescó de súbito y los rendidos muchachos se abandonaron por fin al sueño en el duro suelo de El Dorado, con la sensación de tener la barriga llena de flores perfumadas.

El brebaje preparado por Walimai tuvo la virtud mágica de conducirlos al reino de los mitos y del sueño colectivo, donde todos, dioses y humanos, podían compartir las mismas visiones. Así se ahorraron muchas palabras, muchas explicaciones. Soñaron que el Rahakanariwa estaba preso en una caja de madera sellada, desesperado, tratando de librarse con su pico formidable y sus terribles garras, mientras dioses y humanos, atados a los árboles, aguardaban su suerte. Soñaron con los *nahab* matándose unos a otros, todos con los rostros cubiertos por máscaras. Vieron al pájaro caníbal destruir la caja y salir dispuesto a devorar todo a su paso, pero entonces un águila blanca y un jaguar negro le salían al paso, desafiándolo en lucha mortal. No había resolución en ese duelo, como rara vez la hay en los sueños. Alexander Cold reconoció al Rahakanariwa, porque lo había visto antes en una pesadilla en que aparecía como un buitre, rompía una ventana de su casa y se llevaba a su madre en sus monstruosas garras.

Al despertar por la mañana no tuvieron que contar lo que habían visto, porque todos estuvieron presentes en el mismo sueño, hasta el pequeño Borobá. Cuando se reunió el consejo de los dioses para continuar con sus deliberaciones, no fue necesario pasar horas repitiendo las mismas ideas, como el día anterior. Sabían lo que debían hacer, cada uno conocía su papel en los acontecimientos que vendrían.

—Jaguar y Águila combatirán con el Rahakanariwa. Si vencen, ¿cuál será su recompensa? —logró formular una de las perezas, después de largas vacilaciones.

—Los tres huevos del nido —dijo Nadia sin vacilar.

—Y el agua de la salud —agregó Alex, pensando en su madre.

Espantado, Walimai indicó a los chicos que habían violado la elemental norma de reciprocidad: no se puede recibir sin dar. Era la ley natural. Se habían atrevido a solicitar algo de los dioses sin ofrecer algo a cambio… La pregunta de la Bestia había sido meramente formal y lo correcto era responder que no deseaban recompensa alguna, lo hacían como un acto de reverencia hacia los dioses y compasión hacia los humanos. En efecto, las Bestias parecían desconcertadas y molestas ante las peticiones de los forasteros. Algunas se pusieron lentamente de pie, amenazantes, gruñendo y levantando sus brazos, gruesos como ramas de roble. Walimai se tiró de bruces delante del consejo farfullando explicaciones y disculpas, pero no logró aplacar los ánimos. Temiendo que alguna de las Bestias decidiera fulminarlos con su fragancia corporal, Alex echó mano del único recurso de salvación que se le ocurrió: la flauta de su abuelo.

—Tengo un ofrecimiento para los dioses —dijo, temblando.

Las dulces notas del instrumento irrumpieron tentativamente en el aire caliente del *tepui*. Las Bestias, pilladas de sorpresa, tardaron unos minutos en reaccionar y cuando lo hicieron ya Alex había agarrado vuelo y se abandonaba al placer de crear música. Su flauta parecía haber adquirido los poderes sobrenaturales de Walimai. Las notas se multiplicaban en el extraño teatro de la ciudad de oro, rebotaban transformadas en interminables arpegios, hacían vibrar las orquídeas entre las altas formaciones de cristal. Nunca el muchacho había tocado de esa manera, nunca se había sentido tan poderoso: podía amansar a las fieras con la magia de su flauta. Sentía como si estuviera conectado a un poderoso sintonizador, que acompañaba la melodía con toda una orquesta de cuerdas, vientos y percusión. Las Bestias, inmóviles al principio, comenzaron a oscilar como grandes árboles movidos por el viento; sus patas milenarias golpearon el suelo y el fértil hueco del *tepui* resonó como una gran campana. Entonces Nadia, en un impulso, saltó al centro del semicírculo del consejo, mientras Borobá, como si comprendiera que ése era un instante crucial, se mantuvo quieto a los pies de Alex.

Nadia empezó a danzar con la energía de la tierra, que traspasaba sus delgados huesos como una luz. No había visto jamás un ballet, pero había almacenado los ritmos que escuchara muchas veces: la samba del Brasil, la salsa y el joropo de Venezuela, la música americana que llegaba por la radio. Había visto a negros, mulatos, *caboclos* y blancos bailar hasta caer extenuados durante el carnaval en Manaos, a los indios danzar solemnes durante sus ceremonias. Sin saber lo que hacía, por puro instinto, improvisó su regalo para los dioses. Volaba. Su cuerpo se movía solo, en trance, sin ninguna conciencia o premeditación de su parte. Oscilaba como las más esbeltas palmeras, se elevaba como la espuma de las cataratas, giraba como el viento. Nadia imitaba el vuelo de las guacamayas, la carrera de los jaguares, la navegación de los delfines, el zumbido de los insectos, la ondulación de las serpientes.

Por miles y miles de años había existido vida en el cilíndrico hueco del *tepui*, pero hasta ese momento jamás se había oído música, ni siquiera el tam tam de un tambor. Las dos veces que la gente de la neblina fue acogida bajo la protección de la ciudad legendaria, lo hizo de manera de no irritar a los dioses, en completo silencio, haciendo uso de su talento para tornarse invisible. Las Bestias no sospechaban la habilidad humana para crear música, tampoco habían visto un cuerpo moverse con la ligereza, pasión, velocidad y gracia con que danzaba Nadia. En verdad, esos pesados seres nunca habían recibido un ofrecimiento tan grandioso. Sus lentos cerebros recogieron cada nota y cada movimiento y los guardaron para los siglos futuros. El regalo de esos dos visitantes se quedaría con ellos, como parte de su leyenda.

15
Los huevos de cristal

A cambio de la música y la danza que habían recibido, las Bestias otorgaron a los chicos lo que solicitaban. Les indicaron que ella debía subir al tope del *tepui*, a las cumbres más altas, donde estaba el nido con los tres huevos prodigiosos de su visión. Por su parte él debía descender a las profundidades de la tierra, donde se encontraba el agua de la salud.

—¿Podemos ir juntos, primero a la cima del *tepui* y luego al fondo del cráter? —preguntó Alex, pensando que las tareas serían más fáciles si las compartían.

Las perezas negaron lentamente con la cabeza y Walimai explicó que todo viaje al reino de los espíritus es solitario. Añadió que sólo disponían del día siguiente para cumplir cada uno su misión, porque sin falta al anochecer él debía volver al mundo exterior; ése era su acuerdo con los dioses. Si ellos no estaban de regreso, quedarían atrapados en el *tepui* sagrado, porque jamás encontrarían por sí mismos la salida del laberinto.

El resto del día los jóvenes lo gastaron recorriendo El Dorado y contándose sus cortas vidas; ambos deseaban saber lo más posible del otro antes de separarse. Para Nadia era difícil imaginar a su amigo en California con su familia; nunca había visto una computadora, ni había ido a la escuela ni sabía lo que es un invierno. Por su parte, el muchacho americano sentía envidia por la existencia libre y silenciosa de la muchacha, en contacto estrecho con la naturaleza. Nadia Santos poseía un sentido común y una sabiduría que a él le parecían inalcanzables.

Nadia y Alexander se deleitaron ante las magníficas formaciones de mica y otros minerales de la ciudad, ante la flora inverosímil que brotaba por todas partes y los singulares animales e insectos que albergaba ese lugar. Se dieron cuenta que los dragones como el de la caverna, que a veces cruzaban el aire, eran mansos como loros amaestrados. Llamaron a uno, aterrizó con gracia a sus pies, y pudieron tocarlo. Su piel era suave y fría, como la de un pez; tenía la mirada de un halcón y el aliento perfumado a flores. Se bañaron en las calientes lagunas y se hartaron de fruta, pero sólo de aquella autorizada por Walimai. Había frutas y hongos mortales, otros inducían visiones de pesadilla o destruían la voluntad, otros borraban la memoria para siempre, según les explicó el chamán. Durante sus paseos se topaban por aquí y por allá con las Bestias, que pasaban la mayor parte de su existencia aletargadas. Una vez que consumían las hojas y frutas necesarias para alimentarse, pasaban el resto del día contemplando el tórrido paisaje circundante y el tapón de nubes que cerraba la boca del *tepui*. «Creen que el cielo es blanco y del tamaño de ese círculo», comentó Nadia y Alex respondió que también ellos tenían una visión parcial del cielo, que los astronautas sabían que no era azul, sino infinitamente profundo y oscuro. Esa noche se acostaron tarde y cansados; durmieron lado a lado, sin tocarse, porque hacía mucho calor, pero compartiendo el mismo sueño, como habían aprendido a hacer con los frutos mágicos de Walimai.

Al amanecer del día siguiente el viejo chamán entregó a

Alexander Cold una calabaza vacía y a Nadia Santos una calabaza con agua y una cesta, que ella se amarró a la espalda. Les advirtió que una vez iniciado el viaje, hacia las alturas tanto como hacia las profundidades, no habría vuelta atrás. Deberían vencer los obstáculos o perecer en la empresa, porque regresar con las manos vacías era imposible.

—¿Están seguros de que esto es lo que desean hacer? —preguntó el chamán.

—Yo sí —decidió Nadia.

No tenía idea para qué servían los huevos ni por qué debía ir a buscarlos, pero no dudó de su visión. Debían ser muy valiosos o muy mágicos; por ellos estaba dispuesta a vencer su miedo más enraizado: el vértigo de la altura.

—Yo también —agregó Alex, pensando que iría hasta el mismo infierno con tal de salvar a su madre.

—Puede ser que vuelvan y puede ser que no vuelvan —se despidió el brujo, indiferente, porque para él la frontera entre la vida y la muerte era apenas una línea de humo que la menor brisa podía borrar.

Nadia desprendió a Borobá de su cintura y le explicó que no podría llevarlo donde ella iba. El mono se aferró a una pierna de Walimai gimiendo y amenazando con el puño, pero no intentó desobedecerle. Los dos amigos se abrazaron estrechamente, atemorizados y conmovidos. Luego cada uno partió en la dirección señalada por Walimai.

Nadia Santos subió por la misma escalera tallada en la roca por donde había descendido con Walimai y Alex desde el laberinto hasta la base del *tepui*. El ascenso hasta ese balcón no fue difícil, a pesar de que las gradas eran muy empinadas, carecían de un pasamano para sujetarse y los peldaños eran angostos, irregulares y gastados. Luchando contra el vértigo, echó una mirada rápida hacia abajo y vio el extraordinario paisaje verdeazul del valle, envuelto en tenue bruma, con la magnífica ciudad de oro al centro. Luego miró hacia arriba y sus ojos se perdieron en las nubes. La boca del *tepui* parecía más angosta que su base. ¿Cómo subiría por las laderas inclinadas? Necesitaría patas de escarabajo. ¿Cuán alto era en realidad el *tepui*, cuánto tapaban las nubes? ¿Dónde exactamente estaba el nido? Decidió no pensar en los problemas sino en las soluciones: enfrentaría los obstáculos uno a uno, a medida que se presentaran. Si había podido subir por la cascada, bien podía hacer esto, pensó, aunque ya no iba atada a Jaguar por una cuerda y estaba sola.

Al llegar al balcón comprendió que allí terminaba la escalera, de allí para adelante debía subir colgando de lo que pudiera agarrar. Se acomodó el canasto a la espalda, cerró los ojos y buscó calma en su interior. Jaguar le había explicado que allí, en el centro de su ser, se concentran la energía vital y el valor. Respiró con todo su ánimo para que el aire limpio le llenara el pecho y recorriera los caminos de su cuerpo, hasta alcanzar las puntas de los dedos de los pies y las manos. Repitió la misma respiración profunda tres veces y, siempre con los ojos cerrados, visualizó el águila, su animal totémico. Imaginó que sus brazos se extendían, se alargaban, se transformaban en alas emplumadas, que sus piernas se convertían en patas terminadas en garras como garfios, que en su cara crecía un pico feroz y sus ojos se separaban hasta quedar a los lados de la cabeza. Sintió que su cabello, suave y crespo, se convertía en plumas duras pegadas al cráneo, que ella podía erizar a voluntad, plumas que contenían los conocimientos de las águilas: eran antenas para captar lo que estaba en el aire, incluso lo invisible. Su cuerpo perdió la flexibilidad y adquirió, en cambio, una ligereza tan absoluta, que podía desprenderse de la tierra y flotar con las estrellas. Experimentó un poder tremendo, toda la fuerza del águila en la sangre. Sintió que esa fuerza llegaba hasta la última fibra de su cuerpo y su conciencia. Soy Águila, pronunció en voz alta y enseguida abrió los ojos.

Nadia se aferró a una pequeña hendidura en la roca que había sobre su cabeza y colocó el pie en otra que había a la altura de su cintura. Izó el cuerpo y se detuvo hasta encontrar el equilibrio. Levantó la otra mano y buscó más arriba, hasta que pudo pescarse de una raíz mientras con el pie contrario tanteaba hasta dar con una grieta. Repitió el movimiento con la otra mano, buscando un saliente y cuando lo halló se elevó un poco más. La vegetación que crecía en las laderas la ayudaba, había raíces, arbustos y lianas. También vio arañazos profundos en las piedras y en algunos troncos; pensó que eran marcas de garras. Las Bestias debían haber subido también en busca de alimento, o bien no conocían el mapa del laberinto y cada vez que entraban o salían del *tepui* debían ascender hasta la cima y descender por el otro lado. Calculó que eso debía demorar días, tal vez semanas, dada la portentosa lentitud de esas gigantescas perezas.

Una parte de su mente, aún activa, comprendió que el hueco del *tepui* no era un cono invertido, como había supuesto por el efecto óptico de mirarlo desde abajo, sino que más bien se abría ligeramente. La boca del cráter era en realidad más ancha que la base. No necesitaría patas de escarabajo, después de todo, sólo concentración y coraje. Así escaló metro a metro, durante horas, con admirable determinación y una destreza recién adquirida. Esa destreza provenía del más recóndito y misterioso lugar, un lugar de calma dentro de su corazón, donde se hallaban los atributos nobles de su animal totémico. Ella era Águila, el pájaro de más alto vuelo, la reina del cielo, la que hace su nido donde sólo los ángeles alcanzan.

El águila/niña siguió ascendiendo paso a paso. El aire caliente y húmedo del valle inferior se transformó en una brisa fresca, que la impulsó hacia arriba. Se detuvo a menudo, muy cansada, luchando contra la tentación de mirar hacia abajo o calcular la distancia hacia arriba, concentrada sólo en el próximo movimiento. Una sed terrible la abrasaba; sentía la boca llena de arena, con un sabor amargo, pero no podía soltarse para desprender de su espalda la calabaza de agua que le había dado Walimai. Beberé cuando llegue arriba, murmuraba, pensando en el agua fría y limpia bañándola por dentro. Si al menos lloviera, pensó, pero ni una gota caía de las nubes. Cuando creía que ya no podría dar un paso más, sentía el talismán mágico de Walimai colgado a su cuello y eso le daba valor. Era su protección. La había ayudado a ascender las rocas negras y lisas de la cascada, la había hecho amiga de los indios, la había amparado de las Bestias; mientras lo tuviera estaba a salvo.

Mucho después su cabeza alcanzó las primeras nubes, densas como merengue, y entonces una blancura de leche la envolvió. Siguió trepando a tientas, aferrándose a las rocas y la vegetación, cada vez más escasa a medida que subía. No tenía conciencia de que le sangraban las manos, las rodillas y los pies, sólo pensaba en el mágico poder que la sostenía, hasta que de pronto una de sus manos palpó una hendidura ancha. Pronto logró izar todo el cuerpo y se encontró en la cima del *tepui*, siempre oculta por la acumulación de nubes. Una potente exclamación de triunfo, un alarido ancestral y salvaje como el tremendo grito de cien águilas al unísono, brotó del pecho de Nadia Santos y fue a estrellarse contra las rocas de otras cimas, rebotando y ampliándose, hasta perderse en el horizonte.

La chica esperó inmóvil en la altura hasta que su grito se perdió en las últimas grietas de la gran meseta. Entonces se calmó el tambor de su corazón y pudo respirar a fondo. Apenas se sintió firme sobre las rocas, echó mano de la calabaza de agua y bebió todo el contenido. Nunca había deseado algo tanto. El líquido fresco entró por su garganta, limpiando la arena y la amargura de su boca, humedeciendo su lengua y sus labios resecos, penetrando por todo su cuerpo como un bálsamo prodigioso, capaz de curar la angustia y borrar el dolor. Comprendió que la felicidad consiste en alcanzar aquello que hemos esperado por mucho tiempo.

La altura y el brutal esfuerzo de llegar hasta allí y de superar sus terrores actuaron como una droga más poderosa que la de los indios en Tapirawa-teri o la poción de los sueños colectivos de Walimai. Volvió a sentir que volaba, pero ya no tenía el cuerpo del águila, se había desprendido de todo lo material, era puro espíritu. Estaba suspendida en un espacio glorioso. El mundo había quedado muy lejos, abajo, en el plano de las ilusiones. Flotó allí por un rato incalculable y de pronto vio un agujero en el cielo radiante. Sin vacilar se lanzó como una flecha a través de esa apertura y entró en un espacio vacío y oscuro, como el infinito firmamento en una noche sin luna. Ése era el espacio absoluto de todo lo divino y de la muerte, el espacio donde el espíritu mismo se disuelve. Ella era el vacío, sin deseos, ni recuerdos. No había nada que temer. Allí permaneció fuera del tiempo.

Pero en la cima del *tepui* el cuerpo de Nadia poco a poco

la llamaba, reclamándola. El oxígeno devolvió a su mente el sentido de la realidad material, el agua le dio la energía necesaria para moverse. Finalmente el espíritu de Nadia hizo el viaje inverso, volvió a cruzar como una flecha la apertura en el vacío, llegó a la bóveda gloriosa donde flotó unos instantes en la inmensa blancura, y de allí pasó a la forma del águila. Debió resistir la tentación de volar para siempre sostenida por el viento y, con un último esfuerzo, regresar a su cuerpo de niña. Se encontró sentada en la cima del mundo y miró a su alrededor.

Estaba en el punto más alto de una meseta, rodeada del vasto silencio de las nubes. Aunque no podía ver la altura o la extensión del sitio donde se encontraba, calculó que el hoyo en el centro del *tepui* era pequeño, en comparación con la inmensidad de la montaña que lo contenía. El terreno se veía quebrado en hondas grietas, en parte rocoso y en otras cubierto de vegetación tupida. Supuso que pasaría mucho tiempo antes que los pájaros de acero de los *nahab* exploraran ese lugar, porque era absurdo tratar de aterrizar allí, ni siquiera con un helicóptero, y para una persona moverse en la rugosidad de esa superficie resultaba casi imposible. Se sintió desfallecer, porque podría buscar el nido por el resto de sus días sin encontrarlo en esas grietas, pero luego recordó que Walimai le había indicado exactamente por dónde subir. Descansó un momento y se puso en marcha, subiendo y bajando de roca en roca, impulsada por una fuerza desconocida, una especie de instintiva certeza.

No tuvo que ir lejos. A poca distancia, en una hendidura formada por grandes rocas se encontraba el nido y en su centro vio los tres huevos de cristal. Eran más pequeños y más brillantes que los de su visión, maravillosos.

Con mil precauciones, para no resbalar en una de las profundas fisuras, donde se habría partido todos los huesos, Nadia Santos se arrastró hasta el nido. Sus dedos se cerraron sobre la reluciente perfección del cristal, pero su brazo no pudo moverlo. Extrañada, cogió otro huevo. No logró levantarlo y tampoco el tercero. Era imposible que esos objetos, del tamaño de un huevo de tucán, pesaran de esa manera. ¿Qué sucedía? Los examinó, empujándolos por todos lados, hasta comprobar que no estaban pegados ni atornillados, al contrario, parecían descansar casi flotando en el mullido colchón de palitos y plumas. La muchacha se sentó sobre una de las rocas sin entender lo que ocurría y sin poder creer que toda esa aventura y el esfuerzo de llegar hasta allí hubieran sido inútiles. Tuvo fuerza sobrehumana para subir como una lagartija por las paredes internas del *tepui* y ahora, cuando finalmente estaba en la cima, las fuerzas le fallaban para mover ni un milímetro el tesoro que había ido a buscar.

Nadia Santos vaciló, trastornada, sin imaginar la solución de ese enigma, por largos minutos. De súbito se le ocurrió que esos huevos pertenecían a alguien. Tal vez las Bestias los habían puesto allí, pero también podían ser de alguna criatura fabulosa, un ave o un reptil, como los dragones. En ese caso la madre podría aparecer en cualquier momento y, al encontrar una intrusa cerca de su nido, lanzarse al ataque con justificada furia. No debía quedarse allí, decidió, pero tampoco pensaba renunciar a los huevos. Walimai había dicho que no podría regresar con las manos vacías... ¿Qué más le dijo el chamán? Que debía volver antes de la noche. Y entonces recordó lo que ese brujo sabio le había enseñado el día anterior: la ley de reciprocidad. Por cada cosa que uno toma, se debe dar otra a cambio.

Se miró desconsolada. Nada tenía para dar. Sólo llevaba puestos una camiseta, unos pantalones cortos y un canasto atado a la espalda. Al revisar su cuerpo se dio cuenta por primera vez de arañazos, magulladuras y heridas abiertas que le habían producido las rocas al ascender la montaña. Su sangre, donde se concentraba la energía vital que le había permitido llegar hasta allí, era tal vez su única posesión valiosa. Se aproximó, presentando su cuerpo adolorido para que la sangre goteara sobre el nido. Unas manchitas rojas salpicaron las suaves plumas. Al inclinarse sintió el talismán contra su pecho y comprendió de inmediato que ése era el precio que debía pagar por los huevos. Dudó por largos minutos. Entregarlo significaba renunciar a los poderes mágicos de protección, que ella atribuía al hueso tallado, regalo del chamán. Nunca tendría nada tan mágico como ese amuleto, era mucho más importante para ella que los huevos, cuya utilidad no podía siquiera imaginar. No, no podía desprenderse de eso, decidió.

Nadia cerró los ojos, agotada, mientras el sol que se filtraba por las nubes iba cambiando de color. Por unos instantes regresó al sueño alucinante de la *ayahuasca*, que tuvo en el funeral de Mokarita y volvió a ser el águila volando por un cielo blanco, suspendida por el viento, ligera y poderosa. Vio los huevos desde arriba, brillando en el nido, como en esa visión, y tuvo la misma certeza de entonces: esos huevos contenían la salvación para la gente de la neblina. Por último, abrió los ojos con un suspiro, se quitó el talismán del cuello y lo colocó sobre el nido. Enseguida estiró la mano y tocó uno de los huevos, que al punto cedió y pudo levantarlo sin esfuerzo. Los otros dos fueron igualmente fáciles de tomar. Colocó los tres con cuidado en su canasto y se dispuso a descender por donde había subido. Aún se filtraba luz de sol a través de las nubes; calculó que el descenso debía ser más rápido y que llegaría abajo antes del anochecer, como le había advertido Walimai.

16
El agua de la salud

Mientras Nadia Santos ascendía a la cima del *tepui*, Alexander Cold bajaba por un pasaje angosto hacia el vientre de la tierra, un mundo cerrado, caliente, oscuro y palpitante, como sus peores pesadillas. Si al menos tuviera una linterna... Debía avanzar a tientas, gateando a veces y arrastrándose otras, en completa oscuridad. Sus ojos no se acostumbraron, porque las tinieblas eran absolutas. Extendía una mano palpando la roca para calcular la dirección y el ancho del túnel, luego movía el cuerpo, culebreando hacia adentro, centímetro a centímetro. A medida que avanzaba el túnel parecía angostarse y pensó que no podría dar la vuelta para salir. El poco aire que había era sofocante y fétido; era como estar enterrado en una tumba. Allí de nada le servían los atributos del jaguar negro; necesitaba otro animal totémico, algo así como un topo, una rata o un gusano.

Se detuvo muchas veces con intención de retroceder antes de que fuera demasiado tarde, pero cada vez siguió adelante impulsado por el recuerdo de su madre. Con cada minuto transcurrido aumentaba la opresión en su pecho y el terror se hacía más y más insondable. Volvió a oír el sordo golpeteo de un corazón, que había escuchado en el laberinto con Walimai. Su mente, enloquecida, barajaba los innumerables peligros que lo acechaban; el peor de todos era quedar sepultado vivo en las entrañas de esa montaña. ¿Cuán largo era ese pasaje? ¿Llegaría hasta el final o caería vencido por el camino? ¿Le alcanzaría el oxígeno o moriría asfixiado?

En un momento Alexander cayó tendido de bruces, agotado, gimiendo. Tenía los músculos tensos, la sangre agolpada en las sienes, cada nervio de su cuerpo adolorido; no podía razonar, sentía que su cabeza iba a explotar por falta de aire. Nunca había tenido tanto miedo, ni siquiera durante la larga noche de su iniciación entre los indios. Trató de recordar las emociones que lo sacudían cuando quedó colgando de una cuerda en El Capitán, pero no era comparable. Entonces estaba en el pico de una montaña, ahora estaba en su interior. Allí estaba con su padre, aquí estaba absolutamente solo. Se abandonó a la desesperación, temblando, extenuado. Por un tiempo eterno las tinieblas penetraron en su mente y perdió el rumbo, llamando sin voz a la muerte, derrotado. Y entonces, cuando su espíritu se alejaba en la oscuridad, la voz de su padre se abrió camino por las brumas de su cerebro y le llegó, primero como un susurro casi imperceptible, luego con más claridad. ¿Qué le había dicho su padre muchas veces cuando le enseñaba a escalar rocas? «Quieto, Alexander, busca el centro de ti mismo, donde está tu fuerza. Respira. Al inhalar te cargas de energía, al exhalar te desprendes de la tensión. No pienses, obedece tu instinto.» Era lo que él mismo le había aconsejado a Nadia cuando subieron al Ojo del Mundo. ¿Cómo lo había olvidado?

Se concentró en respirar: inhalar energía, sin pensar en la falta de oxígeno, exhalar su terror, relajarse, rechazar los pensamientos negativos que lo paralizaban. Puedo hacerlo, puedo hacerlo..., repitió. Poco a poco regresó a su cuerpo. Visualizó los dedos de sus pies y los fue relajando uno a uno, luego las piernas, las rodillas, las caderas, la espalda, los brazos hasta las puntas de los dedos, la nuca, la mandíbula, los párpados. Ya podía respirar mejor, dejó de sollozar. Ubicó el centro de sí mismo, un lugar rojo y vibrante a la altura del ombligo. Escuchó los latidos de su corazón. Sintió un cosquilleo en la piel, luego un calor por las venas, finalmente la fuerza regresó a su cuerpo, sus sentidos y su mente.

Alexander Cold lanzó una exclamación de alivio. El sonido tardó unos instantes en rebotar contra algo y volver a sus oídos. Se dio cuenta que así actuaba el sónar de los murciélagos, permitiéndoles desplazarse en la oscuridad. Repitió la exclamación, esperó que volviera indicándole la distancia y la dirección, así pudo «oír con el corazón», como le había dicho tantas veces Nadia. Había descubierto la forma de avanzar en las tinieblas.

El resto del viaje por el túnel transcurrió en un estado de semiinconsciencia, en el cual su cuerpo se movía solo, como si conociera el camino. De vez en cuando Alex se conectaba brevemente con su pensamiento lógico y en un chispazo deducía que ese aire cargado de gases desconocidos debía afectarle la mente. Más tarde pensaría que vivió un sueño.

Cuando parecía que el angosto pasaje no terminaría nunca, el muchacho oyó un rumor de agua, como un río, y una bocanada de aire caliente alcanzó sus agotados pulmones. Eso renovó sus fuerzas. Se impulsó hacia delante y en un recodo del subterráneo percibió que sus ojos alcanzaban a distinguir algo en la negrura. Una claridad, muy tenue al principio, fue surgiendo poco a poco. Siguió arrastrándose, esperanzado, y vio que la luz y el aire aumentaban. Pronto se encontró en una cueva que debía estar conectada al exterior de alguna manera, porque aparecía débilmente iluminada. Un extraño olor le dio en las narices, persistente, un poco nauseabundo, como de vinagre y flores podridas. La cueva tenía las mismas formaciones de relucientes minerales que viera en el laberinto. Las facetas labradas de esas estructuras actuaban como espejos, reflejando y multiplicando la escasa luz que penetraba hasta allí. Se encontró a la orilla de una pequeña laguna, alimentada por un riachuelo de aguas blancas, como leche magra. Viniendo de la tumba donde había estado, esa laguna y ese río blancos le parecieron lo más hermoso que había visto en su vida. ¿Sería ésa la fuente de la eterna juventud? El olor lo mareaba, pensó que debía ser un gas que se desprendía de las profundidades, tal vez un gas tóxico que le embotaba el cerebro.

Una voz susurrante y acariciadora llamó su atención. Sorprendido, percibió algo en la otra orilla de la pequeña laguna, a pocos metros de distancia, y cuando logró ajustar sus pupilas a la poca luz de la cueva, distinguió una figura humana. No podía verla bien, pero la forma y la voz eran de una muchacha. Imposible, dijo, las sirenas no existen, me estoy volviendo loco, es el gas, el olor; pero la muchacha parecía real, su largo cabello se movía, su piel irradiaba luz, sus gestos eran humanos, su voz seductora. Quiso lanzarse al agua blanca para beber hasta saciarse y para lavarse la tierra que lo cubría, así como la sangre de las magulladuras en sus codos y rodillas. La tentación de acercarse a la bella criatura que lo llamaba y abandonarse al placer era insoportable. Iba a hacerlo cuando notó que la aparición era igual a Cecilia Burns, su mismo cabello castaño, sus mismos ojos azules, sus mismos gestos lánguidos. Una parte aún consciente de su cerebro le advirtió que esa sirena era una creación de su mente, tal como lo eran esas medusas de mar, gelatinosas y transparentes, que flotaban en el aire pálido de la caverna. Recordó lo que había oído de la mitología de los indios, las historias que había contado Walimai sobre los orígenes del universo, donde figuraba el Río de Leche que contenía todas las semillas de la vida, pero también putrefacción y muerte. No, ésa no era el agua milagrosa que devolvería la salud a su madre, decidió; era una jugarreta de su mente para distraerlo de su misión. No había tiempo para perder, cada minuto era precioso. Se tapó la nariz con la camiseta, luchando contra la penetrante fragancia que lo aturdía. Vio que a lo largo de la orilla donde estaba se extendía un angosto pasaje, que se perdía siguiendo el curso del riachuelo, y por allí escapó.

Alexander Cold siguió el sendero, dejando atrás la laguna y la prodigiosa aparición de la muchacha. Le sorprendió que la tenue claridad persistía, al menos ya no debía ir arrastrándose y a tientas. El aroma fue haciéndose más tenue, hasta desaparecer del todo. Avanzó lo más deprisa que pudo, agachado, procurando no golpear la cabeza contra el techo y manteniendo el equilibrio en la estrecha cornisa, pensando que si caía al río más abajo tal vez sería arrastrado. Lamentó no disponer de tiempo para averiguar qué era ese líquido blanco parecido a la leche y con olor a aliño para ensalada. El largo sendero estaba cubierto de un moho resbaloso donde hervía un millar de criaturas minúsculas, larvas, insectos, gusanos y grandes sapos azulados, con la piel tan transparente que se podían ver los órganos internos palpitando. Sus largas lenguas, como de serpiente, intentaban alcanzar sus piernas. Alex echaba de menos sus botas, porque debía patearlos descalzo y sus cuerpos blandos y fríos como gelatina le daban un asco incontrolable. Doscientos metros más allá la capa de moho y los sapos desaparecieron y el sendero se volvió más ancho. Aliviado, pudo echar una mirada a su alrededor y entonces notó por primera vez que las paredes estaban salpicadas de hermosos colores. Al examinarlas de cerca comprendió que eran piedras preciosas y vetas de ricos metales. Abrió su navaja del Ejército suizo y escarbó en la roca, comprobando que las piedras se desprendían con cierta facilidad. ¿Qué eran? Reconoció algunos colores, como el verde intenso de las esmeraldas y el rojo puro de los rubíes. Estaba rodeado de un fabuloso tesoro: ése era el verdadero El Dorado, codiciado por aventureros durante siglos.

Bastaba tallar las paredes con su cuchillo para cosechar una fortuna. Si llenaba la calabaza que le había dado Walimai con esas piedras preciosas, regresaría a California convertido en millonario, podría pagar los mejores tratamientos para la enfermedad de su madre, comprar una casa nueva para sus padres, educar a sus hermanas. ¿Y para él? Se compraría un coche de carrera para matar de envidia a sus amigos y dejar a Cecilia Burns con la boca abierta. Esas joyas eran la solución de su vida: podría dedicarse a la música, a escalar montañas o a lo que quisiera, sin tener que preocuparse de ganar un sueldo… ¡No! ¿Qué estaba pensando? Esas piedras preciosas no eran sólo suyas, debían servir para ayudar a los indios. Con esa increíble riqueza obtendría poder para cumplir con la misión que le había asignado Iyomi: negociar con los *nahab*. Se convertiría en el protector de la tribu y de sus bosques y cascadas; con la pluma de su abuela y su dinero transformarían el Ojo del Mundo en la reserva natural más extensa del mundo. En unas pocas horas podría llenar la calabaza y cambiar el destino de la gente de la neblina y de su propia familia.

El muchacho empezó a hurgar con la punta de su cuchillo

en torno a una piedra verde, haciendo saltar pedacitos de la roca. Minutos más tarde logró soltarla y cuando la tuvo entre los dedos pudo verla bien. No tenía el brillo de una esmeralda pulida, como las de los anillos, pero sin duda era del mismo color. Iba a ponerla en la calabaza, cuando recordó el propósito de esa misión al fondo de la tierra: llenar la calabaza con el agua de la salud. No. No serían joyas las que comprarían la salud de su madre; se requería algo milagroso. Con un suspiro guardó la piedra verde en el bolsillo del pantalón y siguió adelante, preocupado porque había perdido minutos preciosos y no sabía cuánto más debería andar hasta llegar a la fuente maravillosa.

De súbito el sendero terminó ante un cúmulo de piedras. Alex tanteó seguro que debía haber una forma de seguir adelante, no podía ser que su viaje terminara de esa manera tan abrupta. Si Walimai lo había enviado a ese infernal viaje a las profundidades de la montaña era porque la fuente existía, todo era cuestión de encontrarla; pero podría ser que hubiera tomado el camino equivocado, que en alguna bifurcación del túnel se hubiera desviado. Tal vez debió cruzar la laguna de leche, porque la muchacha no era una tentación para distraerlo, sino su guía para encontrar el agua de la salud... Las dudas empezaron a retumbar como gritos a todo volumen en su cerebro. Se llevó las manos a las sienes, procurando calmarse, repitió la respiración profunda que había practicado en el túnel, y prestó oídos a la voz remota de su padre, que lo guiaba. Debo situarme en el centro de mí mismo, donde hay calma y fuerza, murmuró. Decidió no perder energía contemplando los posibles errores cometidos, sino en el obstáculo que tenía por delante. Durante el invierno del año anterior, su madre le había pedido que trasladara una gran pila de leña del patio al fondo del garaje.

Cuando él alegó que ni Hércules podía hacerlo, su madre le mostró la forma: un palo a la vez.

El joven fue quitando piedras, primero los guijarros, luego las rocas medianas, que se soltaban con facilidad, finalmente los peñascos grandes. Fue un trabajo lento y pesado, pero al cabo de un tiempo había abierto un boquete. Una bocanada de vapor caliente le dio en el rostro, como si hubiera abierto la puerta de un horno, obligándolo a retroceder. Esperó, sin saber cuál era el paso siguiente, mientras salía el chorro de aire. Nada sabía de minería, pero había leído que en el interior de las minas suele haber escapes de gas y supuso que, si de eso se trataba, estaba condenado. Se dio cuenta que a los pocos minutos el chorro disminuía, como si hubiera estado a presión, y finalmente desaparecía. Aguardó un rato y luego asomó la cabeza por el hueco.

Al otro lado había una caverna con un pozo profundo en el centro, de donde surgían humaredas y una luz rojiza. Se oían pequeñas explosiones, como si abajo hirviera algo espeso, que reventaba en burbujas. No tuvo que acercarse para adivinar que debía ser lava ardiente, tal vez los últimos residuos de actividad de un antiquísimo volcán. Estaba en el corazón del cráter. Contempló la posibilidad de que los vapores fueran tóxicos, pero como no olían mal decidió que podía adentrarse en la caverna. Pasó el resto del cuerpo por la apertura y se encontró sobre un suelo de piedra caliente. Aventuró un paso, luego otro más, decidido a explorar el recinto. El calor era peor que una sauna y pronto estuvo completamente bañado en sudor, pero había suficiente aire para respirar. Se quitó la camiseta y se la amarró en torno a la boca y la nariz. Le lloraban los ojos. Comprendió que debía avanzar con extrema prudencia para no resbalar al pozo.

La caverna era amplia y de forma irregular, alumbrada por la luz rojiza y titilante del fuego que crepitaba abajo. Hacia su derecha se abría otra sala, que exploró tentativamente, descubriendo que era más oscura, porque apenas llegaba la luz que alumbraba la primera. En ella la temperatura resultaba más soportable, tal vez por alguna fisura entraba aire fresco. El muchacho estaba en el límite de su resistencia, empapado de sudor y sediento, convencido de que las fuerzas no le alcanzarían para regresar por el largo camino que ya había recorrido. ¿Dónde estaba la fuente que buscaba?

En ese momento sintió una fuerte brisa y de inmediato una vibración espantosa que resonó en sus nervios, como si estuviera dentro de un gran tambor metálico. Se tapó los oídos en forma instintiva, pero no era ruido, sino una insoportable energía y no había forma de defenderse de ella. Se volvió buscando la causa. Y entonces lo vio. Era un murciélago gigantesco, cuyas alas extendidas debían medir unos cinco metros de punta a punta. Su cuerpo de rata era dos veces más grande que su perro Poncho y en su cabezota se abría un hocico provisto de largos colmillos de fiera. No era negro, sino totalmente blanco, un murciélago albino.

Aterrado, Alex comprendió que ese animal, como las Bestias, era el último sobreviviente de una edad muy antigua, cuando los primeros seres humanos levantaron la frente del suelo para mirar asombrados a las estrellas, miles y miles de años atrás. La ceguera del animal no era una ventaja para él, porque esa vibración era su sistema de sónar: el vampiro sabía exactamente cómo era y dónde se encontraba el intruso. La ventolera se repitió: eran las alas agitándose, listas para el ataque. ¿Era ése el

Rahakanariwa de los indios, el terrible pájaro chupasangre?

Su mente echó a volar. Sabía que sus posibilidades de escapar eran casi nulas, porque no podía retroceder a la otra sala y echar a correr en ese terreno traicionero sin riesgo de caer al pozo de lava. En forma instintiva se llevó la mano a la navaja del Ejército suizo que tenía en la cintura, aunque sabía que era un arma ridícula comparada con el tamaño de su enemigo. Sus dedos tropezaron con la flauta colgada de su cinturón, y sin pensarlo dos veces la desató y se la llevó a los labios. Alcanzó a murmurar el nombre de su abuelo Joseph Cold, pidiéndole ayuda en ese instante de peligro mortal, y luego comenzó a tocar.

Las primeras notas resonaron cristalinas, frescas, puras, en aquel recinto maléfico. El enorme vampiro, extremadamente sensible a los sonidos, recogió las alas y pareció encogerse de tamaño. Había vivido tal vez varios siglos en la soledad y el silencio de ese mundo subterráneo, aquellos sonidos tuvieron el efecto de una explosión en su cerebro, se sintió acribillado por millones de punzantes dardos. Lanzó otro grito en su onda inaudible para oídos humanos, aunque claramente dolorosa, pero la vibración se confundió con la música y el vampiro, desconcertado, no pudo interpretarla en su sónar.

Mientras Alex tocaba su flauta, el gran murciélago blanco se movió hacia atrás, retrocediendo poco a poco, hasta quedar inmóvil en un rincón, como un oso blanco alado, los colmillos y las garras a la vista, pero paralizado. Una vez más el muchacho se maravilló del poder de esa flauta, que lo había acompañado en cada momento crucial de su aventura. Al moverse el animal, vio un tenue hilo de agua que chorreaba por la pared de la caverna y entonces supo que había llegado al fin de su camino: estaba frente a la fuente de la eterna juventud. No era el abundante manantial en medio de un jardín, que describía la leyenda. Eran apenas unas gotas humildes deslizándose por la roca viva.

Alexander Cold avanzó con cautela, un paso a la vez, sin dejar de tocar la flauta, acercándose al monstruoso vampiro, procurando pensar con el corazón y no con la cabeza. Era ésa una experiencia tan extraordinaria, que no podía confiar sólo en la razón o la lógica, había llegado el momento de utilizar el mismo recurso que le servía para escalar montañas y crear música: la intuición. Trató de imaginar cómo sentía el animal y concluyó que debía estar tan aterrado como él mismo lo estaba. Se encontraba por primera vez ante un ser humano, nunca había escuchado sonidos como el de la flauta y el ruido debía ser atronador en su sónar, por eso estaba como hipnotizado. Recordó que debía recoger el agua en la calabaza y regresar antes del anochecer. Resultaba imposible calcular cuántas horas había estado en el mundo subterráneo, pero lo único que deseaba era salir de allí lo antes posible.

Mientras producía una sola nota con la flauta, valiéndose de una mano, extendió la otra hacia la fuente, casi rozando al vampiro, pero apenas cayeron las primeras gotas adentro de la calabaza, el agua del chorrito disminuyó hasta desaparecer del todo. La frustración de Alex fue tan enorme, que estuvo a punto de arremeter a puñetazos contra la roca. Lo único que lo detuvo fue el horrendo animal que se erguía como un centinela a su lado.

Y entonces, cuando iba a dar media vuelta, se acordó de las palabras de Walimai sobre la ley inevitable de la naturaleza: dar tanto como se recibe. Pasó revista a sus escasos bienes: la brújula, la navaja del Ejército suizo y su flauta. Podía dejar los dos primeros, que de todos modos no le servirían de mucho, pero no podía desprenderse de su flauta mágica, la herencia de su famoso abuelo, su instrumento de poder. Sin ella estaba perdido. Depositó la brújula y la navaja en el suelo y esperó. Nada. Ni una sola gota más cayó de la roca.

Entonces comprendió que esa agua de la salud era el tesoro más valioso de este mundo para él, lo único que podría salvar la vida de su madre. A cambio debía entregar su más preciosa posesión. Colocó la flauta en el suelo mientras las últimas notas reverberaban entre las paredes de la caverna. De inmediato el débil chorrito de agua volvió a fluir. Esperó eternos minutos que se llenara la calabaza, sin perder de vista al vampiro, que acechaba a su lado. Estaba tan cerca, que podía oler su fetidez de tumba y contar sus dientes y sentir una compasión infinita por la profunda soledad que lo envolvía, pero no permitió que eso lo distrajera de su tarea. Una vez que la calabaza estuvo rebosando, retrocedió con lentitud, para no provocar al monstruo. Salió de la caverna, entró a la otra, donde se oía el gorgoriteo de la lava ardiendo en las entrañas de la tierra, y luego se deslizó por el boquete. Pensó poner las piedras de vuelta para taparlo, pero no disponía de tiempo y supuso que el vampiro era demasiado grande para escapar por ese hueco y no lo seguiría.

Hizo el camino de vuelta más rápido, porque ya lo conocía. No tuvo la tentación de recoger piedras preciosas y cuando pasó por la laguna de leche donde aguardaba el espejismo de Cecilia Burns, se tapó la nariz para defenderse del gas fragante que perturbaba el entendimiento y no se detuvo. Lo más difícil fue volver a introducirse en el angosto túnel por donde había entrado, sosteniendo la calabaza verticalmente para no vaciar el agua. Tenía un tapón: un trozo de piel amarrado con una cuerda, pero no era hermético y no deseaba perder ni una gota del maravilloso líquido de la salud. Esta vez el pasadizo, aunque oprimente y tenebroso, no le resultó tan horrible, porque sabía que al final alcanzaría la luz y el aire.

El colchón de nubes en la boca del *tepui*, que recibía los últimos rayos del sol, había adquirido tonos rojizos, desde el óxido hasta el dorado. Las seis lunas de luz comenzaban a desaparecer en el extraño firmamento del *tepui*, cuando Nadia Santos y Alexander Cold regresaron. Walimai esperaba en el anfiteatro de la ciudad de oro, frente al consejo de las Bestias acompañado por Borobá. Apenas el mono vio a su ama corrió, aliviado, a colgarse de su cuello. Los jóvenes estaban extenuados, con el cuerpo cubierto de arañazos y magulladuras, pero cada uno traía el tesoro que habían ido a buscar. El anciano brujo no dio muestras de sorpresa, los recibió con la misma serenidad con que cumplía cada acto de su existencia y les indicó que había llegado el momento de partir. No había tiempo para descansar, durante la noche deberían cruzar el interior de la montaña y salir afuera, al Ojo del Mundo.

—Tuve que dejar mi talismán —contó Nadia, desalentada a su amigo.

—Y yo mi flauta —replicó él.

—Puedes conseguir otra. La música la haces tú, no la flauta —dijo Nadia.

—También los poderes del talismán están dentro de ti —la consoló él.

Walimai observó los tres huevos cuidadosamente y olisqueó el agua de la calabaza. Aprobó con gran seriedad. Luego desató una de las bolsitas de piel que pendían de su bastón de curandero y se la entregó a Alex con instrucciones de moler las hojas y mezclarlas con esa agua para curar a su madre. El muchacho se colgó la bolsita al cuello, con lágrimas en los ojos. Walimai agitó el cilindro de cuarzo sobre la cabeza de Alex durante un buen rato, lo sopló en el pecho, las sienes y la espalda, lo tocó en los brazos y las piernas con su bastón.

—Si no fueras *nahab*, serías mi sucesor, naciste con alma de chamán. Tienes el poder de sanar, úsalo bien —le dijo.

—¿Significa eso que puedo curar a mi madre con esta agua y estas hojas?

—Puede ser y puede no ser...

Alex se daba cuenta de que sus ilusiones no tenían una base lógica, debía confiar en los modernos tratamientos del hospital de Texas y no en una calabaza con agua y unas hojas secas obtenidas de un anciano desnudo en el medio del Amazonas, pero en ese viaje había aprendido a abrir su mente a los misterios. Existían poderes sobrenaturales y otras dimensiones de la realidad, como este *tepui* poblado de criaturas de épocas prehistóricas. Cierto, casi todo podía explicarse racionalmente, incluso las Bestias, pero Alex prefirió no hacerlo y se entregó simplemente a la esperanza de un milagro.

El consejo de los dioses había aceptado las advertencias de los niños forasteros y del sabio Walimai. No saldrían a matar a los *nahab*, era una tarea inútil, puesto que eran tan numerosos como las hormigas y siempre vendrían otros. Las Bestias permanecerían en su montaña sagrada, donde estaban seguras, al menos por el momento.

Nadia y Alex se despidieron con pesar de las grandes perezas. En el mejor de los casos, si todo salía bien, la entrada laberíntica al *tepui* no sería descubierta y tampoco descenderían los helicópteros desde el aire. Con suerte pasaría otro siglo antes que la curiosidad humana alcanzara el último refugio de los tiempos prehistóricos. De no ser así, al menos esperaban que la comunidad científica defendiera a esas extraordinarias criaturas antes que la codicia de los aventureros las destruyera. En todo caso, no volverían a ver a las Bestias.

Ascendieron las gradas que conducían al laberinto cuando caía la noche, alumbrado por la antorcha de resina de Walimai. Recorrieron sin vacilar el intricado sistema de túneles, que el chamán conocía a la perfección. En ningún momento dieron con un callejón sin salida, nunca debieron retroceder o desandar el camino, porque el brujo llevaba el mapa grabado en la mente. Alex renunció a la idea de memorizar las vueltas, porque aunque hubiera podido recordarlas o incluso dibujarlas en un papel, de todos modos carecía de puntos de referencia y sería imposible ubicarse.

Llegaron a la maravillosa caverna donde vieron al primer dragón y se extasiaron una vez más ante los colores de las piedras preciosas, los cristales y los metales que relucían en su interior. Era una verdadera cueva de Alí Babá, con todos los fabulosos tesoros que la mente más ambiciosa podía imaginar. Alex se acordó de la piedra verde que se había echado al bolsillo y la sacó para compararla. En el resplandor pálido de la caverna la piedra ya no era verde, sino amarillenta y entonces comprendió que el color de esas gemas era producto de la luz y posiblemente tenían tan poco valor como la mica de El Dorado. Había hecho bien al rechazar la tentación de llenar su calabaza con ellas, en vez de hacerlo con el agua de la salud. Guardó la falsa esmeralda como recuerdo: se la llevaría de regalo a su madre.

El dragón alado estaba en su rincón, tal como lo vieran la primera vez, pero con otro más pequeño y de colores rojizos, tal vez su compañera. No se movieron ante la presencia de los tres seres humanos, tampoco cuando la esposa espíritu de Walimai voló a saludarlos, revoloteando en torno a ellos como un hada sin alas.

En esta ocasión, tal como le había ocurrido en su peregrinaje al fondo de la tierra, a Alex le pareció que el regreso era más corto y fácil, porque conocía el camino y no esperaba sorpresas. No las hubo y después de recorrer el último pasaje se encontraron en la cueva a pocos metros de la salida. Allí Walimai les indicó que se sentaran, abrió una de sus misteriosas bolsitas y sacó unas hojas que parecían de tabaco. Les explicó brevemente que debían ser «limpiados» para borrar el recuerdo de lo que habían visto. Alex no quería olvidar a las Bestias ni su viaje al fondo de la tierra, tampoco Nadia deseaba renunciar a lo aprendido, pero Walimai les aseguró que recordarían todo eso, sólo borraría de sus mentes el camino, para que no pudieran volver a la montaña sagrada.

El hechicero enrolló las hojas, pegándolas con saliva, las encendió como un cigarro y procedió a fumarlo. Inhalaba y luego soplaba el humo con fuerza en la boca de los chicos, primero de Alex y luego de Nadia. No era un tratamiento agradable, el humo, fétido, caliente y picante, se iba derecho a la frente y el efecto era como aspirar pimienta. Sintieron un pinchazo agudo en la cabeza, deseos incontrolables de estornudar y pronto estaban mareados. Volvió a la mente de Alex su primera experiencia con tabaco, cuando su abuela Kate se encerró con él a fumar en el coche hasta que lo dejó enfermo. Esta vez los síntomas eran parecidos y además todo giraba a su alrededor.

Entonces Walimai apagó la antorcha. La cueva no recibía el

débil rayo de luz que la alumbraba días antes, cuando entraron y la oscuridad era total. Los jóvenes se tomaron de la mano, mientras Borobá gemía asustado, sin soltarse de la cintura de su ama. Los dos jóvenes, sumergidos en las tinieblas, percibieron monstruos acechando y oyeron espeluznantes alaridos, pero no tuvieron miedo. Con la escasa lucidez que les quedaba, dedujeron que esas visiones terroríficas eran efecto del humo inhalado y que, en todo caso, mientras el brujo amigo estuviera con ellos, se encontraban a salvo... Se acomodaron en el suelo abrazados y a los pocos minutos habían perdido la conciencia.

No pudieron calcular cuánto rato estuvieron dormidos. Despertaron poco a poco y pronto sintieron la voz de Walimai nombrándolos y sus manos tanteando para encontrarlos. La cueva ya no estaba totalmente oscura, una suave penumbra permitía vislumbrar sus contornos. El chamán les señaló el estrecho pasaje por donde debían salir al exterior y ellos, todavía algo mareados, lo siguieron. Salieron al bosque de helechos. Ya había amanecido en el Ojo del Mundo.

17
El pájaro caníbal

Al día siguiente los viajeros emprendieron la marcha de vuelta a Tapirawa-teri. Al aproximarse vieron el brillo de los helicópteros entre los árboles y supieron que la civilización de los *nahab* había finalmente alcanzado a la aldea. Walimai decidió quedarse en el bosque; toda su vida se había mantenido alejado de los forasteros y no era ése el momento de cambiar sus hábitos. El chamán, como toda la gente de la neblina, poseía el talento de volverse casi invisible y durante años había rondado a los *nahab*, acercándose a sus campamentos y pueblos para observarlos, sin que nadie sospechara su existencia. Sólo lo conocían Nadia Santos y el padre Valdomero, su amigo desde los tiempos en que el sacerdote vivió con los indios. El brujo había encontrado a la «niña color de miel» en varias de sus visiones y estaba convencido de que era una enviada de los espíritus. La consideraba de su familia, por eso le dio permiso para llamarlo por su nombre cuando estaban solos, le contó los mitos y leyendas de los indios, le regaló su talismán y la condujo a la ciudad sagrada de los dioses.

Alex tuvo un sobresalto de alegría al ver de lejos a los helicópteros: no estaba perdido para siempre en el planeta de las

Bestias, podría regresar al mundo conocido. Supuso que los helicópteros habían recorrido el Ojo del Mundo durante varios días buscándolos. Su abuela debió haber armado un lío monumental cuando él desapareció, obligando al capitán Ariosto a peinar la inmensa región desde el aire. Posiblemente vieron el humo de la pira funeraria de Makarita y así descubrieron la aldea.

Walimai explicó a los muchachos que esperaría oculto entre los árboles para ver qué pasaba en la aldea. Alex quiso darle un recuerdo, a cambio del remedio milagroso para devolver la salud a su madre, y le entregó su navaja del Ejército suizo. El indio tomó ese objeto metálico pintado de rojo, sintió su peso y su extraña forma, sin imaginar para qué servía. Alex abrió uno a uno los cuchillos, las pinzas, las tijeras, el sacacorcho, el atornillador, hasta que el objeto se transformó en un reluciente erizo. Le enseñó al chamán el uso de cada parte y cómo abrirlas y cerrarlas.

Walimai agradeció el obsequio, pero había vivido más de un siglo sin conocer los metales y, francamente, se sentía un poco viejo para aprender los trucos de los *nahab*; pero no quiso ser descortés y se colgó la navaja suiza al cuello, junto a sus collares de dientes y sus otros amuletos. Luego recordó a Nadia el grito de la lechuza, que les servía para llamarse, así estarían en contacto. La muchacha le entregó la cesta con los tres huevos de cristal, porque supuso que estarían más seguros en manos del anciano. No quería aparecer con ellos ante los forasteros, pertenecían a la gente de la neblina. Se despidieron y en menos de un segundo Walimai se esfumó en la naturaleza, como una ilusión.

Nadia y Alex se acercaron cautelosamente al sitio donde habían aterrizado los «pájaros de ruido y viento», como los llamaban los indios. Se ocultaron entre los árboles, donde podían observar sin ser vistos, aunque estaban demasiado lejos para oír con claridad. En medio de Tapirawa-teri estaban los pájaros de ruido y viento, además había tres carpas, un gran toldo y hasta una cocina a petróleo. Habían tendido un alambre del cual colgaban regalos para atraer a los indios: cuchillos, ollas, hachas y otros artículos de acero y aluminio, que refulgían al sol. Vieron varios soldados armados en actitud de alerta, pero ni rastro de los indios. La gente de la neblina había desaparecido, tal como hacía siempre ante el peligro. Esa estrategia había servido mucho a la tribu, en cambio otros indios que se enfrentaron con los *nahab* fueron exterminados o asimilados. Los que fueron incorporados a la civilización estaban convertidos en mendigos, habían perdido su dignidad de guerreros y sus tierras, vivían como ratones. Por eso el jefe Mokarita nunca permitió que su pueblo se acercara a los *nahab* ni tomara sus regalos, sostenía que, a cambio de un machete o un sombrero, la tribu olvidaba para siempre sus orígenes, su lengua y sus dioses.

Los dos jóvenes se preguntaron qué pretendían esos soldados. Si eran parte del plan para eliminar a los indios del Ojo del Mundo, era mejor no acercarse. Recordaban cada palabra de la conversación que habían escuchado en Santa María de la Lluvia entre el capitán Ariosto y Mauro Carías y comprendieron que sus vidas estaban en peligro si osaban intervenir.

Empezó a llover, como ocurría dos o tres veces al día, unos chaparrones imprevistos, breves y violentos, que empapaban todo por un rato y cesaban de pronto, dejando el mundo fresco y limpio. Los dos amigos llevaban casi una hora observando el campamento desde su refugio entre los árboles, cuando vieron llegar a la aldea una partida de tres personas, que evidentemente habían salido a explorar los alrededores y ahora volvían corriendo, mojados hasta los huesos. A pesar de la distancia, las reconocieron al punto: eran Kate Cold, César Santos y el fotógrafo Timothy Bruce. Nadia y Alex no pudieron evitar una exclamación de alivio: eso significaba que el profesor Leblanc y la doctora Omayra Torres también andaban cerca. Con la presencia de ellos en la aldea, el capitán Ariosto y Mauro Carías no podrían recurrir a las balas para quitar a los indios —o a ellos— del medio.

Los jóvenes dejaron su escondite y se aproximaron con cautela a Tapariwa-teri, pero al poco de andar fueron vistos por los centinelas y de inmediato se vieron rodeados. El grito de alegría de Kate Cold cuando vio a su nieto fue sólo comparable al que dio César Santos al ver a su hija. Los dos corrieron al encuentro de los chicos, que venían cubiertos de arañazos y magulladuras, inmundos, con la ropa en harapos y extenuados. Además Alexander se veía diferente con un corte de pelo de indio, que dejaba expuesta la coronilla, donde tenía una larga cortadura cubierta por una costra seca. Santos levantó a Nadia en sus fornidos brazos y la estrechó con tanta fuerza, que estuvo a punto de romperle las costillas a Borobá, que también cayó en el abrazo. Kate Cold, en cambio, logró controlar la oleada de afecto y alivio que sentía; apenas tuvo a su nieto al alcance de la mano le plantó una bofetada en la cara.

—Esto es por el susto que nos has hecho pasar, Alexander. La próxima vez que desaparezcas de mi vista, te mato —dijo la abuela. Por toda respuesta Alex la abrazó.

Llegaron de inmediato los demás: Mauro Carías, el capitán Ariosto, la doctora Omayra Torres y el inefable profesor Leblanc, quien estaba picado de abejas por todas partes. El indio Karakawe, huraño como siempre, no dio muestras de sorpresa al ver a los muchachos.

—¿Cómo llegaron ustedes hasta aquí? El acceso a este sitio es imposible sin un helicóptero —preguntó el capitán Ariosto.

Alex contó brevemente su aventura con la gente de la neblina, sin dar detalles ni explicar por dónde habían subido. Tampoco mencionó su viaje con Nadia al *tepui* sagrado. Supuso que no traicionaba un secreto, puesto que los *nahab* ya sabían de la existencia de la tribu. Había señas evidentes de que la aldea había sido desocupada por los indios apenas unas horas antes: la mandioca estilaba en los canastos, las brasas aún estaban tibias en los pequeños fogones, la carne de la última cacería se llenaba de moscas en la choza de los solteros, algunas mascotas domésticas todavía rondaban. Los soldados habían matado a machetazos a las apacibles boas y sus cuerpos mutilados se pudrían al sol.

—¿Dónde están los indios? —preguntó Mauro Carías.

—Se han ido lejos —replicó Nadia.

—No creo que anden muy lejos con las mujeres, los niños y los abuelos. No pueden desaparecer sin dejar rastro.

—Son invisibles.

—¡Hablemos en serio, niña! —exclamó él.

—Yo siempre hablo en serio.

—¿Vas a decirme que esa gente también vuela como las brujas?

—No vuelan, pero corren rápido —aclaró ella.

—¿Tú puedes hablar la lengua de esos indios, bonita?

—Mi nombre es Nadia Santos.

—Bueno, Nadia Santos, ¿puedes hablar con ellos o no? —insistió Carías, impaciente.

—Sí.

La doctora Omayra Torres intervino para explicar la nece-

257

sidad imperiosa de vacunar a la tribu. La aldea había sido descubierta, era inevitable que dentro de un plazo muy breve hubiera contacto con los forasteros.

—Como sabes, Nadia, sin quererlo podemos contagiarles enfermedades mortales para ellos. Hay tribus completas que han perecido en cuestión de dos o tres meses por culpa de un resfrío. Lo más grave es el sarampión. Tengo las vacunas, puedo inmunizar a estos pobres indios. Así estarán protegidos. ¿Puedes ayudarme? —suplicó la bella mujer.

—Trataré —prometió la muchacha.

—¿Cómo puedes comunicarte con la tribu?

—No sé todavía, tengo que pensarlo.

Alexander Cold trasladó el agua de la salud a una botella con una tapa hermética y la puso cuidadosamente en su bolso. Su abuela lo vio y quiso saber qué hacía.

—Es el agua para curar a mi mamá —dijo él—. Encontré la fuente de la eterna juventud, la que otros buscaron durante siglos, Kate. Mi mamá se pondrá bien.

Por primera vez desde que el muchacho podía recordar, su abuela tomó la iniciativa de hacerle un cariño. Sintió sus brazos delgados y musculosos envolviéndolo, su olor a tabaco de pipa, sus pelos gruesos cortados a tijeretazos, su piel seca y áspera como cuero de zapato; oyó su voz ronca nombrándolo y sospechó que tal vez su abuela lo quería un poco, después de todo. Apenas Kate Cold se dio cuenta de lo que hacía, se separó con brusquedad, empujándolo hacia la mesa, donde lo aguardaba Nadia. Los dos chicos, hambrientos y fatigados, atacaron los frijoles, el arroz, el pan de mandioca y unos pescados medio carbonizados y erizados de espinas. Alex devoró con un apetito feroz, ante los ojos sorprendidos de Kate Cold, quien sabía cuán fastidioso era su nieto para la comida.

Después de comer los amigos se bañaron largamente en el río. Se sabían rodeados por los indios invisibles, que seguían desde la espesura cada movimiento de los *nahab*. Mientras ellos chapoteaban en el agua, sentían sus ojos encima igual que si los tocaran con las manos. Concluyeron que no se acercaban por la presencia de los desconocidos y los helicópteros, que habían vislumbrado en el cielo, pero jamás habían visto de cerca. Trataron de alejarse un poco, pensando que si estaban solos la gente de la neblina se mostraría, pero había mucho movimiento en la aldea y les fue imposible retirarse al bosque sin llamar la atención. Por suerte los soldados no se atrevían a apartarse ni un paso del campamento, porque las historias sobre la Bestia y la forma en que destripó a uno de sus compañeros los tenían aterrorizados. Nadie había explorado antes el Ojo del Mundo y habían oído de los espíritus y demonios que rondaban esa región. Temían menos a los indios, porque contaban con sus armas de fuego y ellos mismos tenían sangre indígena en las venas.

Al anochecer todos menos los centinelas de turno se sentaron en grupos en torno a una fogata a fumar y beber. El ambiente era lúgubre y alguien solicitó un poco de música para levantar los ánimos. Alex debió admitir que había perdido la célebre flauta de Joseph Cold, pero no podía decir dónde sin mencionar su aventura en el interior del *tepui*. Su abuela le lanzó una mirada asesina, pero nada dijo, adivinando que su nieto le ocultaba muchas cosas. Un soldado sacó una armónica y tocó un par de melodías populares, pero sus buenos propósitos cayeron en el vacío. El miedo se había apoderado de todos.

Kate Cold se llevó aparte a los chicos para contarles lo ocurrido en su ausencia, desde que se los llevaron los indios. Cuando se dieron cuenta que se habían evaporado, iniciaron al punto la búsqueda y, provistos de linternas, salieron por el bosque llamándolos durante casi toda la noche. Leblanc contribuyó a la angustia general con otro de sus atinados pronósticos: habían sido arrastrados por los indios y en ese momento seguro se los estaban comiendo asados al palo. El profesor aprovechó para ilustrarlos sobre la forma en que los indios caribes cortaban pedazos de los prisioneros vivos para devorarlos. Cierto, admitió, no estaban entre caribes, quienes habían sido civilizados o exterminados hacía más de cien años, pero nunca se sabe cuán lejos llegan las influencias culturales. César Santos había estado a punto de arremeter a puñetazos contra el antropólogo.

Por la tarde del día siguiente apareció finalmente un helicóptero a rescatarlos. El bote con el infortunado Joel González había llegado sin novedad a Santa María de la Lluvia, donde las monjas del hospital se encargaron de atenderlo. Matuwe, el guía indio, consiguió ayuda y él mismo acompañó al helicóptero, donde viajaba el capitán Ariosto. Su sentido de orientación era tan extraordinario, que sin haber volado nunca pudo ubicarse en la interminable extensión verde de la selva y señalar con exactitud el sitio donde aguardaba la expedición del *International Geographic*. Apenas descendieron, Kate Cold obligó al militar a pedir por radio más refuerzos para organizar la búsqueda sistemática de los chicos desaparecidos.

César Santos interrumpió a la escritora para agregar que ella había amenazado al capitán Ariosto con la prensa, la embajada americana y hasta la CIA si no cooperaba; así obtuvo el segundo helicóptero, donde llegaron más soldados y también Mauro Carías. No pensaba salir de allí sin su nieto, había asegurado, aunque tuviera que recorrer todo el Amazonas a pie.

—¿Cierto que dijiste eso, Kate? —preguntó Alex, divertido.

—No por ti, Alexander. Por una cuestión de principio —gruñó ella.

Esa noche Nadia Santos, Kate Cold y Omayra Torres ocuparon una tienda, Ludovic Leblanc y Timothy Bruce otra, Mauro Carías la suya, y el resto de los hombres se acomodaron en hamacas entre los árboles. Pusieron guardias en los cuatro costados del campamento y mantuvieron luces de petróleo encendidas. Aunque nadie lo mencionó en voz alta, supusieron que así mantendrían alejada a la Bestia. Las luces los convertían en blanco fácil para los indios, pero hasta entonces nunca las tribus atacaban en la oscuridad, porque temían a los demonios nocturnos que escapan de las pesadillas humanas.

Nadia, quien tenía el sueño liviano, durmió unas horas y despertó pasada la medianoche con los ronquidos de Kate Cold. Después de comprobar que la doctora tampoco se movía, ordenó a Borobá que permaneciera en su sitio y se deslizó silenciosa fuera de la tienda. Había observado con suma atención a la gente de la neblina, decidida a imitar su facultad de pasar inadvertida, así descubrió que no consistía sólo en camuflar el cuerpo, sino también en una firme voluntad de volverse inmaterial y desaparecer. Requería concentración para alcanzar el estado mental de invisibilidad, en el cual era posible colocarse a un metro de otra persona sin ser visto. Sabía cuándo había alcanzado ese estado porque sentía su cuerpo muy ligero, luego parecía disolverse, borrarse del todo. Necesitaba mantener su propósito sin distraerse, sin permitir que los nervios la traicionaran, único modo de permanecer oculta ante los demás. Al salir de su carpa debió deslizarse a corta distancia de los guardias que rondaban el campamento, pero lo hizo sin ningún temor, protegida por ese extraordinario campo mental que había creado a su alrededor.

Apenas se sintió segura en el bosque, vagamente iluminado por la luna, imitó el canto de la lechuza dos veces y esperó. Un rato después percibió a su lado la silenciosa presencia de Walimai. Pidió al brujo que hablara con la gente de la neblina para convencerla de acercarse al campamento y vacunarse. No podrían ocultarse indefinidamente en las sombras de los árboles, dijo, y si intentaban construir una nueva aldea, serían descubiertos por los «pájaros de ruido y viento». Le prometió que ella mantendría a raya al Rahakanariwa y que Jaguar negociaría con los *nahab*. Le contó que su amigo tenía una abuela poderosa, pero no trató de explicarle el valor de escribir y publicar en la prensa, supuso que el chamán no entendería a qué se refería, porque desconocía la escritura y nunca había visto una página impresa. Se limitó a decir que esa abuela tenía mucha magia en el mundo de los *nahab*, aunque su magia de poco servía en el Ojo del Mundo.

Por su parte, Alexander Cold se acostó en una hamaca al aire libre, un poco separado de los demás. Tenía la esperanza de que durante la noche los indios se comunicaran con él, pero cayó dormido como una piedra. Soñó con el jaguar negro. El encuentro con su animal totémico fue tan claro y preciso, que al día siguiente no estaba seguro de si lo había soñado o si sucedió en realidad. En el sueño se levantaba de su hamaca y se alejaba cautelosamente del campamento, sin ser visto por los centinelas. Al entrar al bosque, fuera del alcance de la luz de la hoguera y las lámparas de petróleo, veía al felino negro echado sobre la gruesa rama de un inmenso castaño, su cola moviéndose en el aire, sus ojos brillando en la noche como deslumbrantes topacios, tal como apareció en su visión, cuando bebió la poción mágica de Walimai. Con sus dientes y garras podía destripar a un caimán, con sus poderosos músculos corría como el viento, con su fuerza y valor podía enfrentar a cualquier enemigo. Era un animal magnífico, rey de las fieras, hijo del Sol Padre, príncipe de la mitología de América. En el sueño el muchacho se detenía a pocos pasos del jaguar y, tal como en su primer encuentro en el patio de Mauro Carías, escuchaba la voz cavernosa saludándolo por su nombre: Alexander... Alexander... La voz sonaba en su cerebro como un gigantesco gong de bronce, repitiendo una y otra vez su nombre. ¿Qué significaba el sueño? ¿Cuál era el mensaje que el jaguar negro deseaba transmitirle?

Despertó cuando ya todo el mundo en el campamento estaba en pie. El vívido sueño de la noche anterior lo angustiaba, estaba seguro de que contenía un mensaje, pero no podía descifrarlo. La única palabra que el jaguar había dicho en sus apariciones era su nombre, Alexander. Nada más. Su abuela se acercó con un tazón de café con leche condensada, algo que antes él no hubiera probado, pero ahora le parecía un desayuno delicioso. En un impulso, le contó su sueño.

—Defensor de hombres —dijo su abuela.

—¿Qué?

—Eso significa tu nombre. Alexander es un nombre griego y quiere decir defensor.

—¿Por qué me pusieron ese nombre, Kate?

—Por mí. Tus padres querían ponerte Joseph, como tu abuelo, pero yo insistí en llamarte Alexander, como Alejandro Magno, el gran guerrero de la antigüedad. Tiramos una moneda al aire y yo gané. Por eso te llamas como te llamas —explicó Kate.

—¿Cómo se te ocurrió que yo debía tener ese nombre?

—Hay muchas víctimas y causas nobles que defender en este

mundo, Alexander. Un buen nombre de guerrero ayuda a pelear por la justicia.

—Te vas a llevar un chasco conmigo, Kate. No soy un héroe.

—Veremos —replicó ella, pasándole el tazón.

La sensación de ser observados por cientos de ojos tenía a todos nerviosos en el campamento. En años recientes varios empleados del Gobierno, enviados para ayudar a los indios, habían sido asesinados por las mismas tribus que pretendían proteger. A veces el primer contacto era cordial, intercambiaban regalos y comida, pero de súbito los indios empuñaban sus armas y atacaban por sorpresa. Los indios eran impredecibles y violentos, dijo el capitán Ariosto, quien estaba totalmente de acuerdo con las teorías de Leblanc, por lo mismo no se podía bajar la guardia, debían permanecer siempre alertas. Nadia intervino para decir que la gente de la neblina era diferente, pero nadie le hizo caso.

La doctora Omayra Torres explicó que durante los últimos diez años su trabajo de médico había sido principalmente entre tribus pacificadas; nada sabía de esos indios que Nadia llamaba gente de la neblina. En todo caso, esperaba tener más suerte que en el pasado y alcanzar a vacunarlos antes que se contagiaran. Admitió que en varias ocasiones anteriores sus vacunas llegaron demasiado tarde. Los inyectaba y de todos modos se enfermaban a los pocos días y morían por centenares.

Para entonces Ludovic Leblanc había perdido por completo la paciencia. Su misión había sido inútil, tendría que volver con las manos vacías, sin noticias de la famosa Bestia del Amazonas. ¿Qué les diría a los editores del *International Geographic*? Que un soldado había muerto destrozado en misteriosas circunstancias, que habían sido expuestos a un olor bastante desagradable y él se había dado un involuntario revolcón en el excremento de un animal desconocido. Francamente no eran pruebas muy convincentes de la existencia de la Bestia. Tampoco tenía nada que agregar sobre los indios de la región, porque ni siquiera los había vislumbrado. Había perdido su tiempo miserablemente. No veía las horas de regresar a su universidad, donde lo trataban como héroe y estaba a salvo de picaduras de abejas y otras incomodidades. Su relación con el grupo dejaba mucho que desear y con Karakawe era un desastre. El indio contratado como su asistente personal dejó de abanicarlo con la hoja de banano apenas salieron de Santa María de la Lluvia y, en vez de servirlo, se dedicó a hacerle la vida más difícil. Leblanc lo acusó de poner un escorpión vivo en su bolso y un gusano muerto en su café, también de haberlo llevado de mala fe al sitio donde lo picaron las abejas. Los otros miembros de la expedición toleraban al profesor porque era muy pintoresco y podían burlarse en sus narices sin que se diera por aludido. Leblanc se tomaba tan en serio, que no podía imaginar que otros no lo hicieran.

Mauro Carías envió partidas de soldados a explorar en varias direcciones. Los hombres partieron de mala gana y regresaron muy pronto, sin noticias de la tribu. También sobrevolaron la zona con helicópteros, a pesar de que Kate Cold les hizo ver que el ruido espantaría a los indios. La escritora aconsejó esperar con paciencia: tarde o temprano llegarían de vuelta a su aldea. Como Leblanc, ella estaba más interesada en la Bestia que en los indígenas, porque debía escribir su artículo.

—¿Sabes algo de la Bestia, que no me has dicho, Alexander? —preguntó a su nieto.

—Puede ser y puede no ser... —replicó el muchacho, sin atreverse a mirarla a la cara.

—¿Qué clase de respuesta es ésa?

A eso del mediodía el campamento se alertó: una figura había salido del bosque y se acercaba tímidamente. Mauro Carías le hizo señas amistosas llamándola, después de ordenar a los soldados que retrocedieran, para no asustarla. El fotógrafo Timothy Bruce le pasó su cámara a Kate Cold y él tomó una filmadora: el primer contacto con una tribu era una ocasión única. Nadia y Alex reconocieron al punto al visitante, era Iyomi, jefe de los jefes de Tapirawa-teri. Venía sola, desnuda, increíblemente anciana, toda arrugada y sin dientes, apoyada en un palo torcido que le servía de bastón y con el sombrero redondo de plumas amarillas metido hasta las orejas. Paso a paso se aproximó, ante el estupor de los *nahab*. Mauro Carías llamó a Karakawe y Matuwe para preguntarles si conocían la tribu a la cual pertenecía esa mujer, pero ninguno lo sabía. Nadia salió adelante.

—Yo puedo hablar con ella —dijo.

—Dile que no le haremos daño, somos amigos de su pueblo, que vengan a vernos sin sus armas, porque tenemos muchos regalos para ella y los demás —dijo Mauro Carías.

Nadia tradujo libremente, sin mencionar la parte sobre las armas, que no le pareció muy buena idea, considerando la cantidad de armas de los soldados.

—No queremos regalos de los *nahab*, queremos que se vayan del Ojo del Mundo —replicó Iyomi con firmeza.

—Es inútil, no se irán —explicó Nadia a la anciana.

—Entonces mis guerreros los matarán.

—Vendrán más, muchos más, y morirán todos tus guerreros.

—Mis guerreros son fuertes, estos *nahab* no tienen arcos ni flechas, son pesados, torpes y de cabeza blanda, además se asustan como los niños.

—La guerra no es la solución, jefe de los jefes. Debemos negociar —suplicó Nadia.

—¿Qué diablos dice esta vieja? —preguntó Carías impaciente porque hacía un buen rato que la chica no traducía.

—Dice que su pueblo no ha comido en varios días y tiene mucha hambre —inventó Nadia al vuelo.

—Dile que les daremos toda la comida que quieran.

—Tienen miedo de las armas —agregó ella, aunque en realidad los indios no habían visto nunca una pistola o un fusil y no sospechaban su mortífero poder.

Mauro Carías dio una orden a los hombres para que depusieran las armas como signo de buena voluntad, pero Leblanc, espantado, intervino para recordarles que los indios solían atacar a traición. En vista de eso, soltaron las metralletas, pero mantuvieron las pistolas al cinto. Iyomi recibió una escudilla de carne con maíz de manos de la doctora Omayra Torres y se alejó por donde había llegado. El capitán Ariosto pretendió seguirla, pero en menos de un minuto se había hecho humo en la vegetación.

Aguardaron el resto del día oteando la espesura sin ver a nadie, mientras soportaban las advertencias de Leblanc, quien esperaba un contingente de caníbales dispuestos a caerles encima. El profesor, armado hasta los dientes y rodeado de soldados, había quedado tembloroso después de la visita de una bisabuela desnuda con un sombrero de plumas amarillas. Las horas transcurrieron sin incidentes, salvo por un momento de tensión que se produjo cuando la doctora Omayra Torres sorprendió a Karakawe metiendo las manos en sus cajas de vacunas. No era la primera vez que sucedía. Mauro Carías intervino para advertir al indio que si volvía a verlo cerca de los medicamentos, el capitán Ariosto lo pondría preso de inmediato.

Por la tarde, cuando ya sospechaban que la anciana no regresaría, se materializó frente al campamento la tribu completa de la gente de la neblina. Primero vieron a las mujeres y a los niños, impalpables, tenues y misteriosos. Tardaron unos segundos en percibir a los hombres, que en realidad habían llegado antes y se habían colocado en un semicírculo. Surgieron de la nada, mudos y soberbios, encabezados por Tahama, pintados para la guerra con el rojo del onoto, el negro del carbón, el blanco de la cal y el verde de las plantas, decorados con plumas, dientes, garras y semillas, con todas sus armas en las manos. Estaban en medio del campamento, pero se mimetizaban tan bien con el entorno que era necesario ajustar los ojos para verlos con nitidez. Eran livianos, etéreos, parecían apenas dibujados en el paisaje, pero no había duda de que también eran fieros.

Por largos minutos los dos bandos se observaron mutuamente en silencio, a un lado los indios transparentes y al otro los desconcertados forasteros. Por fin Mauro Carías despertó del trance y se puso en acción, dando instrucciones a los soldados de que sirvieran comida y repartieran regalos. Con pesar, Alex y Nadia vieron a las mujeres y los niños recibir las chucherías con que pretendían atraerlos. Sabían que así, con esos inocentes regalos, comenzaba el fin de las tribus. Tahama y sus guerreros se mantuvieron de pie, alertas, sin soltar las armas. Lo más peligroso eran sus gruesos garrotes, con los cuales podían arremeter en un segundo; en cambio apuntar una flecha demoraba más, dando tiempo a los soldados de disparar.

—Explícales lo de las vacunas, bonita —le ordenó Mauro Carías a la chica.

—Nadia, me llamo Nadia Santos —repitió ella.

—Es por el bien de ellos, Nadia, para protegerlos —añadió la doctora Omayra Torres—. Tendrán miedo de las agujas, pero en realidad duele menos que una picada de mosquito. Tal vez los hombres quieran ser los primeros, para dar el ejemplo a las mujeres y a los niños...

—¿Por qué no da el ejemplo usted? —preguntó Nadia a Mauro Carías.

La perfecta sonrisa, siempre presente en el rostro bronceado del empresario, se borró ante el desafío de la chica y una expresión de absoluto terror cruzó brevemente por sus ojos. Alex, quien observaba la escena, pensó que era una reacción exagerada. Sabía de gente que teme las inyecciones, pero la cara de Carías era como si hubiera visto a Drácula.

Nadia tradujo y después de largas discusiones, en las que el nombre del Rahakanariwa surgió muchas veces, Iyomi aceptó pensarlo y consultar con la tribu. En eso estaban en medio de las conversaciones sobre las vacunas, cuando de pronto Iyomi murmuró una orden imperceptible para los forasteros y de inmediato la gente de la neblina se esfumó tan deprisa como había aparecido. Se retiraron al bosque como sombras, sin que se oyera ni un solo paso, ni una sola palabra, ni un solo llanto de bebé. El resto de la noche los soldados de Ariosto montaron guardia, esperando un ataque en cualquier momento.

Nadia despertó a medianoche al sentir que la doctora Omayra Torres dejaba la tienda. Supuso que iría a hacer sus necesidades entre los arbustos, pero tuvo una corazonada y decidió seguirla. Kate Cold roncaba con el sueño profundo que la caracterizaba y no se enteró de los trajines de sus compañeras. Silenciosa como un gato, haciendo uso del talento recién aprendido para ser invisible, avanzó. Escondida tras unos helechos vio la silueta de la doctora en la tenue luz de la luna. Un minuto más tarde se aproximó una segunda figura y, ante la sorpresa de Nadia, tomó a la doctora por la cintura y la besó.

—Tengo miedo —dijo ella.

—No temas, mi amor. Todo saldrá bien. En un par de días habremos terminado aquí y podremos regresar a la civilización. Ya sabes que te necesito…

—¿En verdad me quieres?

—Claro que sí. Te adoro, te haré muy feliz, tendrás todo lo que desees.

Nadia regresó furtiva a la tienda, se acostó en su esterilla y se hizo la dormida.

El hombre que estaba con la doctora Omayra Torres era Mauro Carías.

Por la mañana la gente de la neblina regresó. Las mujeres traían cestas con fruta y un gran tapir muerto para devolver los regalos recibidos el día anterior. La actitud de los guerreros parecía más relajada y aunque no soltaban sus garrotes, demostraron la misma curiosidad de las mujeres y los niños. Miraban de lejos y sin acercarse a los extraordinarios pájaros de ruido y viento, tocaban la ropa y las armas de los *nahab*, hurgaban en sus pertenencias, se metían a las tiendas, posaban para las cámaras, se colgaban los collares de plástico y probaban los machetes y cuchillos, maravillados.

La doctora Omayra Torres consideró que el clima era adecuado para iniciar su trabajo. Pidió a Nadia que explicara una vez más a los indios la imperiosa necesidad de protegerlos contra las epidemias, pero éstos no estaban convencidos. La única razón por la cual el capitán Ariosto no los obligó a punta de balas fue la presencia de Kate Cold y Timothy Bruce; no podía recurrir a la fuerza bruta delante de la prensa, debía guardar las apariencias. No tuvo más remedio que esperar con paciencia las eternas discusiones entre Nadia Santos y la tribu. La incongruencia de matarlos a tiros para impedir que murieran de sarampión no cruzó por la mente del militar.

Nadia recordó a los indios que ella había sido nombrada por Iyomi jefe para aplacar al Rahakanariwa, quien solía castigar a los humanos con terribles epidemias, así es que debían obedecerle. Se ofreció para ser la primera en someterse al pinchazo de la vacuna, pero eso resultó ofensivo para Tahama y sus guerreros. Ellos serían los primeros, dijeron, finalmente. Con un suspiro de satisfacción ella tradujo la decisión de la gente de la neblina.

La doctora Omayra Torres hizo colocar una mesa a la sombra y desplegó sus jeringas y sus frascos, mientras Mauro Carías procuraba organizar a la tribu en una fila, así se aseguraba que nadie quedara sin vacunarse.

Entretanto Nadia se llevó aparte a Alex para contarle lo que había presenciado la noche anterior. Ninguno de los dos supo interpretar aquella escena, pero se sintieron vagamente traicionados. ¿Cómo era posible que la dulce Omayra Torres mantuviera una relación con Mauro Carías, el hombre que llevaba su corazón en un maletín? Dedujeron que sin duda Mauro Carías había seducido a la buena doctora, ¿no decían que tenía mucho éxito con las mujeres? Nadia y Alex no veían el menor atractivo en ese hombre, pero supusieron que sus modales y su dinero podían engañar a otros. La noticia caería como una bomba entre los admiradores de la doctora: César Santos, Timothy Bruce y hasta el profesor Ludovic Leblanc.

—Esto no me gusta nada —dijo Alex.

—¿Tú también estás celoso? —se burló Nadia.

—¡No! —exclamó él, indignado—. Pero siento algo aquí en el pecho, algo como un tremendo peso.

—Es por la visión que compartimos en la ciudad de oro, ¿recuerdas? Cuando bebimos la poción de los sueños colectivos de Walimai todos soñamos lo mismo, incluso las Bestias.

—Cierto. Ese sueño se parecía a uno que tuve antes de comenzar este viaje: un buitre inmenso raptaba a mi madre y se la llevaba volando. Entonces lo interpreté como la enfermedad que amenaza su vida, pensé que el buitre representaba a la muerte. En el *tepui* soñamos que el Rahakanariwa rompía la caja donde estaba prisionero y que los indios estaban atados a los árboles, ¿te acuerdas?

—Sí, y los *nahab* llevaban máscaras. ¿Qué significan las máscaras, Jaguar?

—Secreto, mentira, traición.

—¿Por qué crees que Mauro Carías tiene tanto interés en vacunar a los indios?

La pregunta quedó en el aire como una flecha detenida en pleno vuelo. Los dos muchachos se miraron, horrorizados. En un instante de lucidez comprendieron la terrible trampa en que habían caído todos: el Rahakanariwa era la epidemia. La muerte que amenazaba a la tribu no era un pájaro mitológico, sino algo mucho más concreto e inmediato. Corrieron al centro de la aldea, donde la doctora Omayra Torres apuntaba la aguja de su jeringa al brazo de Tahama. Sin pensarlo, Alex se lanzó como un bólido contra el guerrero, tirándolo de espaldas al suelo. Tahama se puso de pie de un salto y levantó el garrote para aplastar al muchacho como una cucaracha, pero un alarido de Nadia detuvo el arma en el aire.

—¡No! ¡No! ¡Ahí está el Rahakanariwa! —gritó la chica señalando los frascos de las vacunas.

César Santos pensó que su hija se había vuelto loca y trató de sujetarla, pero ella se desprendió de sus brazos y corrió a reunirse con Alex, chillando y dando manotazos contra Mauro Carías, que le salió al paso. A toda prisa procuraba explicar a los indios que se había equivocado, que las vacunas no los salvarían, al contrario, los matarían, porque el Rahakanariwa estaba en la jeringa.

18
Manchas de sangre

La doctora Omayra Torres no perdió la calma. Dijo que todo eso era una fantasía de los niños, el calor los había trastornado, y ordenó al capitán Ariosto que se los llevara. Enseguida se dispuso a continuar con su interrumpida tarea, a pesar de que para entonces había cambiado por completo el ánimo de la tribu. En ese momento, cuando el capitán Ariosto estaba listo para imponer orden a tiros, mientras los soldados forcejeaban con Nadia y Alex, se adelantó Karakawe, quien no había pronunciado más de media docena de palabras en todo el viaje.

—¡Un momento! —exclamó.

Ante el desconcierto general, ese hombre que había dicho media docena de palabras durante todo el viaje, anunció que era funcionario del Departamento de Protección del Indígena y explicó detalladamente que su misión consistía en averiguar por qué perecían en masa las tribus del Amazonas, sobre todo aquellas que vivían cerca de los yacimientos de oro y diamantes. Sospechaba desde hacía tiempo de Mauro Carías, el hombre que más se había beneficiado explotando la región.

—¡Capitán Ariosto, requise las vacunas! —ordenó Karakawe—. Las haré examinar en un laboratorio. Si tengo razón, esos frascos no contienen vacunas, sino una dosis mortal del virus del sarampión.

Por toda respuesta el capitán Ariosto apuntó su arma y disparó al pecho de Karakawe. El funcionario cayó muerto instantáneamente. Mauro Carías dio un empujón a la doctora Omayra Torres, sacó su arma y, en el instante en que César Santos corría a cubrir a la mujer con su cuerpo, vació su pistola en los frascos alineados sobre la mesa, haciéndolos añicos. El líquido se desparramó en la tierra.

Los acontecimientos se precipitaron con tal violencia, que después nadie pudo narrarlos con precisión, cada uno tenía una versión diferente. La filmadora de Timothy Bruce registró parte de los hechos y el resto quedó en la cámara que sostenía Kate Cold.

Al ver los frascos destrozados, los indios creyeron que el Rahakanariwa había escapado de su prisión y volvería a su forma de pájaro caníbal para devorarlos. Antes que nadie pudiera impedirlo, Tahama lanzó un alarido escalofriante y descargó un garrotazo formidable sobre la cabeza de Mauro Carías, quien se desplomó como un saco en el suelo. El capitán Ariosto volvió su arma contra Tahama, pero Alex se estrelló contra sus piernas y el mono de Nadia, Borobá, le saltó a la cara. Las balas del capitán se perdieron en el aire, dando tiempo a Tahama de retroceder, protegido por sus guerreros, que ya habían empuñado los arcos.

En los escasos segundos que tardaron los soldados en organizarse y desenfundar sus pistolas, la tribu se dispersó. Las mujeres y los niños escaparon como ardillas, desapareciendo en la vegetación, y los hombres alcanzaron a lanzar varias flechas antes de huir también. Los soldados disparaban a ciegas, mientras Alex todavía luchaba con Ariosto en el suelo, ayudado por Nadia y

Borobá. El capitán le dio un golpe en la mandíbula con la culata de la pistola y lo dejó medio aturdido, luego se sacudió a Nadia y al mono a bofetadas. Kate Cold corrió a socorrer a su nieto, arrastrándolo fuera del centro del tiroteo. Con el griterío y la confusión, nadie oía las voces de mando de Ariosto.

En pocos minutos la aldea estaba manchada de sangre: había tres soldados heridos de flecha y varios indios muertos, además del cadáver de Karakawe y el cuerpo inerte de Mauro Carías. Una mujer había caído atravesada por las balas y el niño que llevaba en los brazos quedó tirado en el suelo a un paso de ella. Ludovic Leblanc, quien desde la aparición de la tribu se había mantenido a prudente distancia, parapetado detrás de un árbol, tuvo una reacción inesperada. Hasta entonces se había comportado como un manojo de nervios, pero al ver al niño expuesto a la violencia, sacó valor de alguna parte, cruzó corriendo el campo de batalla y levantó en brazos a la pobre criatura. Era un bebé de pocos meses, salpicado con la sangre de su madre y chillando desesperado. Leblanc se quedó allí, en medio del caos, sosteniéndolo apretadamente contra el pecho y temblando de furia y desconcierto. Sus peores pesadillas se habían invertido: los salvajes no eran los indios, sino ellos. Por último se acercó a Kate Cold, quien procuraba enjuagar la boca ensangrentada de su nieto con un poco de agua, y le pasó la criatura.

—Vamos, Cold, usted es mujer, sabrá qué hacer con esto —le dijo.

La escritora, sorprendida, recibió al niño sujetándolo con los brazos extendidos, como si fuera un florero. Hacía tantos años que no tenía uno en las manos, que no sabía qué hacer con él.

Para entonces Nadia había logrado ponerse de pie y observaba el campo sembrado de cuerpos. Se acercó a los indios, tratando de reconocerlos, pero su padre la obligó a retroceder, abrazándola, llamándola por su nombre, murmurando palabras tranquilizadoras. Nadia alcanzó a ver que Iyomi y Tahama no estaban entre los cadáveres y pensó que al menos la gente de la neblina todavía contaba con dos de sus jefes, porque los otros dos, Águila y Jaguar, les habían fallado.

—¡Pónganse todos contra ese árbol! —ordenó el capitán Ariosto a los expedicionarios. El militar estaba lívido, con el arma temblando en la mano. Las cosas habían salido muy mal.

Kate Cold, Timothy Bruce, el profesor Leblanc y los dos chicos le obedecieron. Alex tenía un diente roto, la boca llena de sangre y todavía estaba atontado por el culatazo en la mandíbula. Nadia parecía en estado de choque, con un grito atascado en el pecho y los ojos fijos en los indios muertos y en los soldados que gemían tirados por el suelo. La doctora Omayra Torres, ajena a todo lo que la rodeaba y bañada en lágrimas, sostenía sobre sus piernas la cabeza de Mauro Carías. Besaba su rostro pidiéndole que no se muriera, que no la dejara, mientras su ropa se empapaba de sangre.

—Nos íbamos a casar… —repetía como una letanía.

—La doctora es cómplice de Mauro Carías. Se refería a ella cuando dijo que alguien de su confianza viajaría con la expedición, ¿te acuerdas? ¡Y nosotros acusábamos a Karakawe! —susurró Alex a Nadia, pero ella estaba sumida en el espanto, no podía oírle.

El muchacho comprendió que el plan del empresario de exterminar a los indios con una epidemia de sarampión requería la colaboración de la doctora Torres. Desde hacía varios años los indígenas morían en masa víctimas de esa y otras enfermedades, a pesar de los esfuerzos de las autoridades por protegerlos. Una vez que estallaba una epidemia no había nada que hacer, porque los indios carecían de defensas; habían vivido aislados por miles de años y su sistema inmunológico no resistía los virus de los blancos. Un resfrío común podía matarlos en pocos días, con mayor razón otros males más serios. Los médicos que estudiaban el problema no entendían por qué ninguna de las medidas preventivas daba resultados. Nadie podía imaginar que Omayra Torres, la persona comisionada para vacunar a los indios, era quien les inyectaba la muerte, para que su amante pudiera apropiarse de sus tierras.

La mujer había eliminado a varias tribus sin levantar sospechas, tal como pretendía hacerlo con la gente de la neblina. ¿Qué le había prometido Carías para que ella cometiera un crimen de tal magnitud? Tal vez no lo había hecho por dinero, sino sólo por amor a ese hombre. En cualquier caso, por amor o por codicia, el resultado era el mismo: centenares de hombres, mujeres y niños asesinados. Si no es por Nadia Santos, quien vio a Omayra Torres y Mauro Carías besándose, los designios de esa pareja no habrían sido descubiertos. Y gracias a la oportuna intervención de Karakawe —quien lo pagó con su vida— el plan fracasó.

Ahora Alexander Cold entendía el papel que Mauro Carías le había asignado a los miembros de la expedición del *International Geographic*. Un par de semanas después de ser inoculados con el virus del sarampión se desataría la epidemia en la tribu y el contagio se extendería a otras aldeas con gran rapidez. Entonces el atolondrado profesor Ludovic Leblanc atestiguaría ante la prensa mundial que él había estado presente cuando se hizo el primer contacto con la gente de la neblina. No se podría acusar a nadie: se habían tomado las precauciones necesarias para proteger a la aldea. El antropólogo, respaldado por el reportaje de Kate Cold y las fotografías de Timothy Bruce, podría probar que todos los miembros de la tribu habían sido vacunados. Ante los ojos del mundo la epidemia sería una desgracia inevitable, nadie sospecharía otra cosa y de ese modo Mauro Carías se aseguraba que no habría una investigación del Gobierno. Era un método de exterminio limpio y eficaz, que no dejaba rastros de sangre, como las balas y las bombas, que durante años se habían empleado contra los indígenas para «limpiar» el territorio del Amazonas, dando paso a los mineros, traficantes, colonos y aventureros.

Al oír la denuncia de Karakawe, el capitán Ariosto había perdido la cabeza y en un impulso lo mató para proteger a Carías y protegerse a sí mismo. Actuaba con la seguridad que le otorgaba su uniforme. En esa región remota y casi despoblada, donde no alcanzaba el largo brazo de la ley, nadie cuestionaba su palabra. Eso le daba un poder peligroso. Era un hombre rudo y sin escrúpulos, que había pasado años en puestos fronterizos, estaba acostumbrado a la violencia. Como si su arma al cinto y su condición de oficial no fueran suficientes, contaba con la protección de Mauro Carías. A su vez el empresario gozaba de conexiones en las esferas más altas del Gobierno, pertenecía a la clase dominante, tenía mucho dinero y prestigio, nadie le pedía cuentas. La asociación entre Ariosto y Carías había sido beneficiosa para ambos. El capitán calculaba que en menos de dos años podría colgar el uniforme e irse a vivir a Miami, convertido en millonario; pero ahora Mauro Carías yacía con la cabeza destrozada y ya no podría protegerlo. Eso significaba el fin de su impunidad. Tendría que justificar ante el Gobierno el asesinato de Karakawe y de esos indios, que yacían tirados en medio del campamento.

Kate Cold, todavía con el bebé en los brazos, dedujo que su vida y la de los demás expedicionarios, incluyendo los niños, corría grave peligro, porque Ariosto debía evitar a toda costa que se divulgaran los acontecimientos de Tapirawa-teri. Ya no era simplemente cuestión de rociar los cuerpos con gasolina, encenderles fuego y darlos por desaparecidos. Al capitán le había salido el tiro por la culata: la presencia de la expedición de *International Geographic* había dejado de ser una ventaja para convertirse en un grave problema. Debía deshacerse de los testigos, pero debía hacerlo con mucha prudencia, no podía ejecutarlos a tiros sin meterse en un lío. Por desgracia para los extranjeros, se encontraban muy lejos de la civilización, donde era fácil para el capitán cubrir sus rastros.

Kate Cold estaba segura de que, en caso que el militar decidiera asesinarlos, los soldados no moverían un dedo por evitarlo y tampoco se atreverían a denunciar a su superior. La selva se tragaría la evidencia de los crímenes. No podían quedarse cruzados de brazos esperando el tiro de gracia, había que hacer algo. No tenía nada que perder, la situación no podía ser peor. Ariosto era un desalmado y además estaba nervioso, podía hacerlos correr la misma suerte de Karakawe. Kate carecía de un plan, pero pensó que lo primero era crear distracción en las filas enemigas.

—Capitán, creo que lo más urgente es enviar a esos hombres a un hospital —sugirió, señalando a Carías y los soldados heridos.

—¡Cállese, vieja! —ladró de vuelta el militar.

A los pocos minutos, sin embargo, Ariosto dispuso que subieran a Mauro Carías y los tres soldados a uno de los helicópteros. Le ordenó a Omayra Torres que intentara arrancar las flechas a los heridos antes de embarcarlos, pero la doctora lo ignoró por completo: sólo tenía ojos para su amante moribundo.

Kate Cold y César Santos se dieron a la tarea de improvisar tapones con trapos para evitar que los infortunados soldados siguieran desangrándose.

Mientras los militares cumplían las maniobras de acomodar a los heridos en el helicóptero e intentar en vano comunicarse por radio con Santa María de la Lluvia, Kate explicó en voz baja al profesor Leblanc sus temores sobre la situación en que se encontraban. El antropólogo también había llegado a las mismas conclusiones que ella: corrían más peligro en manos de Ariosto que de los indios o la Bestia.

—Si pudiéramos escapar a la selva... —susurró Kate.

Por una vez el hombre la sorprendió con una reacción razonable. Kate estaba tan acostumbrada a las pataletas y exabruptos del profesor, que al verlo sereno le cedió la autoridad en forma casi automática.

—Eso sería una locura —replicó Leblanc con firmeza—. La única manera de salir de aquí es en helicóptero. La clave es Ariosto. Por suerte es ignorante y vanidoso, eso actúa a nuestro favor. Debemos fingir que no sospechamos de él y vencerlo con astucia.

—¿Cómo? —preguntó la escritora, incrédula.

—Manipulando. Está asustado, de modo que le ofreceremos la oportunidad de salvar el pellejo y además salir de aquí convertido en héroe —dijo Leblanc.

—¡Jamás! —exclamó Kate.

—No sea tonta, Cold. Eso es lo que le ofreceremos, pero no significa que vayamos a cumplirlo. Una vez a salvo fuera de este país, Ludovic Leblanc será el primero en denunciar las atrocidades que se cometen contra estos pobres indios.

—Veo que su opinión sobre los indios ha variado un poco —masculló Kate Cold.

El profesor no se dignó responder. Se irguió en toda su reducida estatura, se acomodó la camisa salpicada de barro y sangre y se dirigió al capitán Ariosto.

—¿Cómo volveremos a Santa María de la Lluvia, mi estimado capitán? No cabemos todos en el segundo helicóptero —dijo señalando a los soldados y al grupo que aguardaba junto al árbol.

—¡No meta sus narices en esto! ¡Aquí las órdenes las doy yo! —bramó Ariosto.

—¡Por supuesto! Es un alivio que usted esté a cargo de esto, capitán, de otro modo estaríamos en una situación muy difícil —comentó Leblanc suavemente. Ariosto, desconcertado, prestó oídos—. De no ser por su heroísmo, habríamos perecido todos en manos de los indios —agregó el profesor.

Ariosto, algo más tranquilo, contó a la gente, vio que Leblanc tenía razón y decidió enviar a la mitad del contingente de soldados en el primer viaje. Eso lo dejó con sólo cinco hombres y los expedicionarios, pero como éstos no estaban armados no representaban peligro. La máquina emprendió el vuelo, creando nubes de polvo rojizo al elevarse del suelo. Se alejó por encima de la cúpula verde de la selva, perdiéndose en el cielo.

Nadia Santos había seguido los hechos abrazada a su padre y a Borobá. Estaba arrepentida de haber dejado el talismán de Walimai en el nido de los huevos de cristal, porque sin la protección del amuleto se sentía perdida. De pronto empezó a gritar como una lechuza. Desconcertado, César Santos creyó que su pobre hija había soportado demasiadas emociones y le había dado un ataque de nervios. La batalla que se había librado en la aldea fue muy violenta, los gemidos de los soldados heridos y el reguero de sangre de Mauro Carías habían sido un espectáculo escalofriante; todavía estaban los cuerpos de los indios tirados donde cayeron, sin que nadie hiciera ademán de recogerlos. El guía concluyó que Nadia estaba trastornada por la brutalidad de los acontecimientos recientes, no había otra explicación para esos graznidos de la niña. En cambio Alexander Cold debió disimular una sonrisa de orgullo al oír a su amiga: Nadia recurría a la última tabla de salvación posible.

—¡Entrégueme los rollos de película! —exigió el capitán Ariosto a Timothy Bruce.

Para el fotógrafo eso equivalía a entregar la vida. Era un fanático en lo que se refería a sus negativos, no se había desprendido de uno jamás, los tenía todos cuidadosamente clasificados en su estudio de Londres.

—Me parece excelente que tome precauciones para que no se pierdan esos valiosos negativos, capitán Ariosto —intervino Leblanc—. Son la prueba de lo que ha pasado aquí, de cómo ese indio atacó al señor Carías, de cómo cayeron sus valientes soldados bajo las flechas, de cómo usted mismo se vio obligado a disparar contra Karakawe.

—¡Ese hombre se inmiscuyó en lo que no debía! —exclamó el capitán.

—¡Por supuesto! Era un loco. Quiso impedir que la doctora Torres cumpliera con su deber. ¡Sus acusaciones eran dementes! Lamento que los frascos de las vacunas fueran destruidos en el fragor de la pelea. Ahora nunca sabremos qué contenían y no se podrá probar que Karakawe mentía —dijo astutamente Leblanc.

Ariosto hizo una mueca que en otras circunstancias podría haber sido una sonrisa. Se puso el arma al cinto, postergó el asunto de los negativos y por primera vez dejó de contestar a gritos. Tal vez esos extranjeros nada sospechaban, eran mucho más imbéciles de lo que él creía, masculló para sus adentros.

Kate Cold seguía el diálogo del antropólogo y el militar con la boca abierta. Nunca imaginó que el mequetrefe de Leblanc fuera capaz de tanta sangre fría.

—Cállate, Nadia, por favor —rogó César Santos cuando Nadia repitió el grito de la lechuza por décima vez.

—Supongo que pasaremos la noche aquí. ¿Desea que preparemos algo para la cena, capitán? —ofreció Leblanc, amable.

El militar los autorizó para hacer comida y circular por el campamento, pero les ordenó que se mantuvieran dentro de un radio de treinta metros, donde él pudiera verlos. Mandó a los soldados a recoger a los indios muertos y ponerlos todos juntos en el mismo sitio; al día siguiente podrían enterrarlos o quemarlos. Esas horas de la noche le darían tiempo para tomar una decisión respecto a los extranjeros. Santos y su hija podían desaparecer sin que nadie hiciera preguntas, pero con los otros había que tomar precauciones. Ludovic Leblanc era una celebridad y la vieja y el chico eran americanos. En su experiencia, cuando algo sucedía a un americano, siempre había una investigación; esos gringos arrogantes se creían dueños del mundo.

Aunque el profesor Leblanc había sido el de la idea, fueron César Santos y Timothy Bruce quienes prepararon la cena, porque el antropólogo era incapaz de hervir un huevo. Kate Cold se disculpó explicando que sólo sabía hacer albóndigas y allí no contaba con los ingredientes; además estaba muy ocupada tratando de alimentar al bebé a cucharaditas con una solución de agua y leche condensada. Entretanto Nadia se sentó a otear la espesura, repitiendo el grito de la lechuza de vez en cuando. A una discreta orden suya, Borobá se soltó de sus brazos y corrió a perderse en el bosque. Una media hora después el capitán Ariosto se acordó de los rollos de película y obligó a Timothy Bruce a entregárselos con el pretexto que Leblanc le había dado: en sus manos estarían seguros. Fue inútil que el fotógrafo inglés alegara y hasta intentara sobornarlo, el militar se mantuvo firme.

Comieron por turnos, mientras los soldados vigilaban, y luego Ariosto mandó a los expedicionarios a dormir en las tiendas, donde estarían algo más protegidos en caso de ataque, como dijo, aunque la verdadera razón era que así podía controlarlos mejor. Nadia y Kate Cold con el bebé ocuparon una de las tiendas, Ludovic Leblanc, César Santos y Timothy Bruce la otra. El capitán no olvidaba cómo Alex lo embistió y le había tomado un odio ciego. Por culpa de esos chiquillos, especialmente del maldito muchacho americano, él estaba metido en un tremendo lío, Mauro Carías tenía el cerebro hecho papilla, los indios habían escapado y sus planes de vivir en Miami convertido en millonario peligraban seriamente. Alexander representaba un riesgo para él, debía ser castigado. Decidió separarlo de los demás y dio orden de atarlo a un árbol en un extremo del campamento, lejos de las tiendas de los otros miembros de su grupo y lejos de las lámparas de petróleo. Kate Cold reclamó furiosa por el tratamiento que recibía su nieto, pero el capitán la hizo callar.

—Tal vez es mejor así, Kate. Jaguar es muy listo, seguro que se le ocurrirá la forma de escapar —susurró Nadia.

—Ariosto piensa matarlo durante la noche, estoy segura —replicó la escritora, temblando de rabia.

—Borobá fue a buscar ayuda —dijo Nadia.

—¿Crees que ese monito nos salvará? —resopló Kate.

—Borobá es muy inteligente.

—¡Niña, estás mal de la cabeza! —exclamó la abuela.

Pasaron varias horas sin que nadie durmiera en el campamento, salvo el bebé, agotado de llorar. Kate Cold lo había acomodado sobre un atado de ropa, preguntándose qué haría con esa infortunada criatura: lo último que deseaba en su vida era hacerse cargo de un huérfano. La escritora se mantenía vigilante, convencida de que en cualquier momento Ariosto podía asesinar primero a su nieto y enseguida a los demás, o tal vez al revés, primero a ellos y luego vengarse de Alex con alguna muerte lenta y horrible. Ese hombre era muy peligroso. Timothy Bruce y César Santos también tenían las orejas pegadas a la tela de su carpa, tratando de adivinar los movimientos de los soldados afuera. El profesor Ludovic Leblanc, en cambio, salió de su carpa con la disculpa de hacer sus necesidades y se quedó conversando con el capitán Ariosto. El antropólogo, consciente de que cada hora transcurrida aumentaba el riesgo para ellos, y que convenía tratar de distraer al capitán, lo invitó a una partida de naipes y a compartir una botella de vodka, facilitada por Kate Cold.

—No trate de embriagarme, profesor —le advirtió Ariosto, pero llenó su vaso.

—¡Cómo se le ocurre, capitán! Un trago de vodka no le hace mella a un hombre como usted. La noche es larga, bien podemos divertirnos un poco —replicó Leblanc.

19
Protección

Como ocurría a menudo en el altiplano, la temperatura descendió de golpe al ponerse el sol. Los soldados, acostumbrados al calor de las tierras bajas, tiritaban en sus ropas todavía empapadas por la lluvia de la tarde. Ninguno dormía, por orden del capitán todos debían montar guardia en torno al campamento. Se mantenían alertas, con las armas aferradas a dos manos. Ya no sólo temían a los demonios de la selva o la aparición de la Bestia, sino también a los indios, que podían regresar en cualquier momento a vengar a sus muertos. Ellos tenían la ventaja de las armas de fuego, pero los otros conocían el terreno y poseían esa escalofriante facultad de surgir de la nada, como ánimas en pena. Si no fuera por los cuerpos apilados junto a un árbol, pensarían que no eran humanos y las balas no podían hacerles daño. Los soldados esperaban ansiosos la mañana para salir volando de allí lo antes posible; en la oscuridad el tiempo pasaba muy lento y los ruidos del bosque circundante se volvían aterradores.

Kate Cold, sentada de piernas cruzadas junto al niño dormido en la tienda de las mujeres, pensaba cómo ayudar a su nieto y cómo salir con vida del Ojo del Mundo. A través de la tela de la carpa se filtraba algo de la claridad de la hoguera y la escritora podía ver la silueta de Nadia envuelta en el chaleco de su padre.

—Voy a salir ahora… —susurró la muchacha.

—¡No puedes salir! —la atajó la escritora.

—Nadie me verá, puedo hacerme invisible.

Kate Cold sujetó a la chica por los brazos, segura de que deliraba.

—Nadia, escúchame… No eres invisible. Nadie es invisible, ésas son fantasías. No puedes salir de aquí.

—Sí puedo. No haga ruido, señora Cold. Cuide al niño hasta que yo vuelva, luego lo entregaremos a su tribu —murmuró Nadia. Había tal certeza y calma en su voz, que Kate no se atrevió a retenerla.

Nadia Santos se colocó primero en el estado mental de la invisibilidad, como había aprendido de los indios, se redujo a la nada, a puro espíritu transparente. Luego abrió silenciosamente el cierre de la carpa y se deslizó afuera amparada por las sombras. Pasó como una sigilosa comadreja a pocos metros de la mesa donde el profesor Leblanc y el capitán Ariosto jugaban a los naipes, pasó por delante de los guardias armados que rondaban el campamento, pasó frente al árbol donde estaba Alex atado y ninguno la vio. La muchacha se alejó del vacilante círculo de luz de las lámparas y de la fogata y desapareció entre los árboles. Pronto el grito de una lechuza interrumpió el croar de los sapos.

Alex, como los soldados, tiritaba de frío. Tenía las piernas dormidas y las manos hinchadas por las ligaduras apretadas en las muñecas. Le dolía la mandíbula, podía sentir la piel tirante, debía tener una tremenda magulladura. Con la lengua tocaba el diente partido y sentía la encía tumefacta donde el culatazo del capitán había hecho impacto. Trataba de no pensar en las muchas horas oscuras que se extendían por delante o en la posibilidad de ser asesinado. ¿Por qué Ariosto lo había separado de los demás? ¿Qué planeaba hacer con él? Quiso ser el jaguar negro, poseer la fuerza, la fiereza, la agilidad del gran felino, convertirse en puro músculo y garra y diente para enfrentar a Ariosto. Pensó en la botella del agua de la salud que esperaba en su bolso y en que debía salir vivo del Ojo del Mundo para llevársela a su madre. El recuerdo de su familia era borroso, como la imagen difusa de una fotografía fuera de foco, donde la cara de su madre era apenas una mancha pálida.

Empezaba a cabecear, vencido por el agotamiento, cuando de pronto sintió unas manitas tocándolo. Se irguió sobresaltado. En la oscuridad pudo identificar a Borobá husmeando en su cuello, abrazándolo, gimiendo despacito en su oreja. Borobá, Borobá, murmuró el joven, tan conmovido que se le llenaron los ojos de lágrimas. Era sólo un mono del tamaño de una ardilla, pero su presencia despertó en él una oleada de esperanza. Se dejó acariciar por el animal, profundamente reconfortado. Entonces se dio cuenta de que a su lado había otra presencia, una presencia invisible y silenciosa, disimulada en las sombras del árbol. Primero creyó que era Nadia, pero enseguida se dio cuenta de que se trataba de Walimai. El pequeño anciano estaba agachado a su lado, podía percibir su olor a humo, pero por mucho que ajustaba la vista no lo veía. El chamán le puso una de sus manos sobre el pecho, como si buscara el latido de su corazón. El peso y el calor de esa mano amiga transmitieron valor al muchacho, se sintió más tranquilo, dejó de temblar y pudo pensar con claridad. La navaja, la navaja, murmuró. Oyó el clic del metal al abrirse y pronto el filo del cortaplumas se deslizaba sobre sus ligaduras. No se movió. Estaba oscuro y Walimai no había usado nunca un cuchillo, podía rebanarle las muñecas, pero al minuto el viejo había cortado las ataduras y lo tomaba del brazo para guiarlo a la selva.

En el campamento el capitán Ariosto había dado por terminada la partida de naipes y ya nada quedaba en la botella de vodka. A Ludovic Leblanc no se le ocurría cómo distraerlo y aún quedaban muchas horas antes del amanecer. El alcohol no había atontado al militar, como él esperaba, en verdad tenía tripas de acero. Le sugirió que usaran la radio transmisora, a ver si podían comunicarse con el cuartel de Santa María de la Lluvia. Durante un buen rato manipularon el aparato, en medio de un ensordecedor ruido de estática, pero fue imposible contactar con el operador. Ariosto estaba preocupado; no le convenía ausentarse del cuartel, debía regresar lo antes posible, necesitaba controlar las versiones de los soldados sobre lo acontecido en Tapirawa-teri. ¿Qué llegarían contando sus hombres? Debía mandar un informe a sus superiores del Ejército y confrontar a la prensa antes que se divulgaran los chismes. Omayra Torres se había ido murmurando sobre el virus del sarampión. Si empezaba a hablar, estaba frito. ¡Qué mujer tan tonta!, farfulló el capitán.

Ariosto ordenó al antropólogo que regresara a su tienda, dio una vuelta por el campamento para cerciorarse de que sus hombres montaban guardia como era debido, y luego se dirigió al árbol donde habían atado al muchacho americano, dispuesto a divertirse un rato a costa de él. En ese instante el olor lo golpeó como un garrotazo. El impacto lo tiró de espaldas al suelo. Quiso llevarse la mano al cinto para sacar su arma, pero no pudo moverse. Sintió una oleada de náusea, el corazón reventando en su pecho y luego nada. Se hundió en la inconsciencia. No alcanzó a ver a la Bestia erguida a tres pasos de distancia, rociándolo directamente con el mortífero hedor de sus glándulas.

La asfixiante fetidez de la Bestia invadió el resto del campamento, volteando primero a los soldados y luego a quienes estaban resguardados por la tela de las carpas. En menos de dos minutos no quedaba nadie en pie. Por un par de horas reinó una aterradora quietud en Tapirawa-teri y en la selva cercana, donde hasta los pájaros y los animales huyeron espantados por el hedor. Las dos Bestias que habían atacado simultáneamente se retiraron con su lentitud habitual, pero su olor persistió buena parte de la noche. Nadie en el campamento supo lo sucedido durante esas horas, porque no recuperaron el entendimiento hasta la mañana siguiente. Más tarde vieron las huellas y pudieron llegar a algunas conclusiones.

Alex, con Borobá montado en los hombros y siguiendo a Walimai, anduvo bajo en las sombras, sorteando la vegetación, hasta que las vacilantes luces del campamento desaparecieron del todo. El chamán avanzaba como si fuera día claro, siguiendo tal vez a su esposa ángel, a quien Alex no podía ver. Culebrearon entre los árboles por un buen rato y finalmente el viejo encontró el sitio donde había dejado a Nadia esperándolo. Nadia Santos y el chamán se habían comunicado mediante los gritos de lechuza durante buena parte de la tarde y la noche, hasta que ella pudo salir del campamento para reunirse con él. Al verse, los jóvenes amigos se abrazaron, mientras Borobá se colgaba de su ama dando chillidos de felicidad.

Walimai confirmó lo que ya sabían: la tribu vigilaba el campamento, pero habían aprendido a temer la magia de los *nahab* y no se atrevían a enfrentarlos. Los guerreros estaban tan cerca que habían oído el llanto del bebé, tanto como oían el llamado de los muertos, que aún no habían recibido un funeral digno. Los espíritus de los hombres y la mujer asesinados aún permanecían pegados a los cuerpos, dijo Walimai; no podían desprenderse sin una ceremonia apropiada y sin ser vengados. Alex le explicó que la única esperanza de los indígenas era atacar de noche, porque durante el día los *nahab* utilizarían el pájaro de ruido y viento para recorrer el Ojo del Mundo hasta encontrarlos.

—Si atacan ahora, algunos morirán, pero de otro modo la tribu entera será exterminada —dijo Alex y agregó que él estaba dispuesto a conducirlos y pelear junto a ellos, para eso había sido iniciado: él también era un guerrero.

—Jefe para la guerra: Tahama. Jefe para negociar con los *nahab*: tú —replicó Walimai.

—Es tarde para negociar. Ariosto es un asesino.

—Tú dijiste que unos *nahab* son malvados y otros *nahab* son amigos. ¿Dónde están los amigos? —insistió el brujo.

—Mi abuela y algunos hombres del campamento son amigos. El capitán Ariosto y sus soldados son enemigos. No podemos negociar con ellos.

—Tu abuela y sus amigos deben negociar con los *nahab* enemigos.

—Los amigos no tienen armas.

—¿No tienen magia?

—En el Ojo del Mundo no tienen mucha magia. Pero hay otros amigos con mucha magia lejos de aquí, en las ciudades, en otras partes del mundo —argumentó Alexander Cold, desesperado por las limitaciones del lenguaje.

—Entonces debes ir donde esos amigos —concluyó el anciano.

—¿Cómo? ¡Estamos atrapados aquí!

Walimai ya no contestó más preguntas. Se quedó en cuclillas mirando la noche, acompañado por su esposa, quien había adoptado su forma más transparente, de modo que ninguno de los dos chicos podía verla. Alex y Nadia pasaron las horas sin dormir, muy juntos, tratando de infundirse calor mutuamente, sin hablar, porque había muy poco que decir. Pensaban en la suerte que aguardaba a Kate Cold, César Santos y los otros miembros de su grupo; pensaban en la gente de la neblina, condenada; pensaban en las perezas centenarias y la ciudad de oro; pensaban en el agua de la salud y los huevos de cristal. ¿Qué sería de ellos dos, atrapados en la selva?

Una bocanada del terrible olor les llegó de pronto, atenuado por la distancia, pero perfectamente reconocible. Se pusieron de pie de un salto, pero Walimai no se movió, como si lo hubiera estado esperando.

—¡Son las Bestias! —exclamó Nadia.

—Puede ser y puede no ser —comentó impasible el chamán.

El resto de la noche se hizo muy largo. Poco antes del amanecer el frío era intenso y los jóvenes, ovillados con Borobá, daban diente con diente, mientras el anciano brujo, inmóvil, con la vista perdida en las sombras, esperaba. Con los primeros signos del amanecer despertaron los monos y los pájaros, entonces Walimai dio la señal de partir. Lo siguieron entre los árboles durante un buen rato hasta que, cuando ya la luz del sol atravesaba el follaje, llegaron frente al campamento. La fogata y las luces estaban apagadas, no había signos de vida y el olor impregnaba todavía el aire, como si cien zorrillos hubieran rociado el sitio en el mismo instante. Tapándose la cara con las manos entraron al perímetro de lo que hasta hacía poco fuera la apacible aldea de Tapirawa-teri. Las tiendas, la mesa, la cocina, todo yacía desparramado por el suelo; había restos de comida tirados por doquier, pero ningún mono o pájaro escarbaba entre los escombros y la basura, porque no se atrevían a desafiar la espantosa hediondez de las Bestias. Hasta Borobá se mantuvo lejos, gritando y dando saltos a varios metros de distancia. Walimai demostró la misma indiferencia ante el hedor que había tenido la noche anterior ante el frío. Los jóvenes no tuvieron más remedio que seguirlo.

No había nadie, ni rastro de los miembros de la expedición, ni de los soldados, ni del capitán Ariosto, tampoco los cuerpos de los indios asesinados. Las armas, el equipaje y hasta las cámaras de Timothy Bruce estaban allí; también vieron una gran mancha de sangre que oscurecía la tierra cerca del árbol donde Alex había sido atado. Después de una breve inspección, que pareció dejarlo muy satisfecho, el viejo Walimai inició la retirada. Los dos muchachos partieron detrás sin hacer preguntas, tan mareados por el olor, que apenas podían tenerse de pie. A medida que se alejaban y llenaban los pulmones con el aire fresco de la mañana, iban recuperando el ánimo, pero les latían las sienes y tenían náuseas. Borobá se les reunió a poco andar y el pequeño grupo se internó selva adentro.

Varios días antes, al ver los pájaros de ruido y viento rondando por el cielo, los habitantes de Tapirawa-teri habían escapado de su aldea, abandonando sus escasas posesiones y sus animales domésticos, que entorpecían su capacidad para ocultarse. Se movilizaron encubiertos por la vegetación hasta un lugar seguro y allí armaron sus moradas provisorias en las copas de los árboles. Las partidas de soldados enviadas por Ariosto pasaron muy cerca sin verlos, en cambio todos los movimientos de los forasteros fueron observados por los guerreros de Tahama, disimulados en la naturaleza.

Iyomi y Tahama discutieron largamente sobre los *nahab* y la conveniencia de acercarse a ellos, como habían aconsejado Jaguar y Águila. Iyomi opinaba que su pueblo no podía esconderse para siempre en los árboles, como los monos: habían llegado los tiempos de visitar a los *nahab* y recibir sus regalos y sus vacunas, era inevitable. Tahama consideraba que era mejor morir peleando; pero Iyomi era el jefe de los jefes y finalmente su criterio prevaleció. Ella decidió ser la primera en acercarse, por eso llegó sola al campamento, adornada con el soberbio sombrero de plumas amarillas para demostrar a los forasteros quién era la autoridad. La presencia entre los forasteros de Jaguar y Águila, quienes habían regresado de la montaña sagrada, la tranquilizó. Eran amigos y podían traducir, así esos pobres seres vestidos de trapos hediondos no se sentirían tan perdidos ante ella. Los *nahab* la recibieron bien, sin duda estaban impresionados por su porte majestuoso y el número de sus arrugas, prueba de lo mucho que había vivido y de los conocimientos adquiridos. A pesar de la comida que le ofrecieron, la anciana se vio obligada a exigirles que se fueran del Ojo del Mundo, porque allí estaban molestando; ésa era su última palabra, no estaba dispuesta a negociar. Se retiró majestuosamente con su escudilla de carne con maíz, segura de haber atemorizado a los *nahab* con el peso de su inmensa dignidad.

En vista del éxito de la visita de Iyomi, el resto de la tribu se armó de valor y siguió su ejemplo. Así regresaron al sitio donde estaba su aldea, ahora pisoteado por los forasteros, quienes evidentemente no conocían la regla más elemental de prudencia y cortesía: no se debe visitar un *shabono* sin ser invitado. Allí los indios vieron los grandes pájaros relucientes, las carpas y los extraños *nahab*, de los cuales tan espantosas historias habían escuchado. Esos extranjeros de modales vulgares merecían unos buenos garrotazos en la cabeza, pero por orden de Iyomi los indios debieron armarse de paciencia con ellos. Aceptaron su comida y sus regalos para no ofenderlos, luego se fueron a cazar y cosechar miel y frutas, así podrían retribuir los regalos recibidos, como era lo correcto.

Al día siguiente, cuando Iyomi estuvo segura de que Jaguar y Águila todavía estaban allí, autorizó a la tribu para presentarse nuevamente ante los *nahab* y para vacunarse. Ni ella ni nadie pudo explicar lo que sucedió entonces. No supieron por qué los niños forasteros, que tanto habían insistido en la necesidad de vacunarse, saltaron de pronto a impedirlo. Oyeron un ruido desconocido, como de cortos truenos. Vieron que al romperse los frascos se soltó el Rahakanariwa y en su forma invisible atacó a los indios, que cayeron muertos sin ser tocados por flechas o garrotes. En la violencia de la batalla, los demás escaparon como pudieron, desconcertados y confusos. Ya no sabían quiénes eran sus amigos y quiénes sus enemigos.

Por fin Walimai llegó a darles algunas explicaciones. Dijo que los niños Águila y Jaguar eran amigos y debían ser ayudados, pero todos los demás podían ser enemigos. Dijo que el Rahakanariwa andaba suelto y podía tomar cualquier forma: se requerían conjuros muy potentes para mandarlo de vuelta al reino de los espíritus. Dijo que necesitaban recurrir a los dioses. Entonces las dos gigantescas perezas, que aún no habían regresado al *te-*

pui sagrado y deambulaban por el Ojo del Mundo, fueron llamadas y conducidas durante la noche a la aldea en ruinas. Jamás se hubieran acercado a la morada de los indios por su propia iniciativa, no lo habían hecho en miles y miles de años. Fue necesario que Walimai les hiciera entender que ésa ya no era la aldea de la gente de la neblina, porque había sido profanada por la presencia de los *nahab* y por los asesinatos cometidos en su suelo. Tapirawa-teri tendría que ser reconstruida en otro lugar del Ojo del Mundo, lejos de allí, donde las almas de los humanos y los espíritus de los antepasados se sintieran a gusto, donde la maldad no contaminara la tierra noble. Las Bestias se encargaron de rociar el campamento de los *nahab*, anulando a amigos y enemigos por igual.

Los guerreros de Tahama debieron esperar muchas horas antes de que el olor se esfumara lo suficiente para poder acercarse. Recogieron primero los cuerpos de los indios y se los llevaron para prepararlos para un funeral apropiado, después volvieron a buscar a los demás y se los llevaron a la rastra, incluso el cadáver del capitán Ariosto, destrozado por las garras formidables de uno de los dioses.

Los *nahab* fueron despertando uno a uno. Se encontraron en un claro de la selva, tirados por el suelo y tan atontados, que no recordaban ni sus propios nombres. Mucho menos recordaban cómo habían llegado hasta allí. Kate Cold fue la primera en reaccionar. No tenía idea dónde se encontraba ni qué había sucedido con el campamento, el helicóptero, el capitán y sobre todo con su nieto. Se acordó del bebé y lo buscó por los alrededores, pero no pudo hallarlo. Sacudió a los demás, que fueron despercudiéndose de a poco. A todos les dolía horriblemente la cabeza y las articulaciones, vomitaban, tosían y lloraban, se sentían como si hubieran sido apaleados, pero ninguno presentaba huellas de violencia.

El último en abrir los ojos fue el profesor Leblanc, a quien la experiencia había afectado tanto, que no pudo ponerse de pie. Kate Cold pensó que una taza de café y un trago de vodka les vendría bien a todos, pero nada tenían para echarse a la boca. El hedor de las Bestias les impregnaba todavía la ropa, los cabellos y la piel; debieron arrastrarse hasta un arroyo cercano y zambullirse largo rato en el agua. Los cinco soldados estaban perdidos sin sus armas y su capitán, de modo que, cuando César Santos asumió el mando, le obedecieron sin chistar. Timothy Bruce, bastante molesto por haber estado tan cerca de la Bestia y no haberla fotografiado, quería regresar al campamento a buscar sus cámaras, pero no sabía en qué dirección echar a andar y nadie parecía dispuesto a acompañarlo. El flemático inglés, que había acompañado a Kate Cold en guerras, cataclismos y muchas aventuras, rara vez perdía su aire de tedio, pero los últimos acontecimientos habían logrado ponerlo de mal humor. Kate Cold y César Santos sólo pensaban en su nieto y su hija respectivamente. ¿Dónde estaban los niños?

El guía revisó el terreno con gran atención y encontró ramas quebradas, plumas, semillas y otras señales de la gente de la neblina. Concluyó que los indios los habían llevado hasta ese lugar, salvándoles así la vida, porque de otro modo hubieran muerto asfixiados o destrozados por la Bestia. De ser así, no podía explicar por qué los indios no habían aprovechado para matarlos, vengando así a sus muertos. Si hubiera estado en condiciones de pensar, el profesor Leblanc se habría visto obligado a revisar una vez más su teoría sobre la ferocidad de esas tribus, pero el pobre antropólogo gemía de bruces en el suelo, medio muerto de náusea y jaqueca.

Todos estaban seguros de que la gente de la neblina volvería y eso fue exactamente lo que ocurrió; de pronto la tribu completa surgió de la espesura. Su increíble capacidad para moverse en absoluto silencio y materializarse en cuestión de segundos sirvió para que rodearan a los forasteros antes que éstos alcanzaran a darse cuenta. Los soldados responsables de la muerte de los indios temblaban como criaturas. Tahama se acercó y les clavó la vista, pero no los tocó; tal vez pensó que esos gusanos no merecían unos buenos garrotazos de un guerrero tan noble como él.

Iyomi dio un paso al frente y lanzó un largo discurso en su lengua, que nadie comprendió, luego cogió a Kate Cold por la camisa y empezó a gritar algo a dos centímetros de su cara. A la escritora lo único que se le ocurrió fue tomar a la anciana del sombrero de plumas amarillas por los hombros y gritarle a su vez en inglés. Así estuvieron las dos abuelas un buen rato, lanzándose improperios incomprensibles, hasta que Iyomi se cansó, dio media vuelta y fue a sentarse bajo un árbol. Los demás indios se sentaron también, hablando entre ellos, comiendo frutas, nueces y hongos que encontraban entre las raíces y pasaban de mano en mano, mientras Tahama y varios de sus guerreros permanecían vigilantes, pero sin agredir a nadie. Kate Cold distinguió al bebé que ella había cuidado en brazos de una muchacha joven y se alegró de que la criatura hubiera sobrevivido al fatal hedor de la Bestia y estuviera de vuelta en el seno de los suyos.

A media tarde aparecieron Walimai y los dos muchachos. Kate Cold y César Santos corrieron a su encuentro, abrazándolos aliviados, porque temían que no iban a verlos nunca más.

Con la presencia de Nadia la comunicación se hizo más fácil; ella pudo traducir y así se aclararon algunos puntos. Los forasteros se enteraron de que los indios todavía no relacionaban la muerte de sus compañeros con las armas de fuego de los soldados, porque jamás las habían visto. Lo único que deseaban era reconstruir su aldea en otro sitio, comer las cenizas de sus muertos y recuperar la paz que habían gozado siempre. Querían devolver el Rahakanariwa a su lugar entre los demonios y echar a los *nahab* del Ojo del Mundo.

El profesor Leblanc, algo más recuperado, pero todavía aturdido por el malestar, tomó la palabra. Había perdido el sombrero australiano con plumitas y estaba inmundo y fétido, como todos ellos, con la ropa impregnada del olor de las Bestias. Nadia tradujo, acomodando las frases, para que los indios no creyeran que todos los *nahab* eran tan arrogantes como ese hombrecito.

—Pueden estar tranquilos. Prometo que me encargaré personalmente de proteger a la gente de la neblina. El mundo escucha cuando Ludovic Leblanc habla —aseguró el profesor.

Agregó que publicaría sus impresiones sobre lo que había visto, no sólo en el artículo del *International Geographic*, también escribiría otro libro. Gracias a él, aseguró, el Ojo del Mundo sería declarado reserva indígena y protegido de cualquier forma de explotación. ¡Ya verían quién era Ludovic Leblanc!

La gente de la neblina no entendió palabra de esta perorata, pero Nadia resumió diciendo que ése era un *nahab* amigo. Kate Cold añadió que ella y Timothy Bruce ayudarían a Leblanc en sus propósitos, con lo cual también fueron incorporados a la categoría de los *nahab* amigos. Finalmente, después de eternas negociaciones para ver quiénes eran amigos y quiénes eran enemigos, los indígenas aceptaron conducirlos a todos al día siguiente de vuelta al helicóptero. Para entonces esperaban que el hedor de las Bestias en Tapirawa-teri se hubiera amortiguado.

Iyomi, siempre práctica, dio orden a los guerreros de ir a cazar, mientras las mujeres preparaban fuego y unas hamacas para pasar la noche.

—Te repetiré la pregunta que ya te hice antes, Alexander, ¿qué sabes de la Bestia? —dijo Kate Cold a su nieto.

—No es una, Kate, son varias. Parecen perezas gigantescas, animales muy antiguos, tal vez de la Edad de Piedra, o anteriores.

—¿Las has visto?

—Si no las hubiera visto no podría describirlas, ¿no te parece? Vi once de ellas, pero creo que hay una o dos más rondando por estos lados. Parecen ser de metabolismo muy lento, viven por muchos años, tal vez siglos. Aprenden, tienen buena memoria y, no lo vas a creer, hablan —explicó Alex.

—¡Me estás tomando el pelo! —exclamó su abuela.

—Es cierto. No son muy elocuentes que digamos, pero hablan la misma lengua de la gente de la neblina.

Alexander Cold procedió a informarle que a cambio de la protección de los indios esos seres preservaban su historia.

—Una vez me dijiste que los indios no necesitaban la escritura porque tienen buena memoria. Las perezas son la memoria viviente de la tribu —añadió el muchacho.

—¿Dónde las viste, Alexander?

—No puedo decírtelo, es un secreto.

—Supongo que viven en el mismo sitio donde encontraste el agua de la salud… —aventuró la abuela.

—Puede ser y puede no ser —replicó su nieto, irónico.

—Necesito ver esas Bestias y fotografiarlas, Alexander.

—¿Para qué? ¿Para un artículo en una revista? Eso sería el fin de esas pobres criaturas, Kate, vendrían a cazarlas para encerrarlas en zoológicos o estudiarlas en laboratorios.

—Algo tengo que escribir, para eso me contrataron...

—Escribe que la Bestia es una leyenda, pura superstición. Yo te aseguro que nadie volverá a verlas en mucho, mucho tiempo. Se olvidarán de ellas. Más interesante es escribir sobre la gente de la neblina, ese pueblo que ha permanecido inmutable desde hace miles de años y puede desaparecer en cualquier momento. Cuenta que iban a inyectarlos con el virus del sarampión, como han hecho con otras tribus. Puedes hacerlos famosos y así salvarlos del exterminio, Kate. Puedes convertirte en protectora de la gente de la neblina y con un poco de astucia puedes conseguir que Leblanc sea tu aliado. Tu pluma puede traer algo de justicia a estos lados, puedes denunciar a los malvados como Carías y Ariosto, cuestionar el papel de los militares y llevar a Omayra Torres ante los tribunales. Tienes que hacer algo, o pronto habrá otros canallas cometiendo crímenes por estos lados con la misma impunidad de siempre.

—Veo que has crecido mucho en estas semanas, Alexander —admitió Kate Cold, admirada.

—¿Puedes llamarme Jaguar, abuela?

—¿Como la marca de automóviles?

—Sí.

—Cada uno con su gusto. Puedo llamarte como quieras, siempre que tú no me llames abuela —replicó ella.

—Está bien, Kate.

—Está bien, Jaguar.

Esa noche los *nahab* comieron con los indios una sobria cena de mono asado. Desde la llegada de los pájaros de ruido y viento a Tapirawa-teri, la tribu había perdido su huerto, sus plátanos y su mandioca, y como no podían encender fuego, para no atraer a sus enemigos, llevaban varios días con hambre. Mientras Kate Cold procuraba intercambiar información con Iyomi y las otras mujeres, el profesor Leblanc, fascinado, interrogaba a Tahama sobre sus costumbres y las artes de la guerra. Nadia, quien estaba encargada de traducir, se dio cuenta de que Tahama tenía un malvado sentido del humor y le estaba contando al profesor una serie de fantasías. Le dijo, entre otras cosas, que él era el tercer marido de Iyomi y que nunca había tenido hijos, lo cual desbarató la teoría de Leblanc sobre la superioridad genética de los «machos alfa». En un futuro cercano esos cuentos de Tahama serían la base de otro libro del famoso profesor Ludovic Leblanc.

Al día siguiente la gente de la neblina, con Iyomi y Walimai a la cabeza y Tahama con sus guerreros en la retaguardia, condujeron a los *nahab* de regreso a Tapirawa-teri. A cien metros de la aldea vieron el cuerpo del capitán Ariosto, que los indios habían puesto entre dos gruesas ramas de un árbol, para alimento de pájaros y animales, como hacían con aquellos seres que no merecían una ceremonia funeraria. Estaba tan destrozado por las garras de la Bestia, que los soldados no tuvieron estómago para descolgarlo y llevarlo de vuelta a Santa María de la Lluvia. Decidieron regresar más adelante a recoger sus huesos para sepultarlo cristianamente.

—La Bestia hizo justicia —murmuró Kate.

César Santos ordenó a Timothy Bruce y Alexander Cold que requisaran todas las armas de los soldados, que estaban desparramadas por el campamento, para evitar otro estallido de violencia en caso que alguien se pusiera nervioso. No era probable que ocurriera, sin embargo, porque el hedor de las Bestias, que aún los impregnaba, los tenía a todos descompuestos y mansos. Santos hizo subir el equipaje al helicóptero, menos las carpas, que fueron enterradas, porque calculó que sería imposible quitarles el mal olor. Entre las carpas desarmadas Timothy Bruce recuperó sus cámaras y varios rollos de película, aunque aquellos requisados por el capitán Ariosto estaban inutilizados, pues el militar los había expuesto a la luz. Por su parte Alex encontró su bolsa y adentro estaba, intacta, la botella con el agua de la salud.

Los expedicionarios se aprontaron para regresar a Santa María de la Lluvia. No contaban con un piloto, porque ese helicóptero había llegado conducido por el capitán Ariosto y el otro piloto había partido con el primero. Santos nunca había manejado uno de esos aparatos, pero estaba seguro de que, si era capaz de volar su ruinosa avioneta, bien podía hacerlo.

Había llegado el momento de despedirse de la gente de la neblina. Lo hicieron intercambiando regalos, como era la costumbre entre los indios. Unos se desprendieron de cinturones, machetes, cuchillos y utensilios de cocina, los otros se quitaron plumas, semillas, orquídeas y collares de dientes. Alex le dio su brújula a Tahama, quien se la colgó al cuello de adorno, y éste le regaló al muchacho americano un atado de dardos envenenados con *curare* y una cerbatana de tres metros de largo, que apenas pudieron transportar en el reducido espacio del helicóptero. Iyomi volvió a coger por la camisa a Kate Cold para gritarle un discurso a todo volumen y la escritora respondió con la misma pasión en inglés. En el último instante, cuando los *nahab* se aprestaban para subir al pájaro de ruido y viento, Walimai entregó a Nadia una pequeña cesta.

20
Caminos separados

El viaje de regreso a Santa María de la Lluvia fue una pesadilla, porque César Santos demoró más de una hora en dominar los controles y estabilizar la máquina. Durante esa primera hora nadie creyó llegar con vida a la civilización y hasta Kate Cold, quien tenía la sangre fría de un pez de mar profundo, se despidió de su nieto con un firme apretón de mano.

—Adiós, Jaguar. Me temo que hasta aquí no más llegamos. Lamento que tu vida fuera tan corta —le dijo.

Los soldados rezaban en voz alta y bebían licor para calmar los nervios, mientras Timothy Bruce manifestaba su profundo desagrado levantando la ceja izquierda, cosa que hacía cuando estaba a punto de explotar. Los únicos verdaderamente en calma eran Nadia, quien había perdido el miedo de la altura y confiaba en la mano firme de su padre, y el profesor Ludovic Leblanc, tan mareado que no tuvo conciencia del peligro.

Horas más tarde, después de un aterrizaje tan movido como el despegue, los miembros de la expedición pudieron instalarse por fin en el mísero hotel de Santa María de la Lluvia. Al día siguiente irían de vuelta a Manaos, donde tomarían el avión a sus países. Harían la travesía en barco por el río Negro, como habían llegado, porque la avioneta de César Santos se negó a elevarse del suelo, a pesar del motor nuevo. Joel González, el ayudante de Timothy Bruce, que estaba bastante repuesto, iría con ellos. Las monjas habían improvisado un corsé de yeso, que lo inmovilizaba desde el cuello hasta las caderas, y pronosticaban que sus costillas sanarían sin consecuencias, aunque posiblemente el desdichado nunca se curaría de sus pesadillas. Soñaba cada noche que lo abrazaba una anaconda.

Las monjas aseguraron también que los tres soldados heridos se recuperarían, porque por suerte para ellos las flechas no estaban envenenadas, en cambio el futuro de Mauro Carías se vislumbraba pésimo. El garrotazo de Tahama le había dañado el cerebro y en el mejor de los casos quedaría inútil en una silla de ruedas para el resto de su vida, con la mente en las nubes y alimentado por una sonda. Ya había sido conducido en su propia avioneta a Caracas con Omayra Torres, quien no se separaba de él ni un instante. La mujer no sabía que Ariosto había muerto y ya no podría protegerla; tampoco sospechaba que apenas los extranjeros contaran lo ocurrido con las falsas vacunas ella tendría que enfrentar a la justicia. Estaba con los nervios destrozados, repetía una y otra vez que todo era culpa suya, que Dios los había castigado a Mauro y a ella por lo del virus del sarampión. Nadie comprendía sus extrañas declaraciones, pero el padre Valdomero, quien fue a dar consuelo espiritual al moribundo, prestó atención y tomó nota de sus palabras. El sacerdote, como Karakawe, sospechaba desde hacía mucho tiempo que Mauro Carías tenía un plan para explotar las tierras de los indios, pero no había logrado descubrir en qué consistía. Las aparentes divagaciones de la doctora le dieron la clave.

Mientras estuvo el capitán Ariosto al mando de la guarnición, el empresario había hecho lo que le daba gana en ese territorio. El misionero carecía de poder para desenmascarar a esos hombres, aunque durante años había informado de sus sospechas a la Iglesia. Sus advertencias habían sido ignoradas, porque faltaban pruebas y además lo consideraban medio loco; Mauro Carías se había encargado de difundir el chisme de que el cura deliraba desde que fuera raptado por los indios. El padre Valdomero incluso había viajado al Vaticano para denunciar los abusos contra los indígenas, pero sus superiores eclesiásticos le recordaron que su misión era llevar la palabra de Cristo al Amazonas, no meterse en política. El hombre regresó derrotado, preguntándose cómo pretendían que salvara las almas para el cielo, sin salvar primero las vidas en la tierra. Por otra parte, no estaba seguro de la conveniencia de cristianizar a los indios, quienes tenían su propia forma de espiritualidad. Habían vivido miles de años en armonía con la naturaleza, como Adán y Eva en el Paraíso. ¿Qué necesidad había de inculcarles la idea del pecado?, pensaba el padre Valdomero.

Al enterarse de que el grupo del *International Geographic* estaba de regreso en Santa María de la Lluvia y que el capitán Ariosto había muerto de forma inexplicable, el misionero se presentó en el hotel. Las versiones de los soldados sobre lo que había pasado en el altiplano eran contradictorias, unos echaban la culpa a los indios, otros a la Bestia y no faltó uno que apuntó el dedo contra los miembros de la expedición. En todo caso, sin Ariosto en el cuadro, por fin había una pequeña oportunidad de hacer justicia. Pronto habría otro militar a cargo de las tropas y no existía seguridad de que fuera más honorable que Ariosto, también podía sucumbir al soborno y el crimen, como ocurría a menudo en el Amazonas.

El padre Valdomero entregó la información que había acumulado al profesor Ludovic Leblanc y a Kate Cold. La idea de que

Mauro Carías repartía epidemias con la complicidad de la doctora Omayra Torres y el amparo de un oficial del Ejército era un crimen tan espantoso, que nadie lo creería sin pruebas.

—La noticia de que están masacrando a los indios de esa manera conmovería al mundo. Es una lástima que no podamos probarlo —dijo la escritora.

—Creo que sí podemos —contestó César Santos, sacando del bolsillo de su chaleco uno de los frascos de las supuestas vacunas.

Explicó que Karakawe logró sustraerlo del equipaje de la doctora poco antes de ser asesinado por Ariosto.

—Alexander y Nadia lo sorprendieron hurgando entre las cajas de las vacunas y, a pesar de que él los amenazó si lo delataban, los niños me lo contaron. Creímos que Karakawe era enviado por Carías, nunca pensamos que era agente del Gobierno —dijo Kate Cold.

—Yo sabía que Karakawe trabajaba para el Departamento de Protección del Indígena y por eso le sugerí al profesor Leblanc que lo contratara como su asistente personal. De esa forma podía acompañar a la expedición sin levantar sospechas —explicó César Santos.

—De modo que usted me utilizó, Santos —apuntó el profesor.

—Usted quería que alguien lo abanicara con una hoja de banano y Karakawe quería ir con la expedición. Nadie salió perdiendo, profesor —sonrió el guía, y agregó que desde hacía muchos meses Karakawe investigaba a Mauro Carías y tenía un grueso expediente con los turbios negocios de ese hombre, en especial la forma en que explotaba las tierras de los indígenas. Seguramente sospechaba de la relación entre Mauro Carías y la doctora Omayra Torres, por eso decidió seguir la pista de la mujer.

—Karakawe era mi amigo, pero era un hombre hermético y no hablaba más que lo indispensable. Nunca me contó que sospechaba de Omayra —dijo Santos—. Me imagino que andaba buscando la clave para explicar las muertes masivas de indios, por eso se apoderó de uno de los frascos de vacunas y me lo entregó para que lo guardara en lugar seguro.

—Con esto podremos probar la forma siniestra en que se extendían las epidemias —dijo Kate Cold, mirando la pequeña botella al trasluz.

—Yo también tengo algo para ti, Kate —sonrió Timothy Bruce, mostrándole unos rollos de película en la palma de la mano.

—¿Qué es esto? —preguntó la escritora, intrigada.

—Son las imágenes de Ariosto asesinando a Karakawe de un tiro a quemarropa, de Mauro Carías destruyendo los frascos y del baleo de los indios. Gracias al profesor Leblanc, que distrajo al capitán por media hora, tuve tiempo de cambiarlos antes que los destruyera. Le entregué los rollos de la primera parte del viaje y salvé éstos —aclaró Timothy Bruce.

Kate Cold tuvo una reacción inesperada en ella: saltó al cuello de Santos y de Bruce y les plantó a ambos un beso en la mejilla.

—¡Benditos sean, muchachos! —exclamó, feliz.

—Si esto contiene el virus, como creemos, Mauro Carías y esa mujer han llevado a cabo un genocidio y tendrán que pagar por ello… —murmuró el padre Valdomero, sosteniendo el pequeño frasco con dos dedos y el brazo estirado, como si temiera que el veneno le saltara a la cara.

Fue él quien sugirió crear una fundación destinada a proteger el Ojo del Mundo y en especial a la gente de la neblina. Con la pluma elocuente de Kate Cold y el prestigio internacional de Ludovic Leblanc, estaba seguro de lograrlo, explicó entusiasmado. Faltaba financiamiento, era cierto, pero entre todos verían cómo conseguir el dinero: recurrirían a las iglesias, los partidos políticos, los organismos internacionales, los gobiernos, no dejarían puerta sin golpear hasta conseguir los fondos necesarios. Había que salvar a las tribus, decidió el misionero y los demás estuvieron de acuerdo con él.

—Usted será el presidente de la fundación, profesor —ofreció Kate Cold.

—¿Yo? —preguntó Leblanc genuinamente sorprendido y encantado.

—¿Quién podría hacerlo mejor que usted? Cuando Ludovic Leblanc habla, el mundo escucha... —dijo Kate Cold, imitando el tono presuntuoso del antropólogo, y todos se echaron a reír, menos Leblanc, por supuesto.

Alexander Cold y Nadia Santos estaban sentados en el embarcadero de Santa María de la Lluvia, donde algunas semanas antes tuvieron su primera conversación y comenzaron su amistad. Como en esa ocasión, había caído la noche con su croar de sapos y su aullar de monos, pero esta vez no los alumbraba la luna. El firmamento estaba oscuro y salpicado de estrellas. Alexander nunca había visto un cielo así, no imaginaba que hubiera tantas y tantas estrellas. Los chicos sentían que había transcurrido mucha vida desde que se conocieron, ambos habían crecido y cambiado en esas pocas semanas. Estuvieron callados mirando el cielo por un buen rato, pensando en que debían separarse muy pronto, hasta que Nadia se acordó de la cestita que llevaba para su amigo, la misma que le había dado Walimai al despedirse. Alex la tomó con reverencia y la abrió: adentro brillaban los tres huevos de la montaña sagrada.

—Guárdalos, Jaguar. Son muy valiosos, son los diamantes más grandes del mundo —le dijo Nadia en un susurro.

—¿Éstos son diamantes? —preguntó Alex espantado, sin atreverse a tocarlos.

—Sí. Pertenecen a la gente de la neblina. Según la visión que tuve, estos huevos pueden salvar a esos indios y el bosque donde han vivido siempre.

—¿Por qué me los das?

—Porque tú fuiste nombrado jefe para negociar con los *nahab*. Los diamantes te servirán para el trueque —explicó ella.

—¡Ay, Nadia! No soy más que un mocoso de quince años, no tengo ningún poder en el mundo, no puedo negociar con nadie y menos hacerme cargo de esta fortuna.

—Cuando llegues a tu país se los das a tu abuela. Seguro que ella sabrá qué hacer con ellos. Tu abuela parece ser una señora muy poderosa, ella puede ayudar a los indios —aseguró la chica.

—Parecen pedazos de vidrio. ¿Cómo sabes que son diamantes? —preguntó él.

—Se los mostré a mi papá, él los reconoció a la primera mirada. Pero nadie más debe saberlo hasta que estén en un lugar seguro, o se los robarán, ¿entiendes, Jaguar?

—Entiendo. ¿Los ha visto el profesor Leblanc?

—No, sólo tú, mi papá y yo. Si se entera el profesor saldrá corriendo a contárselo a medio mundo —afirmó ella.

—Tu papá es un hombre muy honesto, cualquier otro se habría quedado con los diamantes.

—¿Lo harías tú?

—¡No!

—Tampoco lo haría mi papá. No quiso tocarlos, dijo que

traen mala suerte, que la gente se mata por estas piedras —respondió Nadia.

—¿Y cómo voy a pasarlos por la aduana en los Estados Unidos? —preguntó el muchacho tomando el peso de los magníficos huevos.

—En un bolsillo. Si alguien los ve, pensará: son artesanía del Amazonas para turistas. Nadie sospecha que existen diamantes de este tamaño y menos en poder de un chiquillo con media cabeza afeitada —se rió Nadia, pasándole los dedos por la coronilla pelada.

Permanecieron largo rato en silencio mirando el agua a sus pies y la vegetación en sombras que los rodeaba, tristes porque dentro de muy pocas horas deberían decirse adiós. Pensaban que nunca más ocurriría nada tan extraordinario en sus vidas como la aventura que habían compartido. ¿Qué podía compararse a las Bestias, la ciudad de oro, el viaje al fondo de la tierra de Alexander y el ascenso al nido de los huevos maravillosos de Nadia?

—A mi abuela le han encargado escribir otro reportaje para el *International Geographic*. Tiene que ir al Reino del Dragón de Oro —comentó Alex.

—Eso suena tan interesante como el Ojo del Mundo. ¿Dónde queda? —preguntó ella.

—En las montañas del Himalaya. Me gustaría ir con ella, pero…

El muchacho comprendía que eso era casi imposible. Debía incorporarse a su existencia normal. Había estado ausente por varias semanas, era hora de volver a clases o perdería el año escolar. También quería ver a su familia y abrazar a su perro Poncho. Sobre todo, necesitaba entregar el agua de la salud y la planta de Walimai a su madre; estaba seguro de que con eso, sumado a la quimioterapia, se curaría. Sin embargo, dejar a Nadia le dolía más que nada, deseaba que no amaneciera nunca, quedarse eternamente bajo las estrellas en compañía de su amiga. Nadie en el mundo lo conocía tanto, nadie estaba tan cerca de su corazón como esa niña color de miel a quien había encontrado milagrosamente en el fin del mundo. ¿Qué sería de ella en el futuro? Crecería sabia y salvaje en la selva, muy lejos de él.

—¿Volveré a verte? —suspiró Alex.

—¡Claro que sí! —dijo ella, abrazada a Borobá, con fingida alegría, para que él no adivinara sus lágrimas.

—Nos escribiremos, ¿verdad?

—El correo por estos lados no es muy bueno que digamos…

—No importa, aunque las cartas se demoren, te voy a escribir. Lo más importante de este viaje para mí es habernos conocido. Nunca, nunca te olvidaré, siempre serás mi mejor amiga —prometió Alexander Cold con la voz quebrada.

—Y tú mi mejor amigo, mientras podamos vernos con el corazón —replicó Nadia Santos.

—Hasta la vista, Águila…

—Hasta la vista, Jaguar…

Índice

Esta edición de 3.000 ejemplares
se terminó de imprimir en
Indugraf S.A.,
Sánchez de Loria 2251, Bs. As.,
en el mes de septiembre de 2005.
www.indugraf.com.ar